绝对零度

2 鱼藏

樊落

著

中国纺织出版社有限公司

内 容 提 要

关琥的警花同事即将结婚，但警花的律师未婚夫却惨遭毒手。关琥最先怀疑律师被杀是因为他的工作性质而遭人报复，但没多久又有古董鉴定家以相同的方式被杀……被害人被杀后，肚子里都被塞入了鱼肠剑的复制品。在调查过程中，关琥发现几位受害者是相互认识的，他们的遇害都与鱼肠剑有关——几位死者当年为了夺取真正的鱼肠剑，设计害死了铸剑师，铸剑师的女儿长大后，陆续向当年的凶手实施了复仇行动。

图书在版编目（CIP）数据

绝对零度.2，鱼藏/樊落著. -- 北京：中国纺织出版社有限公司，2021.1

ISBN 978-7-5180-8013-7

Ⅰ.①绝… Ⅱ.①樊… Ⅲ.①推理小说－中国－当代 Ⅳ.① I247.5

中国版本图书馆 CIP 数据核字（2020）第 200810 号

策划编辑：李满意 胡 明　　　责任编辑：张 强
责任校对：王蕙莹　　　　　　　责任印制：王艳丽

中国纺织出版社有限公司出版发行
地址：北京市朝阳区百子湾东里 A407 号楼 邮政编码：100124
销售电话：010－67004422 传真：010－87155801
http://www.c-textilep.com
中国纺织出版社天猫旗舰店
官方微博 http://weibo.com/2119887771
天津千鹤文化传播有限公司印刷 各地新华书店经销
2021 年 1 月第 1 版第 1 次印刷
开本：880×1230 1/32 印张：7.75
字数：177 千字 定价：39.80 元

目 录

CONTENTS

鱼藏，即鱼肠剑，传鱼肠剑既成，由阅剑大家薛烛观之，变色，曰："理不顺，不可服也，臣以杀君，子以杀父。"后公子光使专诸置鱼肠剑炙鱼中进于王僚，遂刺之。后世谓鱼藏乃逆理悖序之器，剑呈凶相，至死不休。

第一章

关琥现在郁闷得想自杀，假如有人好心地递给他一条绳子的话，他会直接将自己吊在涅槃酒吧的大梁上。

但很可惜，酒吧上方只有天花板，没大梁。

"你在看什么？"坐在餐桌对面的美女问道。

关琥把眼神收回来，不能说他在寻找自杀的途径，呵呵干笑了两声，用手指指女人面前的酒杯，"喝酒喝酒。"

女人品着酒，转头好奇地打量酒吧，酒吧不大，除了他们再没有其他客人了，室内光度调得恰到好处，爵士乐徐缓悠扬，让人还没品酒，就已沉醉其中了。

"没想到警局附近还有这样不错的酒吧，"女人对关琥笑道，"看不出你休息时间这么会享受。"

关琥再次发出干笑。

平心而论，涅槃酒吧的环境很合他的口味，否则他也不会没事就泡在这里了，而眼前这位美女嘛，当然就更不用说了，这可是他们警局里的警花，在被警花邀请时，用受宠若惊来形容关琥当时的心情，一点都不为过，这也是为什么他会一下子大脑发热，把警花邀到这间酒吧的原因。

感受着来自吧台那边数对目光的盯视，关琥体会到了如坐针毡的感觉，尤其是他面前的美女不仅长得漂亮，身材也火爆，平时穿制服还不明显，今天不知她是有意还是无意，穿了一套淡黄色的薄纱低胸套裙，如此近距离的相对而坐，让关琥几乎不知道该把眼神往哪儿搁。

虽说男人吧，喜欢看美女是正常现象，但如果地点选错了，那就喜剧变悲剧了，比如像现在——

他跟苏绣媛一点关系都没有……啊不，就是点头之交的同事关系，现在也只是在一起吃个饭而已，为什么这些人要以一种审贼的眼光来看他？作为一名现役刑警，他也是有尊严的，这种毫不顾忌偷窥别人的行为太不道德了！

越想越气，关琥忍不住转头去瞪站在吧台里的老板，却在接收到对方投来的微笑目光后，很没出息地立马把头转回去。张燕铎笑得很温柔，温柔得接近于阴险，让关琥想到了他在动物世界里看到的那种叫狐狸的生物。

为什么他会失心疯地选择进这家酒吧啊，他并没有想炫耀自己约到美女，他只是好几天没来，怀念这里的料理了！

第 N 次的，关琥在心里发出呐喊。

"关琥，你有在听我说话吗？"

内心的咆哮声被打断了，关琥回过神，见苏绣媛盯着他看，眼睛大大的，里面透满了担心的色彩，想到美女约他来相谈的内容，他急忙扫开那些不应有的烦恼，正色说："有有有，你说你很担心你男朋友嘛，毕竟是做律师的，得罪一些恶人也是有可能的。"

要说家世好、人气高、在整个警局最受欢迎的美女警花怎么会主动邀请他，其中当然是有原因的，那就是跟苏绣媛交往的金牌大律师最近遇到了点麻烦，照苏绣媛的话说就是，他好像惹到了什么人，导致被警告，这段时间一直心神不定，还动不动就发脾气，苏绣媛问了，他也总是回避不答，这种状况持续了有一个多月了，苏绣媛实在忍不住，才会想到找重案组的人商量，找来找去，就找到了关琥，因为其他人周末都很忙。

在听到这里时，关琥有种身为备胎的淡淡伤感。

"你说的是陈律师对吧？不过陈铭启大律师做这行也有十几年了，怎么对应那些恶人恶事，他都有一定心得的，既然他不想跟你说，那也是怕你担心，你不如就先顺着他的意思，别太在意了……"

"不是这样的，这次的事情跟以往不同，我感觉得出来，铭启他真的很反常，他在恐惧什么事情，恐惧到连我也隐瞒的程度！"

说到激动的地方，苏绣媛伸手一把按住关琥搭在餐桌的手上，关琥愣了一下，就听不远处传来咳嗽声，他顺声望去，就见张燕铎侧着身子，手握成拳抵在嘴边，不知是真在咳嗽还是在发笑，他不满地瞪过去，苏绣媛也反应了过来，急忙把手缩回去。

"抱歉抱歉，最近气管不太舒服。"

被关琥瞪眼，张燕铎满是歉意地向他们点头赔不是，然后将做好的意大利面交给小魏，让他给两人端过去。

"我来。"

托盘被叶菲菲中途抢了过来，主动充当服务生，对张燕铎笑嘻嘻地说："老板，美女空乘免费帮你当服务生，你不会拒绝吧？"

张燕铎给她做了个请的手势，等叶菲菲拿着托盘出了吧台，服务生小魏凑过来，很三八地小声问他，"你说菲菲早不来晚不来，偏偏今晚在关警官跟美女约会时来，是偶然呢，还是必然呢？"

"是偶然的必然。"张燕铎擦拭着手里的玻璃杯，微笑回复。

自从飞天事件后，关琥的前女友叶菲菲就跟他们混熟了，再加上她喜欢张燕铎的厨艺，所以只要有时间就会跑来凑热闹，算起来比关琥来的次数还要多。

所以关琥选择在这里跟美女共度晚餐是非常不明智的，不过也怪不得他，张燕铎无奈地想，谁让这位警官情商低呢，他幸灾乐祸地看着对面上演的剧情，猜测接下来会演变成什么走向。

叶菲菲不愧是大航空公司的空乘，服务水准跟表情都是一流的，娴熟地将意大利面分别摆在关琥跟苏绣媛的面前，接着是递上餐具，最后是饮料，不过她的微笑在关琥看来很险恶，至于险恶程度跟张燕铎不相上下。

胃开始抽痛，关琥手抚额头，再次对自己的错误选择感到懊恼。

"关先生，您的脸色看起来很差啊，"叶菲菲充满关心地问："您不舒服吗？"

"没有，是灯光的关系。"关琥硬邦邦地回。

"长期熬夜是不好的，所以老板特意帮您准备了一份凉拌山药丝，清热去火，壮阳补肾。"

关琥觉得自己不用特意去看，都能想象得出叶菲菲现在皮笑肉不笑的表情，要不是为了保持他在美女面前的形象，他一定将那盘该死的山药丝直接拍到张燕铎的脸上去。

苏绣媛在旁边看出不对劲了，眼睛在叶菲菲跟关琥之间转了转，问："你们很熟？"

"完全没有，跟笨蛋交流太多会拉低一个人的智商，"叶菲菲笑眯眯地对她说完，又一指吧台那边，"不过关先生是我们老板的弟弟，所以我们都会迁就他一下，如果他有什么言谈举止不得体的地方，还要请你多包含。"

"不是的……"

居然擅自把他跟张燕铎扯上关系，关琥忍不住想要辩解，嘴刚张开，小腿就在底下被踹了一脚，他疼得只顾着捂腿。

叶菲菲边说着边拿起胡椒粉小瓶往苏绣媛的意大利面上洒，说："这是我们酒吧特制的佐料，小姐您尝尝看。"

关琥在对面看不下去了，生怕叶菲菲再胡说一通，伸手推她，示意她可以走了，谁知刚好碰在胡椒瓶上，叶菲菲没拿稳，胡椒瓶脱手落到了苏绣媛身上，里面磨得很碎的粉末洒出来，弄得她的袖口跟胸前到处都是，她急忙侧过身，捂着嘴巴连打两个喷嚏，低胸衣下的春光隐约可见。

意外状况让关琥看傻了眼，叶菲菲也呆住了，说了句对不起，就收起托盘掉头跑掉了，让关琥想冲她发火都找不到人，只好不断跟苏绣媛说抱歉。

"没事的。"

苏绣媛用纸巾将洒在衣服上的粉末抹掉，对关琥温柔地笑笑，"只是小意外，别在意。"

看着她的笑，关琥忍不住在心里暗叹——假如他有个像苏绣媛这么温柔的女朋友，那该多好，但很可惜，漂亮又温柔的女生都被抢走了，人家找了个年薪甩他几条街的金牌大律师，像他这种小警察，还是乖乖单着吧。

"那丫头就是毛毛躁躁的，你别理她，吃饭吃饭，"他邀请道："这里的料理口味很棒的。"

"既然是你大哥的手艺，那我一定要捧场尝尝了。"

"大哥……呵呵……是啊……真不错……"

随口迎合着，关琥把头别到一边小声嘟囔——都怪那个该死的叶菲菲，害得他现在都不知道自己在说什么。

"我好像闯祸了。"

感应到了关琥的怨念，叶菲菲轻手轻脚地走回吧台里面，垂着头，主动跟张燕铎认错。

小魏刚才看完了全程，已经趴在一边憋笑憋得喘不上气来了。

张燕铎也笑了，眼眸扫向对面的餐桌，"挺有趣的。"

"真的？"

在得到酒吧老板的肯定后，叶菲菲一秒重新振作起来，说："也不能怪我啊，都是关王虎动手动脚，才会让胡椒粉洒掉的。"

"不能怪他，"张燕铎认真地说："要知道能请到警局里第一美女共餐，也是件挺不容易的事。"

"警花也可以穿这么暴露的吗？"小魏的眼睛偷偷地瞟苏绣媛的胸口。

叶菲菲一个手肘把他拐去一边，没好气地说："你们男人都一样，看到漂亮美眉就分不清东西南北了。"

"不要一竿子打翻一船人，"小魏捂着胸口咧嘴叫着痛，说："老板就不喜欢这类的，他喜欢的是像关警官那种有阳刚之气的……"

话没说完，他就看到张燕铎微笑向自己看过来，眼镜片后厉光一闪，他立马闭了嘴巴，老实跑远了，"你们慢聊，我去拖地板。"

叶菲菲冲小魏背后做了个鬼脸，转回头，见张燕铎低头认真擦着调酒器，她有些无聊，小声问："老板，你说关王虎跟警花在聊什么？"

"你想知道，为什么不直接去问他？"张燕铎擦拭完，将器皿对着灯光来回转动检查，随口说。

"问了他也不会说啦，不过你要问的话，他一定不敢不说。"

"为什么？"

"不知道，就有种感觉，他挺怕你的。"

听着叶菲菲嘿嘿嘿的笑声，张燕铎忍不住抬头看向对面，那边关琥跟苏绣媛看起来聊得挺开心的，不过他总有种感觉，苏绣媛有点心不在焉，虽然她很想装成用心聊天的样子，但眼神不时扫过手表，动作做得不露痕迹，关琥那个笨蛋应该没注意到。

至于他们在聊什么，他不需要问，他比较喜欢让关琥自己老老实实地交代出来。

"放心吧，他们不是那种关系。"

在做出这个判断后，张燕铎放下调酒器，又去擦别的酒杯。

叶菲菲的嘴巴嘟起来，"什么嘛，我才不是担心这个呢，我只是觉得关琥那人那么笨，别被人骗了。"

骗警察？而且另外一个也是警察？

张燕铎对叶菲菲的异想天开感到好笑，叶菲菲见他不信，还想再解释，手机响了起来，她接听完后，匆忙把自己的东西收拾到小挎包里，对张燕铎说："总部来电话，让我去代班，老板我先走了。"

"你们空姐也有代班？"小魏跑过来好奇地问。

"我是这星期的代班组，要二十四小时待命，以防止有同事临时出事上不了机，可以随时替换上班，"叶菲菲拖出她那个随身不离的小旅行箱，对张燕铎说："我会帮你们带夏威夷的小点心的，拜拜。"

叶菲菲走了，张燕铎开了瓶葡萄酒，让小魏送给他们酒吧唯一的一对客人，说酒他请，让他们尽情享用。

关琥听了小魏的转述，惊讶地往吧台这边看过来，张燕铎向他微笑点头，做了个请享用的手势。

"我要开车，不能喝酒的。"

关琥刚刚答应苏绣媛跟她一起去她的公寓劝说她男友的，张燕铎就把酒送来了，时间恰到好处得让他觉得张燕铎这样做根本就是故意的。

小魏已经帮苏绣媛把酒斟满了，就转过来帮他斟酒，无视他的解释，说："没关系啦，我们老板一番好意，你不喝，他会伤心的。"

Excuse me ？那只狐狸会伤心？

苏绣媛也说："既然是你哥哥送的，拒绝不太好，回头我们坐出租车就行了。"

"那不是……"我哥哥……

没等关琥说完，苏绣媛就冲他举起了杯，关琥只好跟她碰了下杯，喝酒的时候，他心想看来也只能坐出租车了，可是那么远的路，车费一定很贵很贵，靠，那只狐狸果然是在算计他！

任务完成，小魏屁颠屁颠地回到吧台里，跟张燕铎邀功，"老板，我做得很不错吧？"

"你可以下班了，我会按正常时薪算给你的。"

听说可以拿全薪，小魏二话不说，脱下制服跑走了，张燕铎跟在后面出了门，将正在营业的牌子翻过来，做出打烊的状态。

等他回到酒吧，发现他的赠酒已经被喝掉了一半，苏绣媛正在给关琥的杯里倒酒，看样子酒几乎都是关琥喝掉的，他的眉头不显眼地皱了皱，却没有靠近，而是转回吧台里，装作没事人一样继续擦酒杯。

"我真不能喝了，"在苏绣媛再次给自己斟酒时，关琥伸手按住了杯口，"要是满身酒气地去见你男朋友，他就算有麻烦，也不会跟我说了。"

苏绣媛没勉强他，把酒瓶放了回去，微笑说："平时看你挺能喝的，我以为这点酒你不会当回事。"

"这不是接下来还有正事要谈嘛。"

"可能是太紧张，所以想喝酒松缓一下。"苏绣媛将自己的酒杯也放下了，不好意思地说："我跟他岁数差很大，有时候把他当长辈看，跟他聊正事时很容易紧张。"

"可以理解，可以理解。"关琥随口附和。

听说陈铭启大律师也有四十靠后的岁数了，不过现在差个二十岁根本不算什么，对方的家世身份暂且不谈，光是谈吐见识也不是年轻人能比的，苏绣媛会选择这样的人并不奇怪。

"做事趁早，我们现在就去吧。"

关琥看了下时间，在征得苏绣媛的同意后，他起身去到吧台前，对张燕铎说："买单。"

"你们赶时间，回头再说吧。"

"回头再说会算利息吗？"

"不会，"张燕铎笑着拍拍他的肩膀，"自家人别计较那么多。"

谁跟你自家人啊，认亲别这么快好吧哥哥。

苏绣媛跟了过来，关琥只好放弃了辩解，跟她出了酒吧，两人顺着楼梯走到车道上，关琥左右看看，正要准备招手叫车，身后传来说话声。

"要我送你们吗？"

两人转过头，就见张燕铎跟着他们走了上来，制服已经脱下了，换成平常的衬衫加西裤，合身的衣装让他显得更消瘦了。

"你不用看店？"

其实关琥更想说——你该干吗干吗去，少管老子的闲事。

"没客人，反正闲着也是闲着，"张燕铎说完，又转头对苏绣媛微笑道："我这弟弟做事常这样马马虎虎，这里不是闹市区，不容易叫到车的，还是我送你们比较快。"

"这怎么好意思呢……"

苏绣媛还想反对，张燕铎又指指旁边，接着说："我的车就在那边，大家自己人，很方便的。"

"谁跟你自己……哎哟……"

关琥话没说完，小腿就被踹了一脚，不等他叫痛，张燕铎就勾住他的肩膀把他勾到一边，小声问："你有钱坐出租车吗？"

关琥立刻点头，他的薪水还不至于坐不起出租车，只是觉得不太划算……

"还有回程。"注视着他的表情，张燕铎淡淡地追加。

在被注视到第五秒后，关琥选择妥协了，"看在你这么有心的份上，我不坐好像不太好……"

话没说完，他便被张燕铎推开了，转头对完全不在状况的女人说："我弟弟同意了，一起走吧。"

苏绣媛看上去并不想接受张燕铎的好意，她还想再坚持，张燕铎已经走开了，见关琥紧跟其后，她也只好跟上，用手捋着耳边的头发，对关琥说："不好意思麻烦你哥哥。"

"没关系，他不是我……"

胸口又被撞了一下，阻止了关琥的解释，他攥起拳头，很想回应张燕铎的暴力，但是在看到他消瘦的身板后，只好将拳头收了回去。

到了车位，张燕铎很绅士地为苏绣媛打开车门，关琥在上车时犹豫了一下，最后还是决定坐到后排座上，以便跟苏绣媛讨论接下来的问题——该怎么跟她男友商谈，才能让对方放下心防。

张燕铎照苏绣媛提供的地址将车开了出去，关琥在旁边听到地址，在心里抹了把冷汗——陈律师的家离这里好远，要是真坐出租车来个往返的话，他下半个月就要喝西北风了。

他的眼神扫过后视镜，刚好张燕铎也在透过后视镜看他，两人看个对眼，张燕铎先笑了起来，像是看穿了他的想法，嘴角坏坏地向一边勾起，关琥气得瞪过去，同时在苏绣媛看不到的地方冲他晃了晃拳头。

"这个也许你需要。"

一个东西从前面向关琥抛过来，关琥伸手接住，发现居然是瓶口腔清新剂，他不爽地冲张燕铎说："我没口臭！"

"有酒臭。"后者慢悠悠地回他。

"难道造成酒臭的元凶不是你吗？"

"警官，你这种说法就像是你拿枪杀人，却把罪责推给枪支制造商一样无理。"

"你这是狡辩，再说我是警察，怎么会要持枪杀人？"

"是谁说警察就不会杀人了？"

"那个……"旁边一直被无视的女人抬起手，小心翼翼地打断了他们毫无营养的对呛，"你们兄弟感情真好啊。"

他们才不是兄弟！

关琥张嘴要解释，张燕铎在前面慢悠悠地说："愿赌服输哦弟弟。"

想起当初的赌约，关琥只好忍住了，张嘴，将口腔清新剂喷进自己嘴里，而且是连喷几下，然后问张燕铎，"这样可以了吗大哥？"

张燕铎没直接回应，而是托了托眼镜框，表示自己的满意度。

苏绣媛心里有事，没注意到他们的眼神较量，双手绞缠着裙摆，紧张地问关琥，"你决定怎么说啊？"

关琥也没想到，摸摸头，正准备找些话来安慰她，张燕铎在前面问："你们要去见家长？"

"不是，是她男朋友。"

张燕铎隔着后视镜看关琥，那眼神让关琥很不自在，有气无力地说："不是你想的那样哥哥，我们在谈正事，我拜托你不要胡思乱想可以吗？"

张燕铎不说话了，给他做了个请继续的手势，自己看向前方，专心开车。

在之后的途中，车里比较安静，碍于有外人在，关琥不方便多说什么，只是找了些简单的词句安慰苏绣媛，没多久轿车到达了目的地——栋建造豪华的高层公寓前。

张燕铎想要把车开进去，关琥制止了，告诉他停在这里就行，本来想顺便说他可以离开了，但想到回程的路费，后面那句就说不出口了。

看出了他的心思，张燕铎很贴心地说："我去周围转转，你事情办完了，打电话叫我。"

"谢了，"关琥趴在车窗上小声对他说："我还以为你要继续跟进呢。"

"你的终身大事，我怎么会那么没眼色。"

"都说了不是那种关系了。"

关琥给张燕铎做了个拜拜的动作，跟随苏绣媛走进了公寓，张燕铎看看周围的环境，没有兜风，而是把车开到附近可以停车的地方，熄了火，靠在车座上，准备趁这个机会小憩一下。

阖眼时他看了下表，希望弟弟不要折腾太久。

关琥陪同苏绣媛来到她家，虽然苏绣媛没有明说，但是看公寓的豪华程度就知道这是他们同居的地方，反正男没娶女没嫁，同居不算什么，只是关琥暗地里想这个真相会让警局一大票男同事伤心颓废了。

苏绣媛拿出钥匙要开门，手碰到门时，门应声开了，她有点奇怪，进去后，就见走廊到客厅一路都亮着灯，里面很亮堂，便叫道："铭启，我回来了。"

里面没有回应，苏绣媛继续往里走，说："我还带了重案组的同事来，他……"

话说到一半卡住了，苏绣媛走到客厅门口，在看到前面的状况后，小挎包落到了地上，她双手捂住嘴，定在了那里。

关琥在后面关门，听苏绣媛的语气不太对劲，他急忙跑过来，下一刻，血腥的场景便落在了他的眼中——客厅当中的空地上流满了血液，一个男人仰面躺在血泊当中。

因为过度恐惧跟难受，他的身体很夸张地扭曲着，金边眼镜落在一边，眼睛大睁着看向天花板，嘴里被东西堵住了，导致他的脸庞扭曲得厉害，有血丝从嘴角溢出来，但是不多，他的两只手向两旁张开，指甲抠在地板上，由于地板都被血掩盖了，无法看出上面是否有指甲留下的划痕，再往下看，男人自胸口到腹下都被豁开了，正如开膛剖肚的状态，豁开的肚皮向两旁翻开，露出里面血肉模糊的器官。

关琥不由自主地屏住了呼吸，不用细看他也知道死者的内脏被搅烂了，凶手像是跟死者有莫大的仇恨似的，做出这样残忍的事，假如是活着被开膛的话……

他有点不敢再想下去，就听旁边传来呕吐声，苏绣媛终于受不了眼前的血腥，双手捂住嘴巴，发出干呕。

"没事没事，你先去别的地方。"

眼下的状况完全不能用"没事"来形容，但是让苏绣媛继续待下去，绝对是种折磨，关琥想扶她去别处，却被她一把推开了，跌跌撞撞地冲过去，大声叫着陈铭启的名字扑向那具男尸。

关琥赶忙将她拦住，喝道："冷静点，不要破坏现场！"

"可是铭启被杀了，他被人杀了！"

眼前的打击实在太大，苏绣媛失去了平时的温柔，拼命挣扎着并大声吼叫，由于死者模样诡异，关琥本来还怀疑他是否就是陈铭启，现在敢肯定了，苏绣媛的担心变成了现实，这位金牌大律师真的被谋害了。

"我知道他被人杀了，所以你才更要冷静！"他抓住苏绣媛的肩膀，喝道："想为他找出凶手，你就更要冷静，保护好现场，明白吗！？"

被他的大吼声吓到了，苏绣媛停止尖叫，呆呆地直点头，忽然又一手捂住嘴巴，再次发出作呕的响声。

关琥扶住她，将她带到走廊另一边，那边是相连的房间，他不知道是书房还是卧室，总之是可以暂时休息的地方，安慰说："你什么都不要做，坐下来镇定一下，这里交给我。"

他说完，转身要回现场，被苏绣媛一把拉住，由于紧张，她的手很冰，发着轻颤，泪眼蒙眬地说："可是……"

关琥以为她要说什么，可是她只是哆嗦着，看来就算是想说话，也无法整理好语言，便说："别担心，我马上求援，看能不能救人。"

苏绣媛哭着直点头，随手推开旁边的门走进去，关琥挠挠头，觉得自己实在不会安慰人，看现场那种状况，傻瓜都知道人根本救不活。

安慰好苏绣媛，他迅速回到客厅，先是打电话给重案组同事报告案情，接着拿出手机，从不同角度拍下被害人的死状，这时他才发现在离血泊不远的地方也有零星血迹，血斑陆续延伸到门口，由于不多，一开始被他忽视掉了。

关琥举起手机，将血斑也都拍了下来，顺便又拍了客厅的全貌——被害人的手机落在离他较远的地方，看机体的碎裂状况，可能是被害人在受到攻击时导致的；走廊跟角落里放置了不少青藤植物跟假山石，植物盆里零落倒扣了一些空的小玻璃瓶，另一边电视柜里也摆放了许多瓶装容器，透过玻璃窗可以看到瓶子上的标签，都是些营养用药。

看来陈铭启很注意身体保健，却没想到最后会死于非命。

由于室温较高，再加上被害人大量出血，室内弥漫的怪味让关琥作呕，他忍着不适将现场逐一拍下来，又转去尸首上，在镜头逐渐移到被虐杀的部位时，他微微一愣。

透过手机镜头，可以看到死者的肚子里被搅得血肉模糊，随着镜头的移动，杂乱的内脏之间恍惚有金属的光辉闪过，他还以为自己看错了，把手机移开，重新确认，发现死者搅烂的器官里面的确夹着其他东西。

关琥小心避开溢满周围的血迹，向被害人面前凑了凑，想仔细查看他的伤口，就在这时，手机响了起来，来电显示是张燕铎。

"你那边是不是出事了？"电话一接通，关琥就听到张燕铎焦急的嗓音从那头传过来。

"出了很大的事，"看着眼前惨不忍睹的现场，关琥冷静地说："我遭遇凶杀案了，哥。"

张燕铎是被突如其来的响声弄醒的，他睁开眼睛，发现自己才睡了几分钟，车外有个人影在晃动，响声正是那人碰到车身造成的。

起先张燕铎以为是醉汉，因为他摇晃得厉害，但那人转头时脸上的表情让他感觉不对，本能的驱使下，他打开车门下车，问："先生，你没事吧？"

那是个身材矮小瘦弱的男人，路灯灯光折射在他脸上，让他的表情愈发阴暗，像是没想到车上会有人，他啊地叫了一声，在看到张燕铎后，二话不说掉头就跑。

一瞬间，血的腥气传达给张燕铎，他本能地冲了上去，那人跑得趔趔趄趄，轻易就被他抓住了，谁知就在他抓住那人的手的同时，眼前寒光闪过，对方竟从口袋里掏出弹簧刀，弹开后向他刺来。

以他刺来的力道跟凶狠，换了普通人，一定会被刺伤，但可惜他面对的是张燕铎，而他的行为也成功地激起了张燕铎的戾气，他侧身避开了刺来的尖刀，先是一拳击在男人的手腕上，在将刀击飞出去后，接下来的一拳又打在他脸上，那人哼都没哼，就随着他的击打跌在了地上。

张燕铎就势向前一按，用膝盖顶住男人，一只手按住他的颈部，另一只手拿起那柄落在旁边的弹簧刀，握住刀向他的眼睛刺去！

不知是张燕铎的速度太快，还是此刻他身上流露出的杀气太强，那个人居然连声求救都没叫，眼睁睁地看着刀逼到了近前，张燕铎握刀的手发出颤抖，只要刀尖再往前挺近几厘米，他就能干掉这个人了。

四下寂静，车位附近很暗，半个人影都看不到，空间里只能听到呼呼喘息声，一个是躺在地上的男人发出来的，一个是属于张燕铎的。

跟地上那人四目相对，张燕铎看到了他眼中的恐惧跟哀求，曾几何时，这样的目光他也见过，但每当他心软收手时，都会换来对方毫不留情的反击，所以抚养他的老家伙对他的教训永远只有一句话——不要对他人仁慈，因为那是强者不需要的感情。

不要对除了自己以外的人抱有任何同情心，刀只要出鞘了，就一定不可以白刃返回！

这句话在张燕铎的脑海里反复回旋着，他不断地这样告诫自己，可是利刃始终没有刺下去，手颤得越来越厉害，刀尖在晃动中泛出诡异的光芒，他的眼眸被光亮晃到，蓦然回过神来，寂静的空间让他觉察到这里不是囚禁他的孤岛，而他也不再是囚犯。

他不可以杀人，因为他现在不是一个人，他要考虑到弟弟的心情。

想到关琥，张燕铎慢慢恢复了正常的理智，他吐出一口气，发现额头上渗出了一层冷汗，气力像是耗尽了似的，连那柄刀都拿不住，当啷一声，刀落到了男人身旁，男人这才反应过来，吓得发出啊啊的怪声，又奋力挣扎，想挣脱张燕铎的按压。

张燕铎沉默着挥起拳头，再次打在那人脸上，将他打晕后，把他揪起来，推到路边，又扯下他的腰带，将他双手反背在后面，用腰带捆住，顺手又将他的衬衫从后面掀上去盖住他的头部，都做完后，将他丢在那里，转身向公寓里跑，同时打电话给关琥。

有种预感，这个人也许跟关琥的拜访有关联。

"我遭遇凶杀案了，哥。"

这是在被他询问后，关琥给他的回答，一瞬间，张燕铎的心房被一种莫名的情绪充满了，不管关琥是否真是他的弟弟，在这一刻他都有了找到家人的感觉。

这让他庆幸自己刚才克制住了杀意，问了关琥门牌号，加快奔跑速度，公寓的保安过来阻拦他，被他直接甩去了身后。

陈铭启的住居在十楼，张燕铎乘电梯上去后，又一口气跑到他的房间，房门没锁，张燕铎直接推门，冲进大厅。

关琥不在，张燕铎首先看到的是溢满地板的血液，血液正中蜷缩着一个死状恐怖的男性，一个女人蹲在他身旁胡乱摸索着，女人背对着张燕铎，但是看她的打扮，他判断出那是苏绣媛。

"关琥在哪里？"他问道。

或许是声音太严厉，苏绣媛吓得一个哆嗦，差点跌倒在血中，她避开血迹战战兢兢地退到一边，用力摇头，表示自己不知道。

听到响声，关琥从隔壁的阳台上跑回来，看到苏绣媛的举动，他皱起眉，苏绣媛抢先开口叫道："我知道不该破坏现场的，但我还是不甘心，我想知道铭启是不是真的死了，我学过紧急救护的，也许我可以救他……"

虽然这种心情可以理解，但苏绣媛的行为除了妨碍现场勘查外，没有任何意义，关琥想把她再劝走，就见她用手捂住嘴巴做出呕吐状，不等关琥开口，就急匆匆地转身跑去了洗手间，门关上后，不一会儿，就听到里面传来冲水的声音。

目光落在面前的尸体上，关琥捂着胃，觉得自己也想吐了，赶忙转个身，去了离现场较远的地方。

"你刚才在干什么？"

身后传来张燕铎冷清的嗓音，关琥侧头瞄了一眼，见他正仔细观察被害人的状态，脸色平静，没有表现出一点正常人该有的反应。

这是除了鉴证科那些怪人以外他所见到的最怪的人。

"去阳台跟走廊那边转转，看看有没有什么新发现。"

"新发现在他的肚子里，你没看到吗？"

张燕铎走近尸体，伸手正要去拨弄死者的肚腹，被关琥大声喝住，"不要破坏现场，等鉴证科的人来！"

冷漠的目光投来，有那么一两秒，关琥觉得这不是他认识的那位酒吧老板，但张燕铎马上就恢复了正常的表情，默默向后退开，就听外面传来急迫的警笛声，看来警察马上就会到了。

洗手间里还不断响起冲水声，关琥走过去，轻轻敲房门，问："苏绣媛，你还好吧？"

"……没事。"

里面传来有气无力的回应，随后苏绣媛将门打开，出来时关琥发现她的脸色更难看了，担心她会晕倒，主动扶她回了卧室，回头见张燕铎还盯着死尸在看，他提醒道："不要乱碰这里的东西，我都有拍照的，要是你害我被降级，我这辈子都会赖着你不放。"

张燕铎托托眼镜，一言不发地退开，又过了一会儿，门口传来脚步声，重案组成员陆续到了，苏绣媛对关琥说："你去忙吧，不用理我。"

"好，我让女警来照顾你，有什么问题或是不舒服的，你跟她说。"

苏绣媛点点头，伸手捋着耳边的头发，关琥发现她的指尖依旧在颤个不停。

还好女警很快就到了，是他们重案组的新人蒋玎珰，蒋玎珰机灵乖巧，看上去很像是邻家小妹，有她来照顾苏绣媛，关琥比较放心，又暗中交代她等苏绣媛的情绪稳定下来后，再顺便帮她录口供，然后离开，去客厅开始正式参加勘查工作。

外面已经拉上了警戒线，重案组的警察跟鉴证科的人正在各自忙碌自己的工作，张燕铎被安排站在门口，江开正在向他询问问题，看到关琥，他先是愣了一下，然后挠挠头，一脸不可思议地问："你什么时候来的？"

"现场是我弟弟发现的，也是他报的警，"张燕铎在旁边好心地帮忙回答，"我开车送他们过来，所以就顺便上来了。"

"你弟？"

江开的目光再次在两人之间转了转，完全无法理解才没过多久，他们怎么一下子从普通关系一跃成了兄弟。

"请问你们失散多久了？通过什么信物确认关系的？"秉着好学不倦的精神，他问。

关琥把他拍开了，"做事去。"

"做事之前，请记得戴好口罩。"张燕铎在旁边好心地提醒。

"为啥？"

江开刚问完，就见两个菜鸟捂着嘴跑了出来，没多久走廊远处传来呕吐声，关琥指指他们，表示就是这个意思。

江开立马跑出去找同事要到口罩，顺便也帮关琥要了一个，跟手套一起递给他，关琥戴手套时，就见他的上司，重案组组长萧白夜也捂着嘴跑了出来，他总算没有吐，只在嘴里含糊说："我去搜集情报，回头会合。"

等话声落下时，他已经跑得不见影了，关琥惊讶地问："没人提醒头这次现场很血腥吗？"

"好像是你报的警，"张燕铎无限同情地看他，"假如是你忘了说的话，就等着事后被修理吧。"

关琥挠挠头，发现害上司的罪魁祸首是自己后，他不说话了，江开好心安慰道："你喝酒了嘛，这也是没办法的事。"

"我没……"

"为什么每次周末发生凶案，都跟你有关？"

不悦的话声传来，鉴证科的首要成员舒清沩到了，她穿着白色短裙，头发卷成漂亮的大波浪形，看打扮分明是在哪里玩到中途，被突然打电话叫过来的，边快步走近，边熟练地把头发卷到脑后，以便马上进入工作状态。

"不关我的事，我也想周末好好休息的。"关琥苦笑。

"而且每次凶案现场你都喝酒。"

"是苏绣媛跟这位……"看看张燕铎，关琥临时改口，"跟我哥一直逼我喝。"

"你是小孩子吗关先生，有错先往别人身上推？"

旁边传来几声闷笑，关琥决定还是不跟他们瞎扯，先进去做事好了。

胳膊被拉住，舒清沩拦住他，对江开说："你先帮他录口供，包括这位关先生的——你们组长刚才让我转告的。"

"张，"张燕铎笑眯眯地纠正，"刘关张的张。"

"是，张先生，请这边来，我们来正式录口供。"

江开示意张燕铎跟关琥去走廊上，关琥很想跟随舒清沩查看现场，被他硬是拖出去了，"配合一下。"

为了早点看到现场勘查结果，关琥非常"配合"地将自己怎么会出现在这栋公寓里，怎么发现命案的过程详细讲了一遍，江开边做记录边羡慕地连连点头。

"真好啊，跟大美女约会啊。"

约会的话，他就不会去张燕铎的酒吧了，他是跟苏绣媛谈正事的好吧！

在关琥准备揍人之前，江开开始问正事，"苏绣媛有没有提到被害人被恐吓的具体情况。"

"没有，我本来是打算来之后，详细询问被害人的。"

之所以没有多问，是关琥觉得苏绣媛有些小题大做，以被害人在律师界的地位跟人脉，普通的恐吓根本影响不到他什么，现在看来是自己的想法太乐观了。

"苏绣媛的表现如何？"

"来之前有点紧张跟担心，在看到被害人后她的情绪很激动。"

"你们怀疑她？"张燕铎在旁边插话问。

"这是正常的讯问程序，我们怀疑与事件有关的任何一个人，"关琥注视着他，答道："也包括你，张先生，案发前你说去开车兜风，为什么会突然联络我，认为我出事了？"

"我关心你也有错？"

"没错，但发生得太巧合。"

"所以你就怀疑我有可能杀了一个我连面都没见过的人？"

"我刚才说过了，这只是例行讯问，每一个相关当事人警方都会问到，也包括我自己。"

在旁边听着这对话有愈见升级的迹象，江开看不下去了，制止道："我说，这些鸡毛蒜皮的事你们是不是可以回家关上门慢慢聊？"

为什么要关门聊？而且这是问案，怎么能说是鸡毛蒜皮的事？

关琥正要反驳，江开冲他摆手，"你不是想看现场吗？这边我来问。"

张燕铎也微笑对他说："假如你想知道那柄剑是怎么插进死者肚子

的，早点进去比较好。"

基于眼下的状况，关琥选择了去现场，就听身后江开奇怪地问张燕铎，"死者肚子里还有东西？是什么剑？"

比起是什么剑，他更想知道在那么短的时间里，张燕铎是怎么看出死者内脏里放的是剑？

抱着这个疑问，关琥回到现场，就见鉴证人员正在给死者拍照，死者口中的异物已经被取出来了，却是揉成一团的气泡塑胶。塑胶柔软有弹性，可以给被塞住的人一定的呼吸空间，但也会随着呼吸加剧造成塑胶慢慢移向气管，导致呼吸障碍，看着那团带血的物体，关琥咳了咳，觉得自己的嗓子也开始不舒服起来。

另一位鉴证人员在用小夹子翻动死者的内脏，肠子有一部分被搅烂了，随着他的拨动掉出来，旁边传来干呕声，又有警察受不了这种虐杀的状况，捂着嘴跑了出去。

可以让这么多警察失态，从某种意义上，关琥挺佩服凶手的变态程度的。

"你是不是先去吐完，再来看现场。"舒清滟用另一个夹子夹动死者的肠子翻看着，对他说。

这世上比变态还要变态的是法医。

看着表情平静的舒清滟，关琥默默戴上了口罩。

要是他表现得还不如一个丫头，那就白干警察这么多年了。

"死因是什么？"他问。

"腹部被利器刺中导致脾脏大面积破裂失血，食道被塞住引发呼吸困难——这是表面上可以观察到的死因，具体情况还要再做详细的尸检才知道，至于凶器……"

舒清滟用夹子将深入死者腹中的金属物挑出来，由于金属物太重，无法夹住，她便直接伸手拿了出来，可以看出那是柄十多厘米长的短剑，并且是带剑鞘的，她握住剑柄将剑拔出来，就见剑身上也沾满血迹，上面也带了不少看不出是什么东西的残渣。

"美女，你好彪悍。"关琥在旁边看傻了眼。

就算戴了手套，这种直接从死者腹中掏东西的行为他还是做不出来。

"你有其他办法拿吗？"舒清滟扫了他一眼。

关琥的确没有，他发现自己身边还是需要这种彪悍人的，嗯，估计张燕铎的话，他也可以毫不犹豫地将剑取出来。

舒清滟让同事做下取证记录，又将短剑放进证物袋里收好，关琥问："这会不会就是凶器？"

"很有可能。"

"那为什么凶手在杀了人后，又把凶器放回到剑鞘里，再塞进他的肚子？"关琥不解地歪歪头，"为了隐藏杀人工具？"

"尸检后，我会给你一个更准确的答案。"

关琥点点头，这里该看的他都看过了，现场勘查他帮不上什么忙，站起来，准备先去看看苏绣媛的状况，再去保安室检查监控录像，谁知刚转身就跟江开撞到了。

"张燕铎呢？"关琥看看江开的后面。

"你是问你那位刚认亲没多久的大哥？"江开用大拇指指指走廊，"他跟头回警局录口供了，疑犯也抓到了，大家可以不用这么紧张了。"

关琥只注意到前一句，"为什么回警局录口供？他疑点很多吗？"

舒清滟也站起来，疑惑地看向江开，江开急忙摇头，将手里的讯问笔录递给他们看，"不是你哥有疑点，是他抓到了疑犯，所以要去警局配合录一份详细的笔录。"

第二章

等关琥回到警局重案组，张燕铎的笔录已经做完了，他坐在重案组外的长椅上闭目养神，关琥犹豫了一下，没去打扰他，先是走进隔壁的审讯室里，透过单面玻璃窗，看到同事老马跟另一位警员正在审问疑犯，但貌似不顺利，疑犯一直在发抖，头低垂着缄默不语。

关琥看了一会儿，觉得无聊，转身回来，经过自动贩卖机，他买了两罐奶茶，自己选了冰的，走到张燕铎身旁坐下，将另一罐热的递给他。

听到响声，张燕铎睁开眼睛，看到凑到手中的饮料，他的眉头挑了挑。

"请你喝，"关琥把头别开，小声说："刚才抱歉，我看了江开给你录的笔录，才知道是怎么回事。"

"没关系，反正对你的智商我早就放弃期待了，比如你会认为一杯奶茶就能得到原谅一样。"

张燕铎没去接饮料，坐正身子，说："如果你真怀疑一个人，那就该怀疑到底，看份笔录就觉得我是无辜的，那你的智商也低得太令人震惊了。"

都说了那不是怀疑，而是例行讯问了。

"那还真是抱歉哈，我的智商那么低，"关琥不爽地把手收回来，"不要就算了。"

"谁说我不要？我要冰的那罐。"

"你的身体能喝冰饮料吗？"

"某人胃痛都敢喝冰的，为什么我不能？"

张燕铎把冷饮拿过去，关琥只好开了热的那罐，转头看着他喝，突然想到他不会是担心自己冷饮喝太多导致胃痛，才特意这样做的吧？

"那个……谢谢。"

张燕铎奇怪地看过来，关琥立刻声明，"谢谢你帮忙把疑犯抓到了，否则这起凶杀案又要被那些记者大肆宣扬了。"

"只是疑犯，未必是凶手，"停了停，张燕铎又说："或许九成以上他不是凶手。"

想起江开对张燕铎的笔录，关琥心里升起不祥的预感，忍不住问："为什么你会那么专业的绑人技术？"

"我以为那是常识。"

"不是。"

"那就是你对常识这个词的理解不够深刻。"

"张先生你不要把话题扯开，现在我们在讨论你的行为，而不是我的常识。"

"我以为这是一个问题。"

就在两人鸡同鸭讲的时候，脚步声传来，萧白夜急匆匆地走了过来，看到他们，说："有关案犯的详细资料拿到了，来研究一下。"

关琥立刻站起来跟上，见张燕铎也跟过来，他正要开口让对方回家，萧白夜先说："张先生也一起来吧，我正好也想听听你的见解。"

这两人什么时候这么熟了？

关琥愣在那里，像是看出了他的想法，张燕铎冲他耸耸肩，一副"我也不想这样，是你们上司请我去的"样子，然后笑眯眯地跟萧白夜并肩走进了重案组。

"等下，"追着他们两人进了萧白夜的办公室，关琥急忙说："头，有关警方内部的工作内容，还是请张先生回避比较好吧？"

萧白夜坐下来，淡定地说："想太多，你大哥又不是外人，再说疑犯还是他抓住的，听听他的意见也好嘛。"

"他不是……"

话没说完，关琥的小腿就挨了一脚踹，等他忍住痛站稳，张燕铎已经在旁边的沙发上坐下来了，紧接着江开跟老马也进来，他只好就近坐到了沙发扶手上。

大家都到齐后，萧白夜先开门见山问："审问的怎么样？"

"那小子嘴挺硬的，一直说跟自己没关系，我让他们轮流问，不出意外的话，明天早上就会有结果了。"

老马在审讯上做了几十年，都是老油条了，他说会有结果，关琥相信绝对不是问题。

"这是疑犯的资料，时间太短，我只找到了这些。"

萧白夜将带来的文件递过去，让他们轮流看，传到关琥这里时，张燕铎也凑过来看，关琥碍于同事们都在场，只好当不知道，默默地阅读手里的资料。

疑犯叫王二，二十六岁，未婚，在城郊一处闹区跟父母开了间大排档式的拉面馆，生意还算不错，但去年由于那片区域被开发，因房产地皮以及生意等问题，王家跟房地产商一直没有顺利达成协议，以至于闹到了法院。

当时房地产商的顾问律师正是被害人陈铭启，以陈铭启的铁嘴诉辩，这起地产纠纷案就轻松一边倒地胜诉了，王家最后不仅被指令迁移，还要付一大笔诉讼费，所以王二有足够的杀人动机。

"这么复杂的情报，头你都这么快就查到了？"关琥不可思议地看萧白夜。

"王家有一次跟房地产商发生冲突，动了刀，闹到了派出所，所以有记录在案，我只是随便调了下资料而已。"

萧白夜拿起茶杯慢慢品着，那表情好像在说——这点情报搜索岂能难得倒我？

想起刚才他在案发现场的糟糕状态，关琥决定无视上司的自诩。

老马接着说："保安也证明最近王二一直在陈家附近转悠，他们曾警告过王二，但今晚案发之前，是陈铭启让王二进去的，至于原因，他们也不知道。"

"看来他随身带的弹簧刀是准备用来杀人的武器了，"关琥对比着手头上现有的资料说："不过刀上没有血，而死者腹部里还有另一把凶器，这里有点奇怪。"

"也许带了两把，以防万一。"

老马说完，见江开在旁边不断摇头，便问："你有什么想法？"

"我觉得王二不是凶手，这名字太路人甲了，一看就像是陪衬主角来的。"

对于江开这种不负责任的言论，几个人的反应是将手里的资料同时拍向他，把他拍得叫苦连天。

萧白夜在对面拍拍手，说："好了，情报汇总暂且只有这么多，老马，你负责继续讯问王二；江开你去搜集王家的情报，包括诉讼问题跟王家的现状；关琥你去追陈铭启这条线，有后续及时联络。"

大家领了任务各自离开，关琥看看张燕铎，他正拿了份报纸看得入迷，关琥忍不住又去看萧白夜，完全不明白上司把这个局外人带进来的用意何在。

下一秒萧白夜给了他答案，"张先生，平时你也喝科纳咖啡？"

"是啊，我比较喜欢里面的葡萄酒香，那是其他咖啡所没有的味道，你有时间的话，可以随时到我店里来做客，保管让你喝到地道的科纳。"

"你是关琥的大哥，捧场是一定的，真是不好意思，还要让你特意送我。"

"只是咖啡而已，举手之劳，举手之劳。"

科纳咖啡？不会是夏威夷盛产的那个咖啡吧？怎么最近他天天去混酒吧，都没看过这位老板喝咖啡？

"等等，"他举手打断两位像是老友似的对话，问萧白夜，"头，你不会是为了要一包咖啡，把个外人叫进来的吧？"

萧白夜放下茶杯，笑吟吟地看过来，关琥被他看得心里发毛，就听他说："对了，关琥，有关今晚血腥现场这个问题……"

"啊，我突然想起我还有份报告要写，我先去忙。"

生怕上司追究他知而不言的罪责，关琥随口丢下一句，就拉着张燕铎跑出了重案组。

已是凌晨，办公室外的走廊上静悄悄的，张燕铎将喝完的饮料罐丢进垃圾箱，问："要回家吗？"

关琥看了下表，还有几个小时就天亮了，有案子的情况下他都是直接在警局凑合的，以便可以随时行动。

"不，我要留守，你先回去吧。"

张燕铎点点头，跟他告辞离开，关琥走在后面，看着他消瘦的身影在灯下慢慢拉长，晃晃悠悠的，似乎摔倒也不会让人意外，想到他因为陪自己办案熬了一夜，有些过意不去，又担心他这个时间开车会出问题，便开口叫住了他。

"那个……你要是累了，要不要先去值班室睡一觉？"

张燕铎停下脚步，奇怪地看过来，关琥已经后悔了，因为他想到他们现在在警局，离家步行连十分钟都没有，根本不存在凌晨开车等危险。

"好啊，那就谢谢弟弟了。"

在关琥想要反悔之前，张燕铎先答应了下来。

在之后的几个小时里，关琥不止一次地为自己的白痴提议感到后悔。

值班室是个小套间，有床有沙发，床呢，当然被他让给了客人，而他自己，则窝在对面的单人沙发上，沙发太小，就算是横躺，他的两条腿也不得不完全搭在外面，这种扭曲的姿势，别说睡觉了，就算是眯会儿眼，都觉得难受。

"靠，我也要飞天了。"听着对面平缓有节奏的鼾声，关琥忍不住扭动着身子，在口中发出怨言。

折腾了很久，直到天亮关琥才迷糊了一觉，睡得正香时，房门被推开，江开从外面走进来，关琥睁开眼，见他咋咋呼呼地要开口，急忙指指对面，做了个嘘的手势。

江开会意地点头，跟他指指外面，关琥坐起来准备跟上，谁知腰间传来酸痛，像是被扭到一样，接着腿也麻了，害得他龇牙咧嘴，又重新跌回到沙发上。

"您……还好吧？"等他好不容易揉着腰挪出去，江开在外面憋着笑问。

"我觉得昨晚回家休息是明智的。"

"是啊，虽然兄弟久别重逢是需要相互关爱，不过也要量力而行才是。"

关琥揉着落枕的脖子跟扭痛的腰，已经懒得再解释他跟张燕铎的关系了，直接问："什么事？"

开始说正事，江开收起了嬉皮笑脸，"王二开口了，爆料还挺多的，不过始终不肯承认是他杀的人。"

关琥跟随江开来到审讯室，里面审问的人已经换了一批，不过老马还在，他推门进去，就听王二在叫："我真的没杀人啊警官，我只是想吓吓他，让他别再逼我们卖地，那是我们的祖地，绝对不可以卖的！"

"你拿着刀去，就已经有了作案计划了，所以在被害人回绝你的要求后，你就索性杀他泄愤，还编造出这么荒唐的借口来骗人，什么有鬼杀人？怎么我们大家都没见到？"

"他没声没息地突然出现，不是鬼是什么？他还把我弄晕了，我醒来时那律师已经死掉了，我就吓跑了，后来……后来就在路上被抓住了，我帮你们画了那鬼的模样，就是那样子的！"

听他说得颠三倒四，关琥皱皱眉，接过老马递来的笔录看起来。

照王二的说法是，官司打输了，为了不搬迁，他听从律师的建议，最近一直奔跑于一些大报社之间，想借助舆论力量给他们加压，又纠缠陈铭启，希望他跟房地产商协商解决，所以公寓保安看到他骚扰陈铭启的那部分是真的，昨晚八点多陈铭启让他进公寓也是真的，至于陈铭启要谈什么，他并不知道。

所以他提前做好了打算，带了弹簧刀，准备万一话不投机，就用武力要求他帮忙，但他并没有想杀人，他家里还有上了年纪的父母，要是杀了人，这个家就整个毁了。

看到这里，关琥哼了一声——如果凶犯在杀人时都会考虑到自己的家人，这世上就不会发生这么多杀人案了。

王二顺利来到陈铭启的家，开门见山地说了自己的来意，陈铭启告诉他，自己正在跟房地产商协调，这两天就会给他们一个满意的答复，就在他们聊到这里时，那个鬼就突然出现了，王二只看到他给了陈铭启一拳，后来就什么都不知道。

等他醒来时，发现自己躺在走廊地板上，他迷迷糊糊地来到客厅，就看到陈铭启死后的惨状，他在惊慌失措之下摔了一跤，导致脚下沾了一部分血迹，他没注意到，慌不择路地跑出公寓，却不料在出了公寓不远的地方被警察抓到了。

看着王二脸上的淤青，关琥很想说——那不是警察，那只是个喜欢多管闲事又很暴力的家伙。

供词下面还有一张王二画的图，所谓的鬼，其实是用一些弯弯曲曲的线组成的，中间是两个椭圆形的眼睛跟裂得很夸张的嘴巴，上面还涂了颜色，红绿黑白都占全了，看上去像是小丑，又像是泼洒后的调色板或是京剧脸谱，但仔细看的话，又什么都不是，关琥想假如他说的是真的，那他能在那么短的时间里把对方的脸记住，反而令人怀疑。

"你记得那只鬼的高矮胖瘦吗？"老马问。

"不记得……不，是根本没看清，就只看到这张脸……我听说陈铭启很黑的，一定是他得罪了会邪术的人，那些人用鬼来杀他。"

"说你自己的事，别提别人！"

"我真的没杀人啊警官呜呜……"

大概王二本来的精神状态就不好，又被逼问了一个晚上，现在完全处于崩溃的边缘，哭得一把鼻涕一把泪，关琥冷眼旁观，见他长得瘦小干瘪，双目无神，跟残忍地将剑插进死者内脏的凶手很难联系到一起。

老马也被他哭得头痛，跟同事使了个眼色，示意先让疑犯休息一下，两人出了审讯室，关琥问："怎么样？"

"现在还很难说，我刚拿到他以前的案底记录，这个人有隐性狂躁症，看着胆小虚弱，发作起来会连命都不顾的，这种人最难凭直觉来判断。"

"不过有些证据对王二有利，公寓监控录像都调来了，证实他进去跟出来时的衣服是一样的。"江开在旁边追加道。

也就是说，假如人是他杀的，在那种暴力杀人手法下，王二身上不可能完全没沾血迹，除非他去的时候藏了一套相同的衣服，但录像显示，他当时除了藏在口袋里的弹簧刀外什么都没带。

"看来如果要指证王二，至少要先找到血衣。"

"头已经安排警员在搜查了，现在那栋公寓大概正处于地毯式搜索状态中。"

"反之，如果排除王二行凶的话，那就还有其他的可能，"关琥问："楼层监控有没有拍到其他人去拜访被害人？"

"这也是一个疑点，"看了一晚上录像让江开的眼圈都红了，打着哈欠说："昨天被害人所在的楼层监控探头的角度被调动了，什么都没录到，所以我们只能检查公寓电梯跟大门的。"

监控录像显示王二是晚上七点四十分进的公寓，离开时是八点三十三分，所以假设他的口供是真实的，那就是在这不到一个小时的时间里，又有人进入了被害人的房间。

关琥拍拍江开的肩膀，"你去休息吧，接下来的部分我来查。"

"我去隔壁打地铺好了，值班室让你哥占了。"

江开打着哈欠离开了，关琥去值班室悄悄看了一下，见张燕铎还在沉睡，时间还早，鉴证科那边不会马上有答案，他便先去洗漱，又在贩卖机里买了饮料跟面包，边吃边坐在电视前看公寓监控录像。

正如江开所说的，陈铭启家的楼层什么都没拍到，如果是有人故意调动监控器的话，那更能证明王二是无罪的，关琥做着需要继续调查的记录，又反复看录像——周末晚上七八点钟是住客进出的高峰，看来要拜托公寓保安跟鉴证科的人帮忙一个个查了。

录像很无聊，关琥吃完面包，在反复观看中不知不觉地睡了过去，直到有人拍他的肩膀，他才醒过来，拿的饮料罐在他的活动中失手落下，被身旁的人及时接住了。

录像已经结束了，关琥揉揉眼睛，发现来的是张燕铎，他问："你怎么又来了？"

"我本来就没走啊。"

"你的衣服几小时之间由蓝变白了吗，张先生？"上下打量张燕铎的衣着，关琥说。

别糊弄他没记性，昨天张燕铎穿的是蓝衬衫，现在他穿的是白底红格衬衫，昨天是蓝色眼镜框，现在是浅红色的，发型也有打理过，这一切都证明他曾离开过警局，回家重新梳洗打理后又返回来的，这人还真是奇怪，没事总往警局跑。

被讥讽，张燕铎面不改色地扶了扶眼镜，"那一定是你睡迷糊了，关先生。"

"我的记性不知道有多好……"

"看来没什么收获，"打断他的话，张燕铎把空饮料罐放去桌上，又自来熟地按动遥控器，反复转着录像看。

"喂喂喂，这是警方内部机密，请不要乱碰乱摸。"

关琥扑上前去抢张燕铎手里的遥控器，却因为久睡导致腿麻，一个没站稳，跌到了张燕铎身上，张燕铎扶住他，目不转睛地看着录像，淡淡地说："这是普通市民的身体，警官，也请不要乱碰乱摸。"

"张燕铎，你是要告诉我得寸进尺怎么写吗？"

"我通常都是得尺进丈的。"

关琥攥起了拳头，正准备教训一下这个得尺进丈的家伙，门口传来咳嗽声，蒋玎珰站在那里，表情诡异地问："我是不是来得不是时候？"

"没啊，别误会，这是我……大哥。"

虽然很不想这样当众称呼张燕铎，但总比被同事们误会他跟张燕铎有更深层的关系要好，关琥把张燕铎按到椅子上，任他去看录像，自己跑去蒋玎珰那里，问："苏绣媛的情况怎么样？"

"很糟糕，她一直哭，无法问出太有价值的话题，我准备等她情绪稳定一下再做笔录，"蒋玎珰犹豫了一下又说："还有件可能算是很糟糕的事，她怀孕了。"

"怀孕？"

听到这个词，关琥马上明白了苏绣媛在案发现场中屡次呕吐的真正原因。

"听说有两个多月了，本来他们都准备在近期结婚的。"

蒋玎珰离开后，关琥返身回到座位旁，无视在一边认真看录像的人，他坐下来，双手插进头发里，叹气，"真是够糟糕的事啊。"

"是挺糟糕的，要重新筛凶手。"张燕铎在旁边冷静地回应他。

什么叫筛凶手？

关琥不解地抬头看去，张燕铎还在来回转着录像，说："王二不是凶手。"

"他有动机，并且有计划地准备凶器，还患有隐性狂躁症，你如何断定他不是凶手？"

"直觉。"

"我们警察查案不能靠直觉的，大哥。"

关琥一秒打蔫了，他还以为张燕铎从录像里看出什么疑点了，说了半天只是他个人的感觉而已。

"至少直觉告诉我，现在方向错了，要马上换方向另外寻找凶手。"

张燕铎按下暂停键，转头认真地对关琥说："因为陈铭启的死因不是隐性狂躁症患者造成的。"

"如果陈铭启身上被连刺数刀死亡，那王二行凶的可能性很大，他是属于冲动性杀人的那类人，暴躁症发作时不会考虑后果，但现在的情况是监控探头被调动；死者口中有阻碍他发声的发泡塑胶，让他在被虐杀期间无法求救，活活忍受剧痛；事后凶手又将凶器塞进去，做出警示或是其他性质的宣告行为；从这些都可以看出这是一起有目的并且有周详计划的杀人事件，凶手应该是心理极度不健全的人，这一点跟王二对不上号。"

关琥在一旁听傻了眼，半晌，他小心翼翼地问："哥哥，你不会说这又是变态杀人吧？"

"是的。"

再联系他所谓的宣告行为，关琥再问："又是连环杀人案？"

"你说中了。"张燕铎笑眯眯地看他,"你总算聪明一回了。"

"我不会那么倒霉的,我刚定下了去国外旅行的计划。"

"那趁着计划还没实行,尽早取消掉吧。"

张燕铎把遥控器还给关琥,"比起查看公寓门口进出的录像,我建议还是重点调查一下在公寓大楼里做事的人。"

一句话提醒了关琥——如果有人可以调节监控探头,那他的身份至少是可以在公寓里随意走动而不被留意的,比如清洁工、维修工或是定期来检查公寓安全设施的人员。

他将怀疑写在手机的记事录里,每一条都加上调查重点,传给了江开,然后对张燕铎说:"我去鉴证科。"

关琥到达鉴证科时,里面已经开始工作了,他先往解剖室里探探头,在旁边玩电脑的小柯说:"舒法医应该已经搞定了,她说如果你来,直接进去就行,不过记得戴上手套跟口罩。"

他指指放在门口一侧的物品,关琥道了谢,戴上后,敲门走了进去,舒清澈已经换上了普通的工作服,坐在办公桌前写文件,看到他,轻描淡写地说了一句。

"请不要每次来都带家属。"

关琥转头指指张燕铎,又指指自己,用力摇头,表示他们不是家人关系,张燕铎解释道:"昨晚我跟疑犯有过接触,萧组长让我配合一下,说也许可以发掘到新消息。"

舒清澈没理他,问关琥,"可靠吗?"

关琥耸耸肩,这是个很微妙的问题,恕他难以解答,但后腰马上被顶了一下,张燕铎凑近他提醒道:"我好像救过你。"

关琥的腰腿本来就酸痛,被他这么一顶,更觉得不适,差点跳起来，挤眉弄眼地说："可靠，我以组长的人格保证。"

舒清滟起身带他们走到解剖台前，随口说："你看起来很难受。"

"任何一个人睡几个小时的沙发的话，都不会表现得很舒服。"

"希望接下来不会加重你的不适。"

当舒清滟把覆在尸首上的遮掩物取下时，关琥深刻理解了她提醒的含意。

在灯光的直射下，呈现在他们面前的尸首状态的视觉冲击感更强烈，连死者嘴角上的细微划伤也清晰可见，看来凶手在往死者口中塞塑胶泡沫时的动作相当粗鲁，死者腹中的异物已经拿出来了，露出半空的腹腔，被划开的部位伤口齐整，如果不是内脏碎裂，给人的感觉更像是手术刀造成的划痕。

舒清滟将写好的尸检报告交给关琥，关琥大致扫了一遍，被害人的死亡时间大约在七点到九点之间，这跟王二出现的时间相符，但当他看到死因时，忍不住叫了出来，"窒息而死？他明明肠子都被绞烂了。"

"致死主因是窒息，部分塑胶泡沫在死者挣扎的途中被吸入气管，导致气管阻塞，至于他所遭受的外伤当然也可以致死，只是先后次序问题而已，由于泡沫是被满满地吸入气管的，所以从死者被刺伤到死亡，大约八到十分钟。"

"你的意思是他在这十分钟里活活经受了肠穿肚烂的痛苦？"

"最多五分钟，因为大脑缺氧后，脑细胞逐渐坏死，他不会感觉到痛苦的。"

五分钟也很长了好吧。

看看死者极度扭曲的脸孔，关琥想他恐惧的不是死亡，而是死前面对酷刑时的绝望，从这一点来看，的确不像是王二的行为。

"看起来凶手跟死者有很深的仇恨。"关琥呻吟道："他又是做律师的，肯定结怨很多，要是一个个来筛选的话，不知道猴年马月才能找到。"

"那要感谢凶手为你提供了必要的线索。"

舒清漉带他们来到证物架前，将放在证物袋里的凶器拿给他们看，为了方便调查，剑鞘跟剑身是分开装的，血淋淋的凶器染红了证物袋的内侧，在提醒凶手的残忍。

关琥拿起证物袋，就见剑身上以中间为轴，相对刻着宛如波浪状的花纹，剑刃短而锋利，即使几乎被血色蒙住，依旧寒光烁烁，剑柄包银，当中以银丝缠绕，再看剑鞘，剑鞘上同样布满曲折纹络，鞘尾部位同样包有银皮。

由于是从内脏中取出来的，血迹渗进剑鞘纹络中，颜色晦暗，一些突起的地方还沾有内脏纤维碎屑，关琥在反复观看的过程中，想起它绞在人体中的状态，胃里开始做出不适的反应。

"你需要呕吐袋吗？"舒清漉在旁边好心地询问。

关琥不说话，转头避开，证物袋他随手推给舒清漉，却被张燕铎半路接过去，仔细观看起来。

"你好像对这柄剑很感兴趣？"

在发现张燕铎在查看证物时表情冷静，完全没有正常人的反应，舒清漉很惊讶，同时也对这个不速之客多了份好奇。

张燕铎给她的回答是——"我见过这柄剑。"

"见过？"关琥的反应比舒清漉快，迅速转过头来问："在哪里？"

"应该说是见过这类仿制品，不过当时只是随便扫了一眼，不敢肯定它们是否真的完全一样，"张燕铎将证物袋还给舒清漉，"我只能判断它们同样锋利。"

舒清滟点点头，表示理解，"上网查的话，类似的短剑并不少见，只要花得起钱，定做也不无可能，这种私下交易警方也很难控制。"

关琥挠挠头，他感觉张燕铎还有话没说，碍于舒清滟在场，他不便过多追问，叹道："看来接下来有的查了。"

"还有个地方，不知道对你们查案有没有帮助。"

舒清滟把鉴证文件翻到第二页，里面的照片上重点拍摄了死者上衣的几个部位，她指着照片说："这里沾了少量的粉末，初步鉴定它的主要化学成分来自胡椒碱、橙皮甙、紫苏醛还有其他微量食用物质……"

"等等，美女，"关琥打断她的话，认真地问："能否请您用可以跟地球人正常沟通的语言来表达？"

"这应该是胡椒粉的成分。"张燕铎帮舒清滟作了解释，"胡椒粉是我们酒吧自家磨制的，里面还加了陈皮、紫苏还有山椒等调味品。"

"可是死者没有去你的酒吧啊。"

"你忘了，叶菲菲曾不小心将胡椒粉撒在了苏绣媛身上，后来苏绣媛又碰过死者，所以死者身上沾了胡椒粉并不奇怪。"

经他这一说，关琥想起来了，舒清滟在旁边看着他们的互动，说："那看来是没问题了。"

"还有个问题，"关琥举手，"死者好像很喜欢服用营养药物，那方面有没有什么发现？"

"还在等数据结果，不过我看了药物种类，都是常见药，里面偶尔有一两种壮阳药物，但都是市面上贩卖的普通药类，少量服用不会对人体产生危害。"

"我看他收藏的数量已经不算是少量服用了。"

"同时服用大量营养药的结果肯定是适得其反，但以死者的工作繁忙程度跟生活习惯，可能这样做也是不得已。"说到这里，舒清滟耸耸肩，"当然，在担心这个问题之前，他更应该担心外来的加害。"

关琥想陈铭启一定活得很好，越是生活优越的人就越怕死，越怕死就越会想方设法注意养生之道，只不过他采取的方式错了。

"那也不用特意服壮阳药吧？他才四十六岁。"他翻着死亡报告书说。

"等你四十岁后可能就会理解了，"张燕铎在旁边善意地提醒，"但是首先，你要有个温柔又漂亮的女朋友。"

叶菲菲的身影在眼前一闪而过，关琥立刻用力摇头，将文件拍在张燕铎身上，趁着舒清滟去隔壁冰箱里取东西，他拿出手机，将在意的照片跟证物一一拍下来，随口说："我不用那种东西也很厉害的，只有没自信的男人才会借用药物强化自己。"

"对，你是没用药物，你只会吃山药来补肾，那个又便宜，见效也快。"

谁用山药补肾了？昨晚明明就是叶菲菲自作主张让张燕铎提供的山药，怎么变成他要借助山药了？

"山药那东西不能多吃，"舒清滟回来，听到他们的对话，说："过食会造成胃溃疡。"

看到舒清滟拿的化学玻璃杯里盛放的鲜红饮料，关琥觉得他不吃山药，也很有可能得胃溃疡的。

偏偏舒清滟还问："我今早打的番茄汁，超新鲜的，你们要尝尝吗？"

"下次吧。"

看到关琥收起手机，飞快地将口罩跟手套扯下来丢掉，开门夺路而逃，张燕铎对她微笑说："我怕再刺激下去，某人接下来要去看肠胃科了。"

关琥跑到隔壁的房间，穿过走廊，准备直接逃出这个非主流的世界，但他的手刚刚搭到门把上，就被小柯叫住了，嘴里叼着一根没有点燃的香烟，含糊不清地叫："关琥，等等，我刚复原了死者的手机资料，你要看下吗？"

陈铭启的手机碎得很厉害，关琥没想到小柯这么快就把里面的内容搞定了，见有新情报，他临时刹住脚步，又折了回来，就见随着小柯的手在键盘上的敲打，显示屏上陆续出现了照片跟微信上的留言。

那些照片里有不少是死者跟商业伙伴与陪酒女郎在一起的合影，男人需要应酬，这种程度的合影还说得过去，但除此之外，还有一部分是他跟女人的一些街拍，看两人搂肩搭背的亲密举止，不知道的人还以为他们是情侣。

都有快结婚的女友了，还这么不检点，关琥很反感，哼道："难怪陈铭启这么执着于壮阳了。"

"他是金牌大律师，薪水高又长得帅，有女人倒追并不奇怪。"

舒清滟跟张燕铎也跟了上来，看到这些画面，张燕铎说道，舒清滟赞成地点头，"所以许多时候，男人还不如尸体诚实。"

"希望在你眼中，我们三个人不是尸体的存在。"

听了关琥的话，小柯耸耸肩，"你们是不是我不知道，我只知道在舒大美女眼中，我跟尸体没什么区别，连抽烟都不可以点火的。"

"那是为了你可以活得更久一些，"舒清滟走过去，将叼在小柯嘴里的香烟抽出来丢去垃圾桶，问："除了这些无聊的照片，你还有什么其他的发现？"

"到目前为止还没有，都是死者跟一些红颜知己的留言，看来重要的信息他设置在电脑里，那个我要多花点时间来搞。"

"那等你的好消息。"

关琥用手机拍了几张陈铭启跟女人们的合影，告辞出了鉴证科，走在路上，张燕铎突然问："你说死者生活作风这么糟，苏绣媛会是什么反应？"

"这种事大多是逢场作戏，陈铭启的身份比较特殊，要他完全跟那种环境脱离也不太现实，所以聪明的女人不会多加计较。"

"你说的是理性方面的常识，但女人在大多数时候是感性的，"张燕铎沉吟着说："这方面你可以参考菲菲，如果易地而处，你在外面乱搞，你觉得她会怎样对你？"

随着张燕铎的目光落到自己的胯下，关琥本能地一抖，他深信那种割下阳具以示警告的恐怖事叶菲菲绝对干得出来。

"少乱比喻，我才不会乱搞……啊不，我跟叶菲菲现在是清清白白的朋友关系，就算我乱搞，她也没资格管我……"

看着他如临大敌的反应，张燕铎扑哧笑了——都说了女人是不可以用理性来揣度的动物了，他居然还这么认真地分析。

关琥反应过来，狐疑地问："你这样说不会是怀疑是苏绣媛因爱成恨杀人吧？"

"好像昨晚关警官自己也说过——身为警察，你们怀疑与事件有关的任何一个人，所以苏绣媛也不该是例外。"

这现世报来得还真快。

关琥摸摸鼻子，面对张燕铎的挑衅，他耐心解释，"我并没说不怀疑她，但从她的身体状况跟体能来说，这种可能性太低。还有一个更重要的原因是时间——昨晚她一直跟我们在一起，从王二的口供跟法医确定的死亡时间来推断的话，她不具备作案时间。"

张燕铎继续向前走着，面露沉思，像是没听到关琥的话，关琥快步跟上，问："你好像对这个答案不满意？"

"也不是，就总是感觉哪里讲不通。"

关琥不知道张燕铎在纠结哪里，不过作为他来说，也觉得事情发生得太巧合，只是现有的证据将苏绣媛的嫌疑排除了，如果要怀疑她，那就要找到更多的情报才行。

手机响了起来，关琥拿出来，发现来电人是谢凌云，他犹豫着要不要接——作为重案负责人，在这个节骨眼上，他不太方便跟新闻记者联络。

"接吧，说不定有意外惊喜呢。"张燕铎转头笑着看他。

关琥被他笑得心里毛毛的，下意识地接通了，就听谢凌云在对面说："关琥，大律师被杀案是你负责的吧？我想跟你聊一下。"

果然是为了这事，关琥立刻拒绝了，"抱歉，不管案子是不是我负责，我都不能跟你透露任何内情，你想发掘第一手消息，请找其他途径吧。"

"我不是想找消息，我想问你有关短剑的事，我看过同事弄到的现场照片了，死者肚子里插了柄短剑，是真的吗？"

由于这起案子太过于血腥，警方封锁了具体相关的消息，听谢凌云居然知道得这么详细，关琥不由得佩服这些新闻人士的门路之广，他问："这与你负责的报道有什么关系？"

"跟我的工作无关，我问你纯属私人立场，我怀疑那是鱼肠剑，跟我爸的那柄短剑是同样的，总之事情说来话长，你有没有空？我们当面聊。"

"我很忙……"

"那就十二点在涅槃碰头吧，我过去找你，放心，不会耽误你很久的……我先跟老板联络预约一下，就这样，拜拜。"

在关琥想提醒谢凌云她要找的人现在就在自己身边之前，电话已经挂断了，紧跟着张燕铎的手机响了起来，谢凌云微信上敲他，问他中午在不在酒吧，张燕铎看看关琥，回答说欢迎她随时来访。

"她好像搞错先后关系了，应该先跟你确认好地点时间，再联络我吧？"关琥无奈地说。

"看来她很急，把跟你联络放在了首要位置上。"张燕铎说："换了平时，她应该比菲菲冷静。"

"她们俩半斤八两，"关琥叹道："如果身边都是这样的女人，这让我还怎么敢对爱情抱期待？"

"这世上不光只有女人的，"张燕铎善意地提醒他，"你可以适当换个口味。"

关琥冲张燕铎呵呵冷笑——如果每天都要面对像张燕铎这种一肚子墨水的狐狸，他应该对男人也绝望了。

第三章

　　中午十二点整，谢凌云如约来到了涅槃酒吧，张燕铎刚把午饭做好，端到餐桌上给关琥，看到她，问："要来一份吗？"

　　"好啊。"谢凌云坐到关琥的对面，把随身带的大皮包放下，说："我为了赶工，没时间吃饭，谢谢老板。"

　　相同的套餐很快就准备好了，端到谢凌云面前，只是简单的炒饭跟香熏肉肠，还有碗清汤，张燕铎去吧台里准备饮料的时候，谢凌云看看热气腾腾的炒饭，更觉得饿了，拿起勺子快速地拨着炒饭，又小声对关琥说："你哥真贤惠，今后你可有口福了。"

　　关琥拨饭的动作一停，他仔细想了想——到底是从什么时候开始，大家都认为张燕铎是他大哥的？明明他们才认识了没多久啊。

　　"现在这种好男人不多了，要我帮你们牵线吗？"他问。

　　谢凌云连连摇头，"还是不要了，虽然老板人很不错，不过我想我hold不住他。"

　　关琥忍不住翻白眼了，这人真的忙吗？半强迫地跟他约时间，害得他没办法马上去查案，现在却在这里跟他聊这些有的没的。

　　看出了他的心思，谢凌云从皮包里拿出一个小收纳袋，解开袋口上的绳子，将东西取出来放到桌上，说："我来是要跟你谈这件事的。"

"噗！"

当看到放在自己面前的是柄短剑，并且跟不久前他刚见过的杀人凶器一模一样时，关琥成功地将嘴里的饭粒喷了出来。

"抱歉！抱歉！"

面对对面一脸错愕的女生，关琥发现了自己的失态，急忙掏出纸巾擦桌子，又连连道歉，谢凌云把自己的套餐移到另一边，冷静地说："我现在很庆幸这个桌面够宽。"

"请不要怪他，他今天一上午都在对着血淋淋的剑找线索。"张燕铎端着饮料走过来，分别放在两人面前，说："有人拿这东西当搅拌器在人的肚子里搅，想想是挺没食欲的。"

听了他的解释，谢凌云释然了，"看来我同事听到的消息没有夸大事实了。"

"有过之而无不及。"

"警方内部资料，请不要乱传！"

关琥把桌子擦干净，见张燕铎还要继续往下说，他急忙拦住。

张燕铎拿起一片熏肠塞进了他嘴里，制止他说话，坐下来对谢凌云说："我看到凶器时，就想到了你的短剑，既然你也注意到了，证明我没想错。"

"老板你也这样认为？太好了，不如我们来交流一下情报吧。"

"不行！"由于在咀嚼熏肠，关琥的话说得含糊不清。

"我觉得交流情报有利于尽快发现案件疑点。"张燕铎微笑着对他说："你也不想再见识一次绞肉肠的现场吧？"

关琥停止了嚼动，原本美味的熏肠此刻于他味同嚼蜡。

观察着他们兄弟的眼神互动，谢凌云开口打破了僵局，"先吃饭先吃饭，饭后再聊，否则我也怕我没食欲。"

午饭吃完后，谢凌云帮张燕铎把碗筷收拾下去，关琥负责洗碗，这是张燕铎交代的，为了吃到免费的美食，一点小劳动他认了。

等他洗完餐具，回到餐桌前，张燕铎已经把他拍的照片影印了下来，并排摆在桌子一边，谢凌云的短剑放在另一边，以便对比，看到他瞠目结舌，张燕铎解释道："请放心，事情讲完后，我会马上把这些都送进碎纸机的。"

"是啊，大家同生共死过，你不会连这点事都不信任我吧？"谢凌云也附和道。

话不是这样说的，信任是一回事，渎职是另一回事。

看着两人一副交流前兴致勃勃的状态，关琥以手扶额，"我有预感，我的刑警生涯将会因你们而终结。"

他的话被无视了，谢凌云将自己的短剑放在影印纸上，说："你们看它们是不是很像？"

好奇心作祟，关琥凑过去看，谢凌云把剑拔了出来，剑身与剑鞘并排放在影印纸上，对照影印照片上的凶器，他发现不管是短剑的尺寸还是剑鞘的做工跟纹络，甚至剑身上以凹槽为轴向两旁延伸的波浪花纹都极度相似，他伸手想拿剑仔细观看，被谢凌云拦住了。

"小心，它很锋利。"

"没想到这么别致的做工，天底下还有第二柄，"关琥吐槽问："这是订制来的吧？"

"这些花纹不是在玩精致，而是方便利器进入——血会随着纹络流向四周，既可以缓冲刺入的阻力，又不至于让血溅得到处都是。"

听着张燕铎的解释，关琥看向谢凌云，"我从这柄剑上也嗅到了犯罪的气味。"

张燕铎也问："你曾说它是你父亲的好友赠送的，是不是可以从这里找到什么线索？"

"这正是我觉得最离奇的地方。"

谢凌云拿出自己的笔记本电脑打开，找出自己近期搜索的网页给他们看。

"我为了更了解父亲以往的经历，最近一直在查这柄剑的来历，谁知查寻过程中，让我发现了一个奇怪的现象。"

听着她的讲述，两人凑到一起翻动页面，就见上面都是关于各种古代短剑传说的描写记录，并附有相应的图片，有很多部分居然跟谢凌云的剑极度相似，再看上面的搜索关键词，关琥读道："鱼藏剑"。

"鱼藏剑，也称鱼肠剑，有关它的传说应该从专诸刺王僚说起……"

两个男人同时抬手，做出制止谢凌云说下去的动作，关琥说："谢谢，我想但凡有点文学常识的人，都知道所谓鱼肠剑是怎么回事。"

"既然你们大家都知道，那就方便沟通了。"

谢凌云说："我父亲这柄剑的做工跟鱼藏剑非常相似，所以我请鉴定家帮忙验过，他们说这是柄古剑，并且杀过人，你们看剑鞘纹络上的黑痕，这应该是血迹造成的，传说鱼藏剑很邪，凡是经手的人都不得善终。"

"你不要告诉我，这是那柄两千多年前刺客用过的古剑，如果它是鱼藏剑，那凶手用来杀人的这柄又是什么？"

"我还不确认它是否就是鱼藏剑，因为那些鉴定家怕惹祸上身，都不敢多看，不过以我的感觉来说，就算它有点古老，也不会是几千年前的古物，更没有什么凶兆，你们看我现在不是过得挺好的吗？"

"如果真是那柄传说中的古剑，那你这辈子不用做事，也可以过得非常好了。"

关琥双手交抱在胸前，点头说："不过现在的问题是你父亲是从谁手里得到这柄剑的？为什么凶手会用相同的剑杀人？"

"我比较好奇的是这柄剑曾经杀过谁。"

张燕铎将剑拿起来，正反看了一遍，盘桓在剑刃上的杀气传来，告诉他这是柄见过血的利刃，但要说它是四大刺客的遗物，那就太夸大其词了，他甚至觉得这柄剑并没有那么古老，它可以带给人古物感，完全是因为精巧的做工跟存在于利刃上的煞气。

换言之，这是柄打造得很完美的赝品。

张燕铎将剑尖抵在剑鞘口处，手一松，就听清灵震响传来，剑刃归鞘，轻颤不绝，关琥在旁边建议道："要削个桌角来看看吗？如果可以削铁如泥，那就证明它真是鱼肠剑了。"

"你武侠小说看多了。"张燕铎将短剑重新放回桌上，"这只是柄仿造剑。"

"你的意思是那些鉴定大师都看走眼了？"

"自称大师的通常都不是大师。"张燕铎冷笑，"否则就算这剑真的会带来不祥，也会有人不惜舍命追求的。"

"我也是这样想的，但最近我问过父亲以前的同事，没人知道有关这柄剑的来源，他的朋友也没有很多，所以无法知道当年是谁赠剑的。"

"所以当你看到凶手也用类似的剑后，希望通过追查凶手来寻找你父亲的行踪对吗？"

"是的，虽说我已经放弃了父亲还活着的想法，但这柄剑总让我心里有疙瘩，总觉得通过它可以找到什么线索，反过来讲，说不定也可以借此帮你们追踪到凶手。"

谢凌云的想法关琥很了解，只要一天没真正看到亲人的尸体，就一天无法承认死亡这个事实，就像这些年来他一直没放弃找寻他大哥一样。

想到这里，他不禁看了眼张燕铎，忽然想假如张燕铎真是他的哥哥，那他就不需要再这么毫无希望地找下去了。

觉察到他的注视，张燕铎看过来，关琥已经把眼神瞥开了，收起私人感情，说："也许这只是个巧合，因为短剑做工可以给凶手的杀人方式带来便利，所以他做了同样的仿制品，你们仔细看看就会发现，凶器的做工很粗糙，它跟鱼藏剑唯一相似的地方就是可以藏在肚子里。"

谢凌云有些失望，问："凶手为什么要这样做？"

"我如果知道，就是变态了，"关琥自嘲完，又认真地说："所以我们现在追查的重点放在被害人的工作跟交际圈上，而不是盲信这种不切实际的传说。"

听了他的话，谢凌云的失望表情更明显了，刚好公司同事打电话找她，她只好将笔记本电脑跟资料收回皮包里，跟两人告辞。

等她走后，张燕铎将打印的照片丢进粉碎机里，关琥跟过去，问："你好像对所谓的鱼藏剑的传说很在意？"

张燕铎没有直接回答他，而是问："你知道鱼藏剑代表了什么？"

"暗杀。"

"是觉悟，死亡的觉悟，"张燕铎说："凶手在用这柄剑宣告天下——这一切只是开始。"

在去苏绣媛家的路上，关琥一直反复咀嚼张燕铎说的那番话，理智告诉他，张燕铎的预料可能是对的，但感情上他还是不想认可，那到底是怎样的仇恨，可以蒙蔽身为人的理性。

他不说话，张燕铎也不说，在收到他报的地址后，默默地向前开着车，最后还是关琥忍不住了，靠在椅背上看着自己拍的现场照片，问："今天小魏因为什么爽约？"

稍微的沉默后，张燕铎反问："我在想我用个什么样的借口，才可以让你相信。"

"那你还是别想了，什么借口我都不信。"

"不信你还问？"

"聊聊天，也许有助于发掘真相。"

关琥侧头看他，张燕铎戴的墨镜遮住了他的大半张脸，什么表情都看不出来，关琥只好说："我发现你对这个案子很在意，说说看，也许可以集思广益。"

"只是有些地方想不通。"

现在他大脑里的思绪有些混乱，无法跟关琥讨论，还是等他先找到在意的地方再说吧。

没得到答复，关琥换了个坐姿，将两条腿搭到车前方，说："其实我也有许多地方想不通，为什么看你整天不做事也不缺钱花？说是开酒吧，你在上面花的心思还没有查案子多，你很闲吗？"

"你在嫉妒我有钱吗？"

"我只是好奇你以前经历过什么？"

张燕铎转头，不解地看他，关琥又说："那么残忍的场面，就连有经验的老警察都受不了，为什么你可以无动于衷？"

"可能是我的神经比较迟钝吧？"

"可你接近我的行为一点都不迟钝，你这样做到底有什么目的？"

"难不成是我暗恋你，"张燕铎哑然失笑，面对关琥的暗示，他直截了当地说："关警官，如果你怀疑我，可以直接去查我的资料，那应该比你问我更快捷。"

那也要有时间查才行呐。

关琥在心里啧叹。

自从跟张燕铎认识后，他的人生就像上了弦的发条，没一刻消停过，没法把心思放在一些无谓的事情上——除非张燕铎有前科，否则要查他的档案也不是件简单的事啊。

苏绣媛的家到了。

昨晚发生凶案后，陈铭启的家被封锁了，苏绣媛回到了她自己的家，她父母都移民了，唯一的一个哥哥结婚后也搬了出去，现在家里只有她一人，萧白夜不放心，安排蒋玎珰陪她。

关琥二人进去后，蒋玎珰悄悄给他们打手势，说苏绣媛精神状况不佳，不适应多交流，让他询问时尽量避开敏感的话题。

"你没有跟她录口供？"

"她一直哭，根本录不了，上午睡觉时还一直呓语，看来陈铭启之死对她打击很大，中午吃了饭后，才稍微好了一些。"

二人随蒋玎珰来到卧室，苏绣媛正靠在床头出神，她已经换下了昨天那条裙子，一身普通睡衣，头发蓬松在脑后，由于没睡好，脸上透出很明显的黑眼圈，再加上哭肿的双眼，看上去相当憔悴，让关琥几乎无法把眼前的她和那个一贯明艳照人的女孩子联想到一起。

听到脚步声，苏绣媛抬起眼帘，木然地跟他们点点头，算是打了招呼。

"事情已经发生了，那就……节哀顺变吧，"关琥不太会说那些安慰人的话，嘟囔道："发生这种事，谁都不想的。"

话刚说完，他就被推开了，张燕铎开门见山地说："昨天你特意约关琥商量陈铭启的事，看来你对他将会被害有所预感，有关这方面的事情，可以具体讲一下吗？"

问得太直接，完全不在意当事人的感受，关琥跟蒋玎珰不由得同时冲张燕铎瞪眼，苏绣媛果然受不了了，低头又抽抽搭搭地哭起来。

"都是我的错，假如我早点注意他的举动，帮他分忧的话，也许一切都不会变得这么糟糕，他死得那么惨……"

张燕铎冷静地看着她哭泣，又说："我知道你心里不舒服，不过事情不发生也发生了，你与其在这里伤心自责，不如配合我们把疑点找出来，尽早将凶犯捉拿归案。"

苏绣媛惊讶地抬起头看他们，"不是已经抓到了吗？"

"那只是疑犯，可能案子另有隐情，所以才需要你提供更多的情报。"

关琥在旁边看着，觉得比起自己，张燕铎更像是刑警，蒋玎珰也被弄傻了，偷偷地拉关琥的衣袖，又用眼神指指张燕铎，想问这是什么时候调来的新同事，为什么她不知道。

关琥很想说其实他也不知道什么时候他变成跟张燕铎搭档办案了，还办得这么顺手。

听了张燕铎的一席话，苏绣媛慢慢冷静了下来，擦去眼泪想了一会儿，说："我知道得也不多，就是看到最近铭启精神状况很不稳定，有点担心，问他他也不说，本来我以为是因为快结婚了，他有压力，后来发现不是那样，所以才会找关琥商量，没想到……没想到……"

说到伤心处，她又啜泣起来，张燕铎打断她，问："你说的精神状况不稳，主要是指哪方面的？"

"就是表现得很紧张很暴躁，偶尔还很害怕的样子。"

"我看房间里有不少补充营养跟壮阳的药物，都是陈铭启服用的？"

苏绣媛愣了一下，点头，"对，他很注意养身，每次朋友推销这类的药，他都会买……你们为什么问这个？这与铭启被害有关吗？"

她的目光在张燕铎跟关琥之间游离，一瞬间，张燕铎感觉到了她的紧张，他想自己也许点中了要害。

但他没有回答苏绣媛的问题，而是从关琥的口袋里掏出他的手机，按密码解锁，将关琥拍的有关陈铭启与女人的合照调出来，递到她面前，问："陈铭启在跟你交往的同时，还跟其他不少女性有亲密关系，这些事你知道吗？"

从张燕铎任意拿关琥的手机到解锁到搜照片，一连串的动作做得娴熟自如，看呆了一旁的女警，关琥也很无语，等他反应过来张燕铎问了多么刺激性的问题时，已经晚了。看到手机里有关陈铭启的各种图片，苏绣媛的脸色变了，头迅速低下，半天都没说话。

关琥抓住张燕铎的胳膊，将他拉去了一边，先抢回手机，又低声做出警告，"她怀孕了，别问这种问题刺激她。"

"昨晚的刺激已经够多了，"张燕铎双手插在口袋里，很冷淡地说："女人没你想得那么脆弱。"

"现在不是讨论强弱的时候，而是这是我的工作，我会判断怎么处理，而不是让你这个外行来指挥。"

"等你下判断，黄花菜都凉了。"

关琥被呛得感到呼吸困难，他发现张燕铎是个很矛盾的人，有时候他对女人非常绅士有风度，但有时候又不近人情到冷血的程度，上次飞天事件中他对谢凌云是这样，这次对苏绣媛也是这样，好像他一旦认定对方有问题，就马上把对方当敌人看待，没有任何回旋的余地。

"绣媛累了，要不我们下次再问吧？"蒋玎珰开口打断了他们的交涉，提议道。

关琥看看苏绣媛的脸色，点头表示同意，谁知张燕铎却无视他们的建议，继续问："你没有什么需要说的吗？"

"喂！"

关琥横眼瞪张燕铎，在被无视后，便直接上手去捂他的嘴巴，张燕铎的动作更快，先他一步抓住了他的手腕，就在两人推搡较量时，苏绣媛开了口。

"我知道的。"

"欸？"

关琥跟蒋玎珰同时叫了出来，一齐看向她，只有张燕铎反应平淡，将关琥的手推到了一边。

苏绣媛抬起头对视他们，说："可是这种事不是很平常的吗？"

"也不能这样说。"关琥歪歪头，觉得这个说法并不合理。

"铭启的工作比较复杂，他出入那些场所也是工作需求，一开始我不高兴，也跟他吵过，后来习惯了，也就不在意了，男人是需要交际的，只要分得清家里家外就行。"

"我还是不太理解，"蒋玎珰说："换了我，一定打断他的腿。"

"那一定是因为你还不够爱他。"

蒋玎珰皱皱眉，对于还没有男朋友的她来说，苏绣媛的话有点深奥。

张燕铎问："所以对于陈铭启跟女人在外面约会的事，你也不在意了？"

"也不能说完全不在意，但许多时候那些女人都是客户，不方便回绝，我也知道铭启的难处，所以在得知我有身孕后，铭启很高兴，提议马上结婚，这样他也有借口推开那些不必要的应酬了。"

关琥发现他还是无法理解那位大律师的心态。

他是律师，不是牛郎，怕得罪客户后赚不到钱，而且从男女搂抱的街拍上看，完全看不出他有什么难处在里面。

不过既然苏绣媛这样理解，那就随她去吧，人已经过世了，再追究这些也没什么意义。

"你们本来打算什么时候结婚？"张燕铎再问。

关琥看了他一眼，读解到他的话中咄咄逼人的气息。

不知道苏绣媛有没有感觉出来，回道："本来是打算后天的，跟铭启朋友的儿子一起举行婚礼，后来因为时间上来不及，所以改成了下个月。"

"这个你有见过吗？"

张燕铎完全不顾关琥的感受，明目张胆地再次把他的手机夺过来，给苏绣媛看王二画的鬼面的图，说："疑犯说在凶案现场看到这种东西出现过，是他杀了陈铭启的，陈铭启在出事前有接触过这类东西吗？"

苏绣媛看了一会儿，脸色微变，连连点头说："有！有见过！前几天我在整理铭启的书房时看到过类似这种的纸片，我还问他那是什么，他当时看上去很生气，把纸片都撕碎了，让我少管。"

"电脑里有储存吗？"

"不知道，我不会去看他的电脑，反正里面都是工作方面的资料，我也看不懂。"

问到这里就差不多了，见苏绣媛状态不佳，关琥用胳膊肘搡搡张燕铎，示意他到此为止，然后不管他的反对，安慰苏绣媛好好休息，就告辞离开了。

张燕铎被他硬拉了出去，又被他一路带到车前，做了个赶紧开车门的示意。

张燕铎耸耸肩，打开门坐了进去，关琥跳到副驾驶座上，打手势让他开车，说："下次有问题让我来问，你不要越俎代庖。"

"你不问我才问的，"张燕铎开着车，把墨镜跟眼镜替换了，说："你最大的问题是心肠太软。"

"我认为这才是正常的为人处世之道，我并没说不怀疑她，但是可以酌情询问。"关琥冷笑看他，"别以为我不知道你刚才一直在套她的话。"

"原来你的智商没那么低啊，弟弟，既然你有注意到这点，那应该也发现了她一些奇怪的行为吧？"

"有，但客观上她没有那个能力跟时间，"关琥扶额叹息，"不知道是不是有什么是我没注意到的。"

"那要再去一次现场吗？"

一想到现场那副场面，关琥的胃成功地做出了排斥的反应，他先打电话给江开，正好江开在案发公寓跟保安一起查监控录像，不过暂时还没发现有力的情报，老马则在跑王二那边的消息，关琥问了他们的情况后，收了线，看看手表，说："我准备去陈铭启的律师事务所看一下，可能要花不少时间，就不劳烦这位英雄了，您劳累了一天，也该回去收拾下，准备晚上的营业了。"

"不用，今天是酒吧的定期休息日。"

"是今天吗？"关琥怀疑地看过去，他怎么记得涅槃的定休日是周四。

"是今天，"张燕铎笑眯眯地回复他，"所以少侠，我可以伴你江湖一路行的。"

陈铭启的私人律师事务所设在某栋商业大楼中段的两层楼里，装潢得豪华大气，从外观排场看就知道这位大律师有多赚钱了，不过今天事务所的气氛很低沉，看来陈铭启的死亡消息已经传开了，空气间流淌着很不稳的气息，前台小姐的微笑也异常僵硬，听关琥报了身份，急忙请他们去办公室，说陈铭启的秘书跟助理会配合他们调查。

秘书小姐二十多岁，长得很漂亮，有种跟苏绣媛不同感觉的美，她的眼圈有些红，但是在接待应对上没有失礼。看到她，关琥给张燕铎使了个眼色，两人都记得在陈铭启的手机照片里，有他跟这位女秘书的亲密合影。

兔子还不吃窝边草呢，这位大律师的人品可真够差的。

关琥在心里吐槽，跟他们客套了几句后就进入了正题，两人大概通过其他途径了解了不少内情，所以表现得都很镇定，助理是个将近而立的男人，戴着黑框眼镜，在接受关琥的询问时，他不时抬手托托眼镜框，镜片后的目光有些闪烁不定。

自从认识了张燕铎，在关琥心中，眼镜男就跟狡猾腹黑画上了等号，所以这位助理先生也不例外，从他们的对应态度看得出，比起伤感惊讶，他们更多的是不安。

看来那位大律师背地里做了不少见不得光的事。

"不用紧张不用紧张，我们就是来随便问一下的。"

关琥安慰着他们，同时打量房间。

陈铭启的办公室很大，一面临窗，很适合远眺，办公桌安置在靠窗的地方，桌上摆放着大电脑跟各种法律书籍，正中还堆了一大摞文件，看来是准备等陈铭启审阅的，但由于他的突然身亡，都被迫搁置了下来。

关琥转去办公桌的前方，助理立刻跟了过来，像是怕他乱动上面的东西。

为了不加重他们的紧张，关琥把双手插进口袋里，围着桌子转了一圈，就见电脑旁放了几瓶吃了一半的营养药，角落里有两棵常青植物盆栽，一些空下来的小药瓶倒插在盆栽里，摆出各种造型，跟陈铭启家里的摆设类似，看来他挺喜欢这样放置小瓶子的。

"陈先生生前好像很喜欢服用营养药物。"他说。

"是的，除了服药还喜欢健身，他比较注意这方面的保健。"

"最近他在处理什么案子？"

"没有特别的大案，"助理停顿了一下，又说："我们律师所很少负责刑事案件，大多是处理经济财产纠纷这类的案例，虽然偶尔会遇到棘手的客人，但还不至于行凶杀人。"

秘书在旁边连连点头附和，看来他们在担心警方会从这方面入手调查，从而影响到律师所的业务。

关琥不置可否，欣赏着办公室的环境，继续问："他这段时间的情绪怎样？有没有大喜大怒，或是在恐惧什么事？"

"没有。"

"也没有人寄来什么奇怪的东西恐吓他吗？"

"没有。"

关琥没再问下去，而是故意盯着助理不说话。感受到来自他身上的压迫气势，助理很快就妥协了，干笑说："寄恐吓信什么的也不算是什么稀奇事了，我们偶尔会遇到这类事件，但陈先生做这行这么久，人缘又广，不会放在心上，更不会跟我们说。"

"是吗？"关琥把目光转向秘书小姐。

在他的盯视下，秘书慌张地低下头，张燕铎冷眼旁观，发现关琥认真做事时，气场是很强的，敏锐力也高，轻易就看出了秘书知道内情，他只是不擅长应付弱者。

但是这世上看似弱者的强者也有很多的，笨蛋弟弟。

关琥没注意张燕铎的注视，走近秘书，说："看来陈先生跟以往有不同。"

"也、也不能说是不同，就是比以前要暴躁一些，上星期还当着苏小姐的面摔杯子。"

"他们为什么吵架？"关琥故意问，虽然他猜到了吵架的起因多半是因为这位漂亮的女秘书。

"应该不是吵架，而是陈先生一个人在发脾气，"秘书皱着眉回忆当时的情景，"我听到有响声，过来看，就见苏小姐在一边哭，陈先生大声说——警察算什么，我在道上有的是人，我才不会怕。"

"道上有人？"

助理在一边发出咳嗽声，秘书发现自己触到了敏感的话题，急忙用力摇头，遮掩说："现在想来，应该是苏小姐在担心陈先生的安危，他们马上就要结婚了，有关陈先生的事，苏小姐应该比我们更了解。"

最后那句话说得有点酸溜溜的，关琥只当没听出来，调出手机里的鬼面图片给她看，问："这个你有见过吗？"

秘书摇摇头，助理也凑过来看，但马上也跟着摇头，看他们面露迷惑，不像是装出来的，关琥又问："那类似这类的图片呢？"

"这图画得这么差，就算是陈先生真看到，也只会一笑置之。"

助理一语中的，关琥只好换了话题，"听说王二因为对法院的判决不满，曾多次威胁房地产商跟陈律师，有关这件事，陈律师是怎么应对的？"

"就是杀害陈先生的那个人吗？那人一看就是凶恶之徒，有一次还拿着刀来吵闹，我曾建议陈先生报警处理，不过他完全没当回事，没想到最后会变成这样。"

"陈律师为什么不当回事？"关琥咄咄追问，"是因为他认识道上的人，觉得有靠山吗？"

助理托托眼镜，不说话了。

看气氛有点紧张，张燕铎及时插进话来，"其实跟黑势力有来往也不算什么，我们警方也有不少这方面的线人，现在陈律师是受害人，你们还是把话说开了比较好，这种事并不难查，等我们回头查到一些不妥的资料，那贵公司的处境就微妙了。"

关琥被呛到，在一旁大声咳嗽起来。

张燕铎什么时候变成"我们警方成员的"，他怎么不知道？不过这只狐狸倒是有做警察的资质，至少这招红脸白脸的戏码他表现得非常不错。

助理也不笨，听了张燕铎的话，他表情有些尴尬，考虑到事务所的现状，他放弃了拐弯抹角的说法，回答："现在这些人也很规范化了，他们常有些法律上的问题向陈先生咨询，除了黑魖组跟刀龙会这些大点的组织外，还有不少小组织，一来二往的，就熟悉了，不过我们只是帮他们提供法律参考，他们内部业务我们一律不知情的。"

懒得听助理标榜自己的清白，关琥直接问："那陈律师常来往的或是私交较好的是哪家？"

"都不错，不过都算是点头之交，只有金蛇会的头头蛇王认识的比较久，有十几年了吧。"

"所以如果遇到一些麻烦的人或事，陈先生会找那个……叫蛇王的帮忙了？"

"那我就不清楚了，这都是陈先生跟他的私交。"

几个重点都抓到了，关琥道了谢，告辞离开，两人出了事务所，往前没走几步，就听身后传来叫声，秘书小姐匆忙跑过来，叫住了他们。

"我想起了一件事，也许对你们查案有帮助，"她说："两天前，跟王二打官司的那家房地产商来拜访陈先生，我进去送茶时，听他们在聊准备再多付钱给王家，免得王二闹得太凶，会影响到那片地产的开发。"

有这样的事？

关琥急忙问："他们打算付多少？"

"具体的我不知道，听客户那边的意思好像是先把王家稳住，钱的部分没问题……这属于客户的隐私，按理说我不该透露给警方……"

秘书说得小心翼翼，关琥想她最初不是忘记，而是犹豫该不该说出来。

"谢谢，放心吧，我们做调查时，不会牵连到你们事务所的。"

秘书做出服务性的微笑，向他们点点头，转身正要回去，有人在对面叫道："赵小姐。"

关琥回过头，见一对男女匆匆走过来，都是二十多岁的样子，男人身穿休闲西装，长相不算很英俊，但给人一种稳重诚恳的感觉，他身边的女孩也属于秀气文静的类型，头发削得很短，看上去飒爽精神，她个头很高，穿着平底鞋跟宽松的裙装，站在几个男人当中，完全不显得矮小。

"赵小姐，听说……"

那个男人叫住秘书，但看看关琥跟张燕铎，他快步走到秘书身边，压低嗓音，问："听说陈先生出事了？是真的吗？"

"是的，"关琥抢先说道："请问这位先生是陈律师的朋友吗？"

男人没有马上回答，转头看秘书，秘书急忙说："这两位警官是来询问案情的，关警官，这位是许枫许先生，这位是杨雪妍小姐。"

听说是警察，男人收起了戒备的表情，主动向他们伸出手来，张燕铎却双手插在口袋里，一副视而不见的模样，关琥急忙上前跟男人握手见礼，同时用另一只手的手肘撞在张燕铎身上，以示警告。

"没想到做警察这行的也有长得这么帅的男人。"

许枫的目光在关琥跟张燕铎之间转了转，微笑说："确切地说，跟陈律师是朋友的是家父，他们认识很多年了，昨天我跟雪妍去郊外别墅度假，今天一回来就听父亲提到陈律师出事了，本来父亲要亲自过来，但他身体不太好，所以就由我代替来询问，那个……听说疑犯已经抓到了？"

许枫说话慢条斯理，从他的讲述中就可以看出他跟陈铭启的关系普通，或许只是为了尽孝道特意走一趟，关琥说："目前还在调查中，事已至此，请转告令尊节哀顺变。"

"真没想到会发生这种事，"杨雪妍说："陈律师还答应跟苏小姐一起做我们的伴郎伴娘呢。"

她说话声音很小，一副害羞拘谨的样子，许枫拍拍她的手以作安慰，见关琥跟张燕铎都看着他们，他解释说："我们后天举行婚礼，本来是打算跟陈先生和苏小姐一起办婚礼的，后来因为时间上卡不到，所以改为请他们做伴郎伴娘，没想到会变成这样，唉……"

"世事无常，珍惜当下。"

关琥象征性地安慰完，马上问："既然你们跟陈先生认识，那方便回答几个问题吗？就几个小问题。"

许枫看看秘书，秘书刚才被关琥问怕了，趁机说："有关陈先生的事，你直接向两位警官了解会更快。"

她说完，不等许枫回复，就匆匆返回了事务所，许枫只好跟关琥点点头，做出可以询问的表示。

四个人乘上电梯，在电梯往下走的时候，关琥将今天问过数次的问题又重复了一遍，不过他很快发现许枫跟陈铭启的确不熟，他回答得还不如秘书的详细，而杨雪妍跟陈铭启只有一次面识，更别说提供线索了。

所以，等四人出了商业大楼，来到停车场时，关琥唯一拿到的情报是一张请柬。

"后天是我们大喜的日子，如果有时间，欢迎你们来做客。"

关琥看看手里的大红请柬，又看看开远的宝马，他啧啧嘴，"这家伙岁数不大，开的车倒不错，哈，这年头富二代还真多。"

"你好像对他很有兴趣。"张燕铎上了自己的车，车开出去后，他见关琥还在翻来覆去地看请柬，忍不住说。

关琥把目光从请柬上转到他身上，"为什么好好的话从你口中说出来就变味了？我是对他的存在感兴趣，不是他这个人。"

"喔？"

"你想想，如果是你后天结婚……"

"我不会结婚。"

"我说假如。"

"没假如，我不会结婚。"

鸡同鸭讲，关琥对张燕铎偶尔表达出来的执拗个性很无奈，为了正常沟通，他忍住吐槽的冲动，说："好，那换个方式说，假如后天我结婚，都随身带着请柬准备到处派发了，我绝对不会为了个不是很熟的人特意来询问他的事，首先，这样做太不吉利了，其次，他说是询问，但最后什么都没问就走掉了不是吗？"

"原来你们警察也这么迷信的。"

"喂大哥，重点放错了。"

"那说重点——他不问也是可以理解的，正常人看到警察都会退避三舍，如果他只是顺便帮父亲跑一趟，那就更不会多问了，以免被警方怀疑。"

"那为什么你见了我不仅退避三舍，还每次都得寸进尺？"

从眼角余光里看到关琥的注视，张燕铎转头向他微笑说："因为我不正常，这个答案您还满意吗，关警官？"

"这是我跟你认识以来，你说的最中肯的一句话了。"

关琥吐着槽，继续研究手里的请柬——出身富庶的公子哥儿，跟陈铭启关系普通却又对他的死亡充满关心，还有在高级酒店摆设的豪华婚宴……

嗯，说不上什么感觉，总觉得哪里不对劲。

"你不会是打算去参加婚宴吧？"见关琥盯着请柬不放，张燕铎捕捉到了他的想法。

"虽然感情上我很希望去，但我想钱包君可能不允许我做这种奢侈的事。"

"阮囊羞涩的话，我可以借给你，免利息的。"

"但是需要我去你家酒吧打工还债吧？"

"你今天怎么这么聪明？是因为跟我在一起待久了的缘故吗？"

他长这么大，还从没被人这样一而再再而三地羞辱过智商，关琥冷笑，"也许你还会趁机让我 cos 制服服务生，刚才许枫还说我很帅，现役刑警当服务生，一定帮你赚翻了。"

张燕铎眉头挑挑，很想说刚才许枫称赞帅哥时看的人明明是他。

"警官，你的自恋跟龌龊简直不相上下了。"

"所以接下来我要去更龌龊的地方，"关琥收起请柬，说："如果你还不累的话，我想去会会蛇王，看他跟陈铭启到底是什么关系。"

"听起来你对他挺熟的。"

"金蛇会十几年前风光的时候，蛇王在里面当会长，他练外家硬气功，养了不少弟子，不过这几年他们的风头被其他的帮会盖过去了，蛇王也上了年纪，就退居二线，不再过问道上的事。"

"这种老江湖很难见到吧？"

"看你这话说的，好歹我干警察这么多年，这片道上混的人见了我，哪个敢不给个面子？"

没多久，关琥就被自己说的话打了嘴巴，他们到了金蛇会，别说见蛇王，就连门都没进得去，那些小伙计接待得倒是客客气气，态度却很硬，坚持说蛇王去外地休养，不在这里，让他们请回吧。

就这样，在持久拉锯战后，关琥还是没能见到人，只能郁闷地离开。这次出乎意料的，张燕铎没有讥讽他，还好心地建议说顺便去其他地方打听一下，为了尽快地找到线索，关琥同意了。

面对警察的突然造访，黑魃组跟刀龙会两边的人都做出如临大敌的戒备姿态，在关琥的反复解释下，对方才慢慢释疑，不过他们没有提供出什么有利的线索，甚至对于陈铭启的突然被杀，他们表现得比律师事务所的那些人还要震惊，据他们称，陈铭启是个很八面玲珑的人，处理的又大多是经济案，跟人结怨被虐杀的可能性相当低，假如陈铭启自身感觉到危险的话，不可能不向他们求援等。

"看来他们真的不知情。"

在返回警局的路上，关琥终于忍不住了，掏出一支烟抽起来，张燕铎看看他的脸色，没说什么，默默地将车窗打开了。

天色已经黑了下来，今天几乎在外面跑了一整天，却没什么收获，关琥抽着烟说："我有种感觉，老马跟江开那边的状况大概跟我们差不多。"

"你打算怎么办？"

"先回局里汇报工作，你在警局外把我放下就行了。"

关琥又狠狠抽了两口烟，就用手指掐灭了，将还剩了一大半的烟头用纸巾包住，塞进口袋里，张燕铎在旁边看着，关琥会抽烟就代表他心情不好，但他还是克制住了，甚至在处理烟头上都考虑到了自己的感受。

看他平时大大咧咧的什么都不在乎的样子，其实在一些细节上还是很有心的嘛。

到了警局，张燕铎在门前停下车，关琥下车后跟他道了谢，就掉头飞快跑进了大楼里，张燕铎张口想将自己在意的地方说出来，但转念一想，自己注意到的，关琥一定也早看到了，他要是真的一点智商都没有，也不可能在重案组一做就是这么多年。

不过不知道他是否有觉察到这起虐杀案背后究竟隐藏着多大的仇恨……

第四章

关琥当晚在警局待了大半夜，凌晨才跑回自己家小睡了一觉，早上随便打理了一下，又跑去了警局。习惯了每天在电梯里碰到张燕铎，今天那人没出现，他还真有点不适应，忍不住猜想那家伙在做什么，会不会又暗中策划一些不妙的行动。

中午，重案组里除了蒋玎珰在陪苏绣媛外，其他人员都到齐了，大家交换了情报，果然如关琥所料的，进展不是很顺利。

王二方面老马都调查过了，在收到关琥的联络后，他也去房地产商那边做了确认，正如秘书所说的，房地产商发现王二有拼命的意图，为了不导致事态继续恶化，所以正在通过陈铭启跟王家和解，而王二的家人也坚持说儿子不会杀人，因为他们也打算妥协了，准备另找地方开业，王家的邻居也都证明没见过王二携带仿古短剑。

撇开这些带有主观感情的证词，从警方目前掌握的证据跟王二的文化程度还有个性来判断，他持有仿古短剑的可能性太低，更没有能力调节监控探头，江开跟陈铭启公寓的保安都确认过了，公寓入口处的监控没有拍摄到可疑者，江开还调查了当天从公寓后门进出的人员，包括公寓保安以及定期来做维修点检的员工，发现其中来检查供电设备的某个人大家都不熟悉。

保安科以为那是物业派来的，而物业则说不知情，后来经过双方的核实，做出了那个人的头像拼图，江开将拼图放大，贴在移动板上给大家看，却是个戴黑框眼镜的男人，眼镜很大，占了他半张脸，再加上制服帽子压得较低，导致嫌疑人的特征只有他那两条大浓眉，另外就是他很瘦，并且个头不高，江开虽然请鉴证科的人查验了指纹，但那人戴了工作手套，所以应该拿不到令人满意的结果。

"我讨厌眼镜男。"看着那幅比王二画的鬼面好不了多少的肖像画，关琥嘟囔道。

萧白夜问："公寓附近有没有找到被丢弃的制服或手套？"

"什么都没有，我们曾怀疑那人的制服上有溅出的血迹，但可能被他直接带走了，警犬追出公寓后就失去了目标——那个人应该做了应对措施，看得出他是个冷静又有头脑的人。"

"至少不是王二能做出来的。"

萧白夜叹完气，又问老马有关陈铭启的交友情况，老马将与陈铭启有经常来往的人员名单照亲疏关系列了出来，看到密密麻麻的几页纸，关琥有点后悔昨天没问许枫他父亲的名字。

他把纸拿过来翻了一遍，第一页里有四五个姓许的，他用手机拍了下来，江开在一旁问："有什么发现？"

关琥将昨天调查的情报讲了一遍，不过把谢凌云提供的鱼藏剑的部分省略过去了，他想要是他把朋友随意推测的事讲出来，不仅对破案没帮助，还会成为这帮人的笑料。

听完他的汇报，萧白夜让老马去追黑道那条线，江开继续负责公寓方面的情报调查，关琥去查陈铭启的交友情况，至于王二，他做了释放处理，另外安排警员暗中跟踪其动向。

会议结束，江开问："玎珰还要继续陪苏绣媛吗？"

"苏绣媛的父母很快就会回来了，等他们回来，我就把蒋玎珰抽回来帮你们。"萧白夜笑眯眯地打量他们，说："我知道有女警配合，你们做事的动力会更大，不过这次特殊情况，你们再忍耐几天。"

因为他的玩笑，一直紧张的气氛稍微松缓，老马笑道："我是老人家了，这机会就让给年轻小伙子们吧。"

"我也不用，"最近不断见识到各种暴力的女性，关琥对女警敬谢不敏，摇头说："那比较适合江开。"

"嗯，我知道你不需要的，你更喜欢你哥……"

关琥的巴掌飞了过去，江开捂着头往外跑，"难道你不喜欢你哥帮你吗？我哪有说错？"

江开其实没说错，张燕铎是个好搭档，不过关琥觉得比起被帮忙，他跟张燕铎默契的配合才是主因，因为那只狐狸够黑。

也或许，那声哥叫多了，给他有种错觉——张燕铎真是他的哥哥。

下午，在外面跑案子的路上，关琥不止一次地拿出钱包，观看夹在里面的照片，照片边角已经泛黄，上面一对兄弟的模样也变得模糊，唯一不变的只有两人的笑颜。

父亲过世前曾想跟他提这件事，但最终还是没有讲出来，只说让他原谅自己，假如有一天他遇到哥哥，也请哥哥原谅当年父亲的自私行为。

到父亲提到这事之前，他一直都以为哥哥过世了，就像母亲患病过世那样。

现在仔细回想一下，在他的记忆里，哥哥的存在很模糊，哥哥好像有人群恐惧症，几乎没出过门，他唯一的印象是很小的时候，自己因为哥哥而被小伙伴嘲笑，还曾一度希望哥哥消失，直到有一次因为某件事，他才对哥哥改观，但那是什么事，由于时隔久远，他已经记不起来了。

他只记得有一次他生了场大病，好久才复原，等他从医院回到家里，发现家里很空，父亲说母亲过世了，哥哥也陪母亲一起去了，因为家里没有多余的钱，所以父亲把他们的墓地安置在一起。

那时他还小，没多久就习惯了父子二人相依为命的生活，他每年都陪父亲去扫墓，每次都听父亲说起抱歉的话，当时他以为父亲是对母亲说的，直到父亲过世，他才赫然发现父亲一直感到负疚的对象是哥哥。

当年到底出了什么事，导致哥哥的消失？如果哥哥还活着，那他现在又在哪里？

这些秘密都随着父亲的过世埋于尘土，所以关琥做了警察，他借由职业之便不断查找多年前的事件案例，希望通过这个办法找回哥哥——假如哥哥还活着，那就找到他的人，反之，就找回他的骨骸，兄弟团聚。

可惜这么多年过去了，他从热血小警察做到专门负责重案的刑警，刑事案他侦破了很多起，却始终没有找到有关哥哥的情报，直到他已经半放弃的时候，张燕铎出现了。

那个神秘又优雅的男人，每次都出手帮他，究竟是因为太闲，还是出于某种特殊的目的？

关琥将钱包收起来，心想下次见面，也许该问问他到底是不是自己的大哥？

为了搜集陈铭启的情报，关琥在外面跑了整整一下午，直到晚饭时间都过了，他才饥肠辘辘地回家，询问工作没有太大的进展，他还累了个半死，随便吃了碗泡面冲了下澡，就躺在床上，一觉睡到了天亮。

第二天早上醒来，关琥仰头看着天花板，琢磨自己今天该去哪里找线索，想了半天突然想到了那份请柬，他啊了一声跳起来——昨天太忙，他居然把许枫婚礼的事忘记了。

关琥匆匆跑出卧室，洗漱完毕，简单吃了早餐，又梳理好发型，再去衣柜里找衣服，选了半天，最后选了一套深蓝色西装穿上，对着镜子来回照了半天，觉得还算满意，最后将手表戴上去，准备出门。

手按到门把上，他突然想到一件事，摸摸钱包，掏出来看了看，里面瘪瘪的令人心酸，他又折回去翻了翻抽屉里的账本，犹豫三秒后，决定以警察的身份参加。

出了门，关琥在去电梯的时候顺便往隔壁看了一眼，昨天熬得太晚，他没去酒吧蹭饭吃，现在想想，觉得有点对不住自己的胃了。

电梯到了，里面没人，关琥暗叹侥幸，走进去按了关门键，谁知就在电梯门即将关上的时候，一只手伸过来及时拦住了，门重新往两边打开，他看到张燕铎漫不经心地走了进来。

"早。"

张燕铎先打了招呼，见关琥还在发愣，他探身按了楼层键，等电梯往下走的时候，他问："你应该也是一楼吧？"

"除了一楼我还能去哪里？"

关琥回过神，上下打量张燕铎，他今天穿了一身深蓝西装，脸上戴着配套的蓝框眼镜，发型精心打理过，非常滑顺地落下来，脚下踩着黑皮鞋——虽然这个男人平时也很注重修饰，但今天他的打扮明显不同。

眼神转回，再看看自己的服装，关琥发现他们撞衫了，低声嘟囔，"我怎么有种被跟踪偷窥的感觉。"

"你说什么？"张燕铎转头问。

关琥回了他一个特意做出来的笑脸，"说我们的衣服挺像的。"

"那证明你的审美能力有提高。"

"……"

"看你穿这么花俏，应该不是去查案吧？"

被夸奖，关琥整整西装前襟，"是查案。"

"去婚宴上查案吗？"

张燕铎用两根手指捏着一个东西在关琥面前晃了晃，发现那居然是自己放在口袋里的请柬，关琥急了，飞身去抢，张燕铎又将请柬换去另一只手，导致关琥为了抢东西不得不整个人趴在他身上，再接着因为冲力，两人一起撞到后面的电梯壁上。

发现这个不雅的状态后，关琥沉默了三秒，张燕铎依旧保持他一贯的微笑表情，用请柬指指头顶上方的监控，慢声细气地说："为免有人误会，请保持距离。"

下一秒，关琥立刻将自己弹开了，飞快地整理衣装，摆出跟张燕铎完全不熟的姿势，眼看前方，问："你手脚这么快，不会是小偷出身吧？"

"想知道是不是，你可以去调查的嘛。"

"你觉得我们刑警很闲吗？还是你认为我会对一个陌生人在意？"

对于关琥的呛声，张燕铎笑吟吟地不回答，过了一会儿，问："你带礼金了吗？"

"……带了。"

"呵，这位警官，你的撒谎技术就跟你现在的钱包一样糟糕。"

张燕铎说着话，从口袋里掏出一个红包递过去，关琥警觉地看他，"干吗？"

"这种时候就不要计较小钱了，你也不想打草惊蛇吧？"

这样说也对，想想自己还要买高档衣服，还要供房，关琥把红包接了，"先说好，这不是受贿，下个月我会还你的。"

"你也可以去我的酒吧打工赚钱。"

"我绝不会做制服服务生的。"

"才一天没见，关警官你的被害妄想症又加重了。"

那绝对不是被害妄想，关琥瞟瞟张燕铎，张燕铎眼镜片后的眸光带着某种捉摸不定的颜色，他想只要有机会，这只狐狸一定会整自己的。

但即使如此，在跟张燕铎聊天的过程中，相片里的影像还是浮上了他的脑海，他张张嘴，很想问张燕铎是不是就是自己的哥哥，这些年来他是否也跟自己一样，一直没放弃寻找亲人？却又因为一些理由，即使找到了，却不敢相认？

"你……你……"

由于紧张，关琥的额头冒汗了，张口结舌了半天，最后还是没能把那句话问出来，张燕铎奇怪地看他，就在关琥决定说的时候，电子提示音响起，电梯到达一楼了。

"没想到你还有结巴这个毛病啊，"张燕铎看着他，一脸遗憾地说："这样的话，就更不容易找到老婆了，真可怜啊。"

关琥迈出电梯的一条腿没踩稳，成功地跌出了电梯外。

"喂，为什么你要坐我的车？"十分钟后，成了车夫的某位刑警很不爽地发出质问。

坐在副驾驶座的人没介意他的怨言，调整着眼镜，慢悠悠地说："之前都是我载你，现在换你载我一程而已，大男人别这么小气，你已经是结巴了，还在这种细节上斤斤计较，没女孩子喜欢的。"

这不是小不小气的问题，是他为什么要被纠缠的问题好吧？

关琥不由得冷笑——他怎么会认为张燕铎是他哥哥？他哥哥才不会是这种尖酸刻薄又腹黑的男人！

"你不会是准备跟我一起参加婚宴吧？"关琥皮笑肉不笑地问。

张燕铎看着他点点头，一副"这还需要问吗"的表情。

果然如此，关琥哼道："这么闲，小魏今天没法陪你打球了吗？"

"他生病了，发烧。"

"打球改生病了？"

"我想了想，觉得总用一种借口不太好，偶尔换个方式，会比较有新意。"

有个屁新意啊，反正都是撒谎而已，需要这么折腾吗？

在满腹的吐槽中，关琥将车开到了举办婚宴的酒店前，两人照请柬上的标示来到二楼宴会大厅，大厅门口贴满了各种大红色的喜庆祝福词句，另一边摆放着礼金台，礼金员看到关琥他们，向他们微微点头。

关琥上前写上自己的名字，又将包好的红包递过去，礼金员道了谢，又看向张燕铎，张燕铎指指关琥，微笑说："我俩一起的。"

关琥就这样在礼金小姐一脸错愕的注视下被张燕铎拉进了婚宴大厅。

背后被盯得发热，他气得用手肘去撞张燕铎，"你怎么不准备自己的红包？"

"我准备了啊，就是刚才你送过去的那个。"

"那不是我的吗？"

"我有这样说过吗？"

回头想想，张燕铎的确没那样说过，所以从头至尾他就把自己当成是用人来使唤了。

关琥张嘴想骂人，张燕铎及时从经过的侍应生手里取过一杯酒，递给他，示意他少安毋躁。

"新娘挺漂亮的。"

顺着张燕铎的眼神看过去，关琥就见新郎新娘正在一起给宾客斟酒，新郎穿的是普通的西装，新娘则是大红色的两件套旗袍，她是短发，没法做盘头，所以只是象征性地在发髻上别了朵银饰。

关琥注视了一会儿，发现跟之前遇到时一样，都是许枫在跟大家寒暄，新娘好像对这种宾客齐聚一堂的场面不是很适应，低眉敛目地陪在他身边，只有在必要时给大家斟酒，还好婚宴是自助餐形式，所以大家交流很方便，减少了许多应酬上的麻烦，也让关琥有机会随时吃到自己喜欢的食物。

他就这样一边吃着小点心，一边观察周围的环境，没多久就从宾客的聊天中得知许枫的父亲是开珠宝行的，许枫的哥哥继承父业，在珠宝行做事，许枫则是会计师，新娘杨雪妍是护士，许枫的母亲在重病住院时，一直是由杨雪妍护理的，两人也因此认识进而交往，本来许父因为门户等原因，不是很赞同这门亲事，后来不知为什么，态度大变，以最快的速度办了这场婚事。

新娘的母亲在一年前病故了，娘家无人，所以婚礼都是由许家操办的，关琥听着宾客私底下的交谈，发现新娘这边只有一些女伴陪同，却没有长辈，看来跟许家相比，她出身贫寒，也难怪会如此拘谨了。

"我发现在说八卦上，男人一点不比女人差。"关琥呷着杯里的葡萄酒，听完那些无聊的杂谈，忍不住叹道。

张燕铎给他的回答是——"这是你第四杯酒。"

"礼金都付了，不多喝点，太赔了。"

"那好像是我掏的礼金。"

"我俩一起的。"

关琥笑眯眯地回答，在看到张燕铎一瞬间的呆愣后，他这几天的郁闷心情消散一空，正要张嘴吐槽，胳膊被碰了一下，张燕铎用眼神向他示意。

"他们过来了。"

许枫看到了他们，带新娘来向他们斟酒，凑近了看，杨雪妍的新娘妆有点浓，给人一种很土气的感觉，关琥猜想那些客人没说错，她的确配不上许枫。

许枫看上去喝了不少酒，他脸颊发红，情绪也很兴奋，熟络地跟他们打了招呼，感谢他们百忙中来捧场，又问他们是不是来问案子的。

他的声音有点高，把周围宾客的注意力都吸引了过来，关琥急忙连连摆手，支吾说："我也快结婚了，来取经的。"

"你们？"许枫的眼神在他跟张燕铎之间转了转，再次提高声量，"没想到你们是……"

杨雪妍及时拉了许枫一下，制止了他乱说话，关琥很感激她的帮忙，随手往对面人群中一指，说："我女朋友在那边。"

谁知那边还真站了个身材高挑，穿着蓝色纱裙的女孩子，看到她，关琥咳了一下，差点叫出来——叶菲菲？

"你女朋友真漂亮。"许枫恭维道。

不知道他有没有真看到，等关琥再看时，那个蓝裙女孩子已经不见了，他凑到张燕铎身旁，小声问："那是叶菲菲吧？"

"如果她没有孪生姐妹的话，那应该是她。"

"她怎么会在这里？"

张燕铎给了他一个"你问我，我问谁"的眼神，关琥这才想到比起张燕铎，他跟叶菲菲更熟，不过他对叶菲菲的交友不清楚，也许她有朋友在宴会里吧。

"这是我的父亲许善陵，"许枫把一位刚好经过的男人拉过来，给关琥介绍说："我父亲跟陈律师比较熟，你们如果有什么想了解的，可以直接问他。"

许善陵大约六十出头的样子，他穿着唐装，头发有点稀疏，整个向后梳理，这副打扮让他看上去比实际岁数显老，但也很配他珠宝商的身份，他个头不高，不过鹰钩鼻子加眼镜片后锐利的眼神，同样给人气势不凡的感觉。

听到许善陵的名字，关琥想起了他拿到的名单——在陈铭启常交往的朋友名单里，许善陵没有列在第一页，可是陈铭启却准备当婚宴的伴郎，而许善陵也在陈铭启出事后的第一时间让儿子去打听内情。

这个人果然有点不对劲啊。

"你朋友？"许善陵笑着问许枫。

"是前天在陈律师事务所遇到的刑警，他们想了解陈律师的一些事，爸，你看能不能帮上什么忙。"

听了许枫的介绍，许善陵转头打量关琥跟张燕铎，又满脸堆笑地跟他们握手，说："当然可以，不过今天我们太忙，可不可以改天再说？"

握手时关琥感觉到来自对方手上的力量，直觉让他不喜欢这个人，不是因为许善陵属于生意人的做作笑容，而是他的眼镜，这很容易让他联想到身边某只腹黑又毒舌的狐狸。

"好的好的，"他也堆起笑敷衍道："希望许先生不要怪罪我们在大喜的日子来打扰才是。"

"怎么会呢？酒宴寒酸，还请不要介意，畅饮而归。"

双方说完了场面上的客套话，许善陵就转去招呼其他宾客，等许枫夫妇也离开后，张燕铎说："刚才你笑得可真够虚伪的。"

关琥冲他摊摊手，"没办法，谁让我每天都对着你呢。"

"怎么样？这人的嫌疑度有多高？"

"不知道，我现在只知道这杯酒的酒精度有多高。"

看看关琥手里的空酒杯，张燕铎被他打败了，转身去了别处，关琥则走到另一边，借喝酒从远处观察许善陵，许善陵满面堆笑地忙着招呼客人，看上去只是普通的家翁模样，但关琥觉得这种故意做出来的正常显得很不正常。

没多久，司仪请新人到前面台上致辞，听内容无非是老一套的场面话，关琥觉得无聊，偷偷溜了出去，酒宴大厅外的走廊尽头连着眺望阳台，看外面风景不错，他决定过去吹吹风。

走到阳台上，关琥掏出烟盒，抽出一支烟，又打着打火机，对着打火机正要点烟，头顶上方突然传来女人的惊叫声，声音很轻，让他几乎以为自己听错了，急忙探头往阳台外看，却什么都没发现。

手机在下一秒响了起来，关琥没去理会这种不合时宜的来电，在确定楼下没有状况后，他返身折回走廊，走廊的一边连着螺旋楼梯，他顺着楼梯跑上去。

刚上去，他就看到一个女孩子飞快地从地板上爬起来，她刚才好像跌倒了，一只手拍打着衣裙，一只手拿着手机原地打转，看她惊慌失措的样子应该是遇到了很可怕的事，但是让关琥惊讶的不是她的遭遇，而是她的身份。

"叶菲菲！"

"啊，关王虎！"

叶菲菲抬头看到关琥，一秒将手机关掉了，叫道："你什么时候学会天外飞仙了？"

"什么？"

叶菲菲左看右看，一副不在状况的样子，"就是、就是我刚打你电话，你就突然蹦出来了？你飞仙了？还是你飞行侠了？"

关琥抬手打住她叽里呱啦的话，"出了什么事？"

"那里那里！"叶菲菲伸手指自己对面的房门，气急败坏地叫道："我好像自从认识你后就变得很倒霉，见死人就算了，还见这么可怕的死人！"

拜她的语言攻击所赐，在进门之前关琥就知道了房间里的状况一定很糟糕。

房门半开着，看来是叶菲菲跑得匆忙，没有关上，关琥走进去，刚踏入走廊，就闻到一股浓重的血腥气味，房间里拉着窗帘，显得有些阴暗，地毯随着他的脚步踩动发出沙沙声，叶菲菲回过神，也跟了进来，一只手抓住他的胳膊，以他为盾牌蹑手蹑脚地往里走。

"这里这里！"

来到客厅，叶菲菲用力指地板让关琥看，她自己却把头撇到一边，避免跟血腥场面对视。

不用她特意指点，关琥也看得很清楚——在对面的墙壁前，一个男人以半倚靠的状态靠在墙上，他的身体呈倾斜状，向前微微弓起，照这种姿势，只要用一根小指头碰一下，他就会跌倒在地上。

男人的头向前垂着，看不清长相，嘴巴上塞着厚实的毛巾，毛巾几乎是红色的，不知道是外伤沾的血，还是吐的血导致的，他的白衬衫一样也被染得血红，下身穿着西裤，裤子的大半同样沾满鲜血，至于伤势，再明显不过了，男人的肚腹被整个切开了，里面的器官血肉模糊，其中好像还夹杂了异物，由于他站立着，一部分内脏流出来，坠在胯下，惨不忍睹。

关琥看得一阵反胃，想到前两天刚发生的剖腹案，他的头也开始痛起来，紧接着感觉到胳膊痛——叶菲菲抓得太狠，让他想无视身边有人都不行。

"是你第一个发现的？"

"嗯嗯！"

"刚才是你在叫？"

"嗯嗯！"

"你怎么会在这里？"

"……这个很难在两个字里解释清楚。"

这一点叶菲菲倒没说错，但她又往后躲又探头想看的动作让关琥怀疑她是否真的害怕死人，为了不被妨碍到，他说："我看不清楚，你去把灯打开。"

关键时刻叶菲菲很配合，听他的话跑去走廊那边开灯，关琥交代完后想到一个重要问题，转头想提醒她，就见她已经把按钮按开了，手上还拿了块小手帕，避开了在按钮上留下指纹。

"怎么了？"见关琥注视自己，她问。

这女孩比他想象得要聪明，也够冷静，即使看到这么血腥的场面，也只是叫了一声而已，比那些动不动就歇斯底里的女人好太多了。

关琥放下心，拿出手机，拍下被害者的状态，又交代，"没什么……不，你别过来，站在那里不要动，打电话报警。"

回应他的是走近的脚步声，关琥说："别靠近，破坏……"

话说到一半，他发现走过来的不是叶菲菲，而是张燕铎，张燕铎没看他，眼睛盯着被害者，说："没想到这么快。"

"你的乌鸦嘴灵验了，这是系列案。"

"我现在只想知道死者肚子里的那个是不是宝剑。"

张燕铎说话时眼神一直没离开死者，看他托托眼镜，饶有兴趣的模样，关琥很想说"你拿出来看看就知道了"，但想到这句话说出来的后果，他只能忍住了。

张燕铎绝对会那样做的，直觉这样告诉他。

"哈，真是不平等待遇，为什么老板可以过去，我就不行？"

门口传来叶菲菲的吵嚷声，关琥转头想提醒，嘴刚张开，就被她伸出手，做出个你不需要废话的动作，然后对着手机那头报案，至于她都说了什么，因为她去了外面的走廊，关琥无法得知。

"在喜宴上发生这种事，真够不吉利的。"

张燕铎看完尸首，又转去打量房间的布置，在看到沙发靠背上搭着领带跟西装，他叹道。

关琥将那些衣服也拍了下来，从现场状况来看，被害人是在准备换衣服时被袭击的，凶手的动作很快，先是刺中被害人的肚子，让他失去反抗能力，然后又用事先准备好的毛巾堵住他的嘴巴，再接着一顿乱捅，说到心狠手辣，超过了他以往处理过的所有案件的总和。

到底是怎样的仇恨让凶手如此丧心病狂的杀人呢？

不知叶菲菲是怎么联络的，半小时内，负责要案的主要成员都赶到了，酒店的负责人也得知了情况，协助他们临时封锁了进出的几道门，宴会上的宾客不知道发生了什么事，吵成一片，许家的人作为婚宴的筹办者也被隔离开了，等候警方的问话。

舒清滟跟萧白夜一起到达，看到关琥跟张燕铎都在，她对萧白夜说："你还是去录口供比较好。"

"你觉得现场会很糟糕嘛？"

"每次关琥喝了酒，来案发现场，结果只有一个——现场会让你失眠一整夜。"

萧白夜当下二话不说，掉头就走掉了，留下关琥跟张燕铎眼对眼，又转头看舒清滟，很想知道这个结论是怎么得出来的。

"等等等等，我觉得我喝酒跟凶杀案没有直接的因果关系好吧……"

"人手不够，你来帮忙。"

辩解被打断了，关琥看了张燕铎一眼，只好跟了进去，这次张燕铎很有眼色，没有进来打扰警方办案，说了声去找叶菲菲后就离开了。

"同样的杀人手法，你们有得查了。"

这是舒清滟在看到被害人后，对关琥说的第一句话，也成功地让他有了乌云盖顶的预感。

鉴证工作关琥做不了，只能在旁边仔细观察，就见舒清滟手脚麻利地使用各种工具在现场搜集证物，没多久，那柄塞在死者腹中的东西被取了出来，关琥皱眉看过去，就见它血淋淋的，随着移动不时滴下血点，正是跟刺杀陈铭启时用的一模一样的短剑。

"这次被害人是窒息而死还是被刺死的？"等现场鉴定稍微告一段落，关琥问道。

"也许是疼死的。"舒清滟转头看了他一眼，"凶手是个很暴力的人，他在出手后，没给被害人一点反抗的余地。"

想象了一下被害人死前经历的痛苦，关琥不由得一抖。

"而且凶手很聪明，他在刺伤死者的同时，用毛巾堵住伤口，让血液不至于喷到自己身上，接着又把毛巾塞进他嘴里，制止他的求救，然后又接连捅下几剑，以方便之后的搅动，最后他将短剑归鞘，塞进死者的肚子里，完成了这个杀人仪式——从第一起案例来分析，他的杀人手法应该是这样没错。"

舒清滟将短剑收进证物袋里，将自己的推论说给关琥听。

关琥将证物袋拍了下来，"我只想知道凶手往死者肚子里塞短剑的行为是出于什么心理。"

"如果凶手不是疯子，那这可能是一种仪式，作为警告其他人的手段。"

关琥想到张燕铎也说过类似的话，从目前的状况来看，要从陈铭启跟这个人的关系来做突破口了。

门口传来作呕声，关琥转头看去，就见许善陵走进来，但是在第一眼看到现场后，他就转头匆匆跑了出去，关琥急忙追上，走廊上一名警察熟门熟路地指引许善陵去旁边的洗手间，看到关琥，他耸耸肩，说："这是第四个了。"

这是正常的，看到这么血腥的场面不吐的都是怪胎，偏偏他身边不少这类怪胎，张燕铎就不用说了，叶菲菲也是一个。

说到叶菲菲，关琥转头打量，周围聚集了很多人，螺旋楼梯口下面除了酒店人员跟宾客外，还有不少闻讯赶来的记者，不过凶案现场已被封锁了，他们无法上来，只能不断地跟在下面负责管理现场的警察打听情况，叶菲菲站在较远的地方，正在跟几个他不认识的人聊天。

糟糕，忘了跟她说，不要把自己看到的现场爆料给记者。

关琥取出手机想联络叶菲菲，就在这时，许善陵从洗手间走了出来，他脸色煞白，嘴角上沾了不少水，他也没擦，摘下眼镜，不断地揉眼睛，看来刚才那一幕对他的刺激很大。

"你还好吧。"关琥走过去，掏出纸巾递给他。

许善陵道了谢，用纸巾擦了脸上的水滴，靠在墙上呼呼喘气，等他稍微平静下来，关琥问："里面的被害人是婚宴里的宾客吗？"

"警察让我来认人，不过刚才我还没看到他的脸就吐了，咳咳……"

哪个警察这么不负责任啊，撤他的职！

关琥顺着许善陵指的方向看过去，就见张燕铎双手插在裤子口袋里微笑注视着他们，他的鼻子差点气歪了，恶狠狠地瞪过去，张燕铎像是没看到，抬抬眼镜框，把头转去一边。

"这几个房间都是我预订下来给客人们休憩用的，从时间上来算，里面的人应该是冯三。"

听着许善陵断断续续的讲述，关琥大致掌握了情况——死者全名冯三山，圈里的人都习惯称他冯三，冯三山是古董鉴定师，在这个圈子里很有名望，他还常参与跟古董有关的电视节目制作，来宴会之前是才完成海外的录制活动，坐飞机赶回来的。

因为时间匆忙，许善陵就让他去客房换西装，顺便休息一下，没想到竟会发生这样的惨剧。

"你跟死者认识很久了吗？"

"有二三十年了吧？我也喜欢玩古董，但不精通，所以常请他帮忙鉴定……唉，都是我的错，本来他说日程太忙，不打算过来的，是我硬让他来，就在他乘机时，我们还通过话，没想到……"

说到这里，许善陵的眼圈红了，用纸巾不断擦眼睛，哽咽地说不出话来。

"那陈铭启跟冯三山是否认识？"

许善陵停止擦眼，惊讶地看向他，"难道他们的死有关联？"

"目前还在调查中，我们只是怀疑。"

听了关琥的解释，许善陵点点头，想了一会儿，说："他们认识——冯三玩古董鉴定，偶尔也会遇到一些麻烦事，需要律师帮忙，不过他们有多熟，我就不清楚了。"

"那你跟陈铭启认识多久了？"

"大概十几年吧，他是我们公司的顾问律师，不过实际业务不多，我们珠宝行的生意一直很风顺，不需要律师介入，但顾问律师突然被杀，对我们公司多少也有影响，所以我才让儿子去询问情况，不过那孩子去了一趟，什么都没问到。"

许善陵的情绪看似缓了过来，说得井井有条，可关琥觉得这番说辞很牵强附会——如果他真的担心公司被影响到，那派去问情况的该是负责珠宝行的大儿子，而不是对公司运作不了解的小儿子。

关琥没有直接说出自己的怀疑，而是写在记录本上，又问："对于陈铭启被杀的起因，你有想到什么疑点跟情报吗？"

"不是说是因为房地产纠纷造成的吗？"

面对许善陵的反问，关琥耸耸肩，再转话题，"那有关冯三山的被害呢？你知不知道跟他有过节的人？或是他最近被什么事困扰？"

这次许善陵想了想，然后说："跟谁有过节这事我不清楚，不过这段时间他状况不佳，脾气很暴躁，今天在飞机上跟我通话时还说'给他颜色看看'这类的话。"

"他指的是谁？"

"不知道，他有个喝了酒就信口开河的毛病，我不方便问，就把话题略过去了。"

许善陵说完，看着关琥低头做记录，他小心翼翼地问："警官，问到这里可以了吧？我还要下去安抚客人，底下那些人还不知道出了什么事，又不能擅自走动，一定很急躁。"

关琥也知道现在这种状况，不能一直把许善陵留在这里，他本来是打算完全掌握现场状况后，再去询问许善陵的，结果安排都被某只眼镜狐狸打乱了。

"最后一个问题。"

他打开手机，给许善陵看刚拍的短剑照片，短剑放在证物袋里，剑鞘上沾满血迹跟内脏碎屑，导致证物袋里也血迹斑斑，许善陵只看了一眼，脸色就变了，用手捂住嘴巴，一副想吐的表情。

"这是从冯三山的肚子里取出来的，请问你对它是否有印象？"

"肚……子……"许善陵脸色更白。

旁边传来脚步声，张燕铎走过来，从关琥的手里将手机拿了过去，手指在屏幕上轻点，调出杀害陈铭启的短剑图片，给许善陵看。

"陈铭启肚子里也有相同的短剑，既然你对古董收藏有心得，不知了不了解这柄剑的出处。"

"不知道！我不知道！"

许善陵叫完，就捂着嘴返身跑回了洗手间里，看他的表现，这次要吐很久。

张燕铎一出手就把人吓成这样，关琥很不爽，把自己的手机夺回来，指着手机说："能麻烦你在借东西之前打声招呼吗？它是 my 的，不是 your 的！"

"你的英文用得很奇怪啊，你这种水准今后无法晋级的，"张燕铎双手交抱在胸前，笑眯眯地看他，"不过我还以为你会生气我打断你做笔录的，没想到你只在意手机。"

他都在意的好吧，问题是这家伙前科累累，要是一样一样去质问的话，他今天就别想做其他事了。

关琥的气愤被打断了，有人在螺旋楼梯口叫他，却是蒋玎珰，关琥跑过去，见她穿着粉红色 T 恤加超短的裤裙，卷卷的短发在阳光下泛出轻微的紫色，再加上眉清目秀的娃娃脸，这形象怎么看都不像是女警，说她是不良学生也有人信。

"你不是在陪苏绣媛吗？怎么过来了？"

"苏绣媛的父母今早赶回来了，我听说这边又发生了相同的命案，就过来帮忙。"蒋玎珰解释完，指指身后，说："新郎希望让他们先回去，我找不到组长，就来问你。"

她身后站着许枫跟杨雪妍，两人可能听到了一些有关命案的消息，许枫的酒醒了大半，杨雪妍的脸色也很糟糕，一只手用手帕捂着嘴，看起来很不舒服。

许枫请蒋玎珰帮忙搀扶妻子，他走到关琥面前，小声说："我知道在这种情况下，不该打扰你们办案，不过能不能让我妻子先回去？她的状态很不好，我怕会刺激到她。"

"这……"

"不瞒你说，她怀孕了，最近妊娠反应很强烈，连婚宴都是勉强参加的，医生说她的状况不太好，如果万一流产……"

关琥看向杨雪妍，她的手搭在腹上，额头一直在冒汗，忽然扯扯蒋玎珰的手，做出去洗手间的表示，蒋玎珰急忙扶她过去，又给关琥使眼色，让他赶紧决定。

关琥这才明白为什么杨雪妍一直给他一种病恹恹的感觉，原来是怀孕了，这也解释了为什么许善陵会突然态度大变，同意这门婚事，以凶手的残忍度跟体力，不可能是杨雪妍所能做到的，至于许枫，他是新郎，又喝了不少酒，不太具备作案的时间跟能力，为了避免再发生意外，他同意了许枫的请求。

"你们可以先回去，不过之后女警会跟你们录口供，只是形式上的，这应该没问题吧？"

"没问题，没问题。"

许枫连声答应下来，等蒋玎珰扶着杨雪妍出来，就带着她匆匆下楼离开，蒋玎珰以陪同的借口跟了上去，以便可以随时做笔录。

许善陵也回来了，听儿子说了情况，急忙让他们回家，又打电话吩咐家里的用人赶紧叫医生，顺便准备补身子的汤药。交代完后，他跟关琥打了招呼，也匆匆忙忙下楼去安抚客人，下面会场聚集的人越来越多，为了不让事态更加严重化，关琥打消了继续询问许善陵的念头。

"心太软也很难晋级的。"

凉凉的声音传来，张燕铎走到关琥身边，面对他的神出鬼没，关琥没好气地说："我没打算晋级。"

"那你这么拼为了什么？"

"因为我想找……"话说到一半，关琥回过神，反问："我为什么要告诉你？"

张燕铎已经下楼了，关琥也跟着下去，就见会场热闹的气氛一转，惊慌不安还有焦虑的气息弥漫在空间里，另一边在黄色警戒线外簇拥了不少记者，一个个拿着照相机乱拍，要不是被警察阻拦，他们一定会直接冲去现场做访问。

之前的凶杀案因为场面太血腥，警方做了低调处理，关琥不知道这次是否还能瞒得住。

闪光灯在对面亮起，关琥抬手遮住，就见人群里有人举着单反相机冲自己晃，居然是谢凌云，她没有直接打招呼，而是用嘴型说了几个字，可惜周围太嘈杂，谢凌云又被周围的人挤得站不稳，关琥无法看出她在说什么。

不过猜也猜得到是跟眼下这件案子有关。

为了不节外生枝，关琥当作没看到，走去会场询问情况，他的上司萧白夜正在跟酒店经理以及其他几位负责人沟通。听他们的对话，处于酒店的立场，他们无法无限度地控制客人的自由，而且凶手方面，既可能是酒宴里的宾客，也可能是进出酒店的人，人数实在太多，无法完全管控。

所以在协商之后，萧白夜做出解除控制的决定，除了主办酒宴的相关人士外，余下的在登记姓名跟联络方式后就可以离开了，另外酒店方面也会协助加强进出人员的管理。

等他们都协调好，江开跟老马也回来了，他们检查了部分监控录像，发生血案的房间刚好是探头的死角，假如有人从螺旋楼梯进入房间的话，监控探头是录不到的，所以他们还需要再扩大监控录像的搜索范围，包括喜宴摄像部分，说不定能找到什么线索。

"看来这次罪犯也做足了事前准备。"看到在门口排队登记的宾客们，关琥叹道。

"希望不要再出现第三桩。"

江开的乌鸦嘴引来所有人的怒视，他心虚地摸摸后脑勺跑掉了，萧白夜又交代其他警员继续负责会场的管理，关琥也准备去帮忙，谁知手机响了起来，见是张燕铎的来电，他急忙转头打量四周，这才发现不知什么时候张燕铎不见了。

真是个神出鬼没的家伙。

"我很忙的，有事回头说。"电话一接通，他就表明立场。

"如果你不想再看到第三桩凶杀案发生，就马上来三零四号客房。"

没等关琥再问，电话就被挂掉了，让他不得不对着手机发愣——这什么态度啊？他也是堂堂刑警，怎么现在搞得像是张燕铎的跟班似的。

抱着满腹怨气，关琥跟萧白夜打了招呼，匆匆跑去了三楼，他照门牌号来到客房门前，敲门后，来开门的是张燕铎，房间里隐约传来说话声，而且话声很杂，好像是许多人在一起聊。

关琥疑惑地跟着张燕铎走进去，里面是个很大的套房，叶菲菲跟谢凌云都在，属于空服人员使用的小旅行箱放在一边墙角，另外，她们面前的桌上还摆放着摄像机跟手提电脑，中间拉着连线，摄像机正在播放录像，刚才他听到的声音正是从录像里传来的。

"你怎么进来的？"他问谢凌云。

"我请你帮忙，你当看不到，我只好拜托菲菲了。"

谢凌云指指叶菲菲，叶菲菲正在用小叉子往嘴里塞蛋糕，她冲关琥点头，"我跟酒店那边说是警察办案，他们就放凌云进来了，还免费借给我们客房用。"

"他们没怀疑你的身份？"

"案子是我报的，指挥他们控制宾客行动的命令是我下达的，还有，让他们第一时间扣下婚庆公司的录像是我交代的，他们有什么理由怀疑我？"

关琥的目光落在录像机上，他现在明白了这些人正在将录像内容导入电脑，这是谁的点子不知道，但绝对是侵犯隐私权的行为，他上前要阻止，被张燕铎及时拦住。

"我们叫你来是集思广益的，不是让你捣乱的。"

"你们不仅冒充警察，还扣下他人隐私物品，这些……"

话没说完，一块蛋糕就塞进了关琥的嘴巴里，张燕铎说："两个选择，你选择离开，或者留下来帮忙。"

关琥这才发现旁边的茶几上放了几盘精致的糕点跟红茶，敢情这帮人不仅偷查案件资料，还很坦然地享用人家的高级客房，好不容易嚼完蛋糕，最后他只说出一句话。

"姑奶奶，我要被你们害死了！"

"放心吧，我有职业道德的，这件事我绝对不会登出去，我只是要查清这件事跟鱼藏剑之间的关系。"谢凌云看着屏幕做记录，头也不抬地说。

"我也只是想找出真凶。"

叶菲菲也举手说，假如忽略她正在吃的奶油蛋糕的话，她的话会更有说服力。

"吃着蛋糕查案吗？小姐？"

"我从下飞机后，连口水都没来得及喝，吃点东西不算过分吧？"

"在看到那么血腥的场面后，你还吃得下东西？"这才是关琥为之震惊的地方。

他一直觉得叶菲菲这个女生很奇怪，飞天事件里她曾亲手开枪杀人，他还以为那件事会给她造成心理阴影，却没想到她除了一开始有些紧张外，回头就像没事人似的。

而这次更离奇，在看到那么残忍的现场后，一些现役警察都受不了，她还可以冷静地想到怎样报警，怎样保护现场以及交代酒店方面如何应对，难怪酒店经理会以为她是警察了，她的确比正常警察更像警察。

不，针对叶菲菲的各种行为，警方也许该把她列为第一嫌疑人才对。

"我外公说过内心强大才是真正的强大，所以作为上将的外孙女，杀人不算什么，更何况只是看看杀人现场，所以我正在努力克服自己对死亡的恐惧感。"

关琥相信那句名言绝对不是她外公说的。看着叶菲菲吃完一块蛋糕，又去拿第二块，他很想提醒说她不需要做任何努力，因为她已经很强大了。

"而且你也太小看空乘了，我们在上岗之前都有经过各种防恐训练的，以便应付各种突发状况，所以在这方面的心理素质绝对不比你们女警差。"

顿了顿，叶菲菲又说："至少比跟你约会的那个强，哼！"

旁边传来闷笑声，看到关琥被挤对的囧样，张燕铎差点被红茶呛到，他给关琥做了个冷静的手势，示意他坐下来慢慢说。

关琥走过去坐在张燕铎旁边的沙发上，小心翼翼地跟叶菲菲拉开距离。

他跟叶菲菲是通过制伏劫机歹徒而认识并开始交往的，那时他还很高兴自己的女友不仅漂亮，还胆大心细，而现在他则庆幸自己被踹了，因为这女孩的思维实在太变态了，简直跟张燕铎不相上下。

"菲菲刚下飞机就赶过来了，还不知道苏绣媛的事，"张燕铎对他解释说："别苦着一张脸了，放心，我们不会给你制造麻烦。"

"哈，最好是这样。"

"是真的啦，就算有人追究，也是追究你上司的责任，放心吧，老板是你大哥，不会害你的。"

到底要他解释几次——张燕铎不是他的大哥。

关琥有气无力地问："听起来我们组长好像知道你们在做什么。"

"当然知道，我让菲菲送给他两包正宗的科纳咖啡，他就同意了。"

张燕铎的双腿优雅地交叠在一起，品着手里的红茶，说："条例是给笨蛋定的，当我们有了共同的目标时，我们的利益就是一致的，这就是为什么他可以坐到高级督察，而你只是个小警员的原因。"

难怪先前张燕铎答应送萧白夜科纳，原来是借叶菲菲的关系，原来这家伙早有预谋。

弄明白了为什么萧白夜对自己的离开不多过问了，关琥的头往前一低，"对不起大家，我是笨蛋。"

"没关系，我们不会介意的。"

叶菲菲大度地摆摆手，张燕铎也安慰道："你也不要太在意了，会这样认为，就证明你还有救。"

关琥呵呵笑了，正要挤对他们，谢凌云把眼神从电脑屏幕上移开，问："这次放在死者肚子里的是不是鱼藏？"

关琥首先想到的水煮鱼，等他反应过来，手机已被张燕铎拿了过去，熟练地解锁，将调出来的图片给谢凌云看。

"外观上看一样，如果你还想做再进一步清晰对比的话，需要相应的软件。"

"我有，把图片传给我。"

看着这两人明目张胆地在他这位现役警察面前传送资料，关琥想阻止，手伸到一半，想到"笨蛋"的标签，他放弃了，反正有事上头会担，他还是少管闲事好了。

两次凶案使用过的短剑照片传去谢凌云那里，她用软件做对比的同时，张燕铎转去看婚庆拍摄，关琥没事做，看看还在对面吃个不停的女生，他很怀疑吃这么多高热量的东西，叶菲菲怎么不担心长胖？

不过这不是他关心的问题，掏出记录本，说："现在把你的经历讲一下吧，你怎么会来参加婚宴？怎么会发现凶案现场的？"

"说起这个，超级惊险的，你们要听吗？"

关琥甩甩他手上的笔记本，表示他已经做好了听的准备。

"我是在机上认识那个死者的，他叫什么来着？"

"冯三山。"

"哦，这个冯三山坐头等舱，看他的打扮气度，像是很有钱的样子，但非常没礼貌，像是使唤用人似的使唤我的前辈，我前辈只是稍微去晚了一点儿，就被他破口大骂，所以我就特意观察他的举动，还想过必要时偷偷录音，免得他事后投诉，我们无法为自己辩解。"

关琥点点头，这挺符合叶菲菲的个性，别看她平时大大咧咧，在关键时刻会耍些小聪明。

谁知就在她观察的过程中，发现冯三山不是特别针对空服人员，而是他的情绪一直处于暴躁状态中，他连续打了两个卫星电话，像是在跟人吵架，里面夹了不少脏话，但因为声音压得很低，叶菲菲听不清楚，只听到几个关键词眼，说的是——不管是谁、干掉他、黑道、剑等。

听到这里，其他三人同时问："剑？"

"剑怎么了？"

"没说是什么剑？"谢凌云紧张地问。

叶菲菲犹豫着摇头，"隔得太远，我不知道自己是不是听错了，也许是'关键'？"

关琥低头，将她的话记录下来，许善陵也说过冯三山提到"给他颜色看看"，这跟叶菲菲说的相吻合。

"你确定是两通电话?"

"绝对没错,我还让前辈帮忙盯着他呢。"

通话之后,冯三山的心情好了不少,没再找空乘人员的麻烦,旅行结束后,他就匆匆下了飞机,事情到此为止本来就该结束了,可是等叶菲菲下班,出了机场,刚好看到冯三山坐上一辆出租车,想到他说要干掉谁,叶菲菲怀疑他是什么犯罪组织的成员,就灵机一动,也叫了出租车,一路追了过来。

真是个愣头青,做事完全不考虑后果,根本没想过假如冯三山真是罪犯,她这样做会很危险的。

关琥没好气地做着笔记,问:"后来冯三山做了什么?"

"后续就很无聊了,他坐车一路来到这家酒店,主办人,就是新郎的父亲,叫许……"

"许善陵。"

"对,许善陵在喜宴大厅门口等他,两人说了一会儿,许善陵就带他去二楼的贵宾室,说回头再聊,我就找机会去换了普通的裙子,好方便混进喜宴里打听情况。"

"你没掏礼金?"

"当然没掏,冯三山认识他们,都没掏钱呢,我为什么要掏?"叶菲菲堂堂正正地说:"我就跟礼金小姐说我是伴娘,她们就让我进来了。"

关琥转头看张燕铎,"我觉得我们当时也该说我们是伴郎的。"

"那下次记得来用。"

关琥在笔记上写下"下次记得用伴郎代替礼金"后,说:"看来冯三山不是为了贺喜才来的,否则以两家的身份,还有他跟许善陵的交情,他至少该去买个礼金包表示一下,便利商店里就有卖的,也不会耽误到他什么。"

"所以当时对他来说，一定有事情比礼金包更重要，冯三山去贵宾室不是为了换正式的西装，也不是为了休息，而是要跟许善陵谈事情。"张燕铎把目光投向叶菲菲，"那之后呢？"

"之后他待在贵宾室不出来，我很无聊，就去喜宴上转悠了，反正许善陵会去找他，我盯着许善陵就行了，所以我在喜宴上吃东西，顺便还听了不少八卦。"

八卦关琥也听了不少，正准备抬手制止她，叶菲菲又说："听说许家最近的生意不太好，同行竞争激烈，导致他们的店铺关掉了好几家；几年前许家的小女儿出车祸过世了，许夫人就变得疯疯癫癫的，去年又患病住院，最后还是过世了；许家大儿子结婚数年都没有孩子，所以小儿子结婚有一部分也是为了冲喜，没想到最后又发生了命案。"

谢凌云在一旁听得皱起眉头，"这是喜宴，在人家大喜的日子里道人是非，真是太过分了。"

叶菲菲吐吐舌头。

"我被一位大妈误认是她的亲戚，硬把我拉过去聊天，害得我不想听，却又走不开，要不是这样，说不定我还能遇到凶手呢。"

关琥觉得她该感激那位大妈，否则真跟凶手打个照面，现在案发现场多半就是两具尸体了。

"等我听完她们聊天，找机会跑去楼上，发现贵宾室的房门虚掩着，里面一点动静都没有，我担心冯三山离开了，就推门进去，然后就看到他被杀了，好可怕好可怕！"

叶菲菲说完，将最后一块蛋糕塞进了嘴里。

关琥无视她的话与行为的不协调，问："你还记得前后两次去的大致时间吗？"

"第一次大约是十点半到十一点，之后我在喜宴上待了四十几分钟吧。"

听着她的解释，谢凌云将已经传送完毕的录像倒回十点的地方，说："可以从这里确认有谁中途曾经离开过。"

"但凶手未必是喜宴上的人，也许是酒店的客人，任何人都有可能从螺旋楼梯那边上楼的，碰巧那里的监控器有漏洞。"叶菲菲用手支着下巴，皱眉说。

张燕铎问谢凌云，"两柄剑能不能对上？"

"几乎一样。"

谢凌云将电脑屏幕转向他们三人，就见短剑重叠在一起，排除沾在上面的碎屑物质，它长度跟造型完全相同，张燕铎说："如果是批量定做的，或许可以从这里入手。"

"其实这是三柄剑。"

谢凌云的脸色有些难看，用手指指短剑的轮廓，仔细看去，果然是三柄剑的重叠，她说："最下面的那柄是我父亲的。"

"就是你从敦煌洞窟里拿回来的那个吗？"叶菲菲还不了解整个事件的前因后果，担心地对她说："那你也要小心，说不定凶手也会找上你，要不要跟警方请求保护？"

"那倒不用，我跟这两名死者都不认识，所以我想他们的死亡出于其他的原因，也许找出原因来，就能找到这剑跟我父亲的关系了。"

关琥在笔记上把需要追查的重点都记录下来，然后收回摄像机，跟三人打了招呼跑出去，走到门口时，他不放心，又叮嘱道："你们别再给我找麻烦了，各回各家去。"

门关上了，叶菲菲不爽地看向对面两人，"居然说我们找麻烦，没有我们帮忙，他会这么快抓到这么多线索吗？"

"算了算了，你也累了，回去休息吧，我也要回报社整理资料。"

谢凌云把东西收好，放回皮包里，张燕铎让她将录像也传自己一份，又叮嘱道："这件案子很棘手，你千万不要登到报纸上。"

"放心吧，我现在只想知道父亲的事。"

谢凌云心事重重，起身离开，叶菲菲出于好奇心，也跟了上去，最后房间里只剩下张燕铎，他拿起放在桌上的手机，关琥只顾着查线索，连手机都忘了。

"有个地方怎么都想不通，"张燕铎摆弄着手机，皱眉自语，"怎么会这样呢？"

第五章

　　关琥来到楼下宴会大厅，宾客差不多都离开了，只剩下许家的人跟一些相关人士在跟警察谈话，他先把摄像机还给婚庆公司的工作人员，却把磁带留下了，说要当作证物暂时收管，事后再归还。出了这么大的事，婚庆人员只求不惹麻烦上身，对他的要求有求必应。

　　接着，关琥又找到萧白夜，将自己目前掌握的线索汇报了，萧白夜让江开去航空公司，确认冯三山在乘机时的通话记录跟联络人。

　　"有关定做短剑这方面的情报我来查，你去了解死者的交友关系，如果鉴证科那边有新发现，马上通知我。"

　　关琥接了任务，依次检查宾客提供的情报记录，没多久，蒋玎珰打电话给他，说自己现在在许家，她跟医生了解过，杨雪妍的确怀孕了，而且状况不太好，婚宴中途就因为不适去客房休息过，所以只能做简单的笔录，许枫则称自己一直没离开过婚宴大厅，目前看来这两人都没有疑点。

　　比起他们两人，关琥觉得许善陵更可疑，不过他需要再抓到其他新的情报，否则就这样直接质问，一定会被许善陵找借口敷衍过去的。

关琥协助同事把调查记录都做完，又联络冯三山的家人，却没想到冯三山并没有结婚，也没有经常走动的亲戚，他的豪宅跟工作室合在一起，几名助手会在需要时来帮忙，平时只有冯三山一人在家，连跟邻居都不怎么接触。

"一个普通的古董鉴定师而已，到底做了什么事，会被如此痛恨？"

回到警局，在休息的时候，关琥拿出冯三山的照片看，那是冯三山的助手给他的，照片里的男人五十出头，身穿西装，浓眉加国字脸，给人方正认真的感觉，这气质很适合做鉴定师，至少他的言谈容易让人信服。

"没想到生与死会让人变化这么多。"

话声在身后响起，舒清滟走了过来，她穿着白大褂，看样子也是才忙完，得以暂时休息，看到冯三山的照片，她说："真看不出这就是今天的被害者。"

"如果肚子被人像是用搅拌机那样搅，谁都会变样的。"

舒清滟耸耸肩，去对面的自动贩卖机买了罐饮料，坐到关琥身旁，问："怎么样？有什么新进展吗？"

"我的两条腿都快跑折了，这算是新进展吧？"

"你是准备把它写进报告书里吗？"

舒清滟开完玩笑，见关琥还在盯着相片看，她提醒说："古董这一圈也很黑的，长得越正直的人，背后黑幕越多，就比如恶意鉴定什么的。"

"你是说故意将真品鉴定为赝品，然后找同伙收购？"

"这种案例又不是第一次见了，否则冯三山只是一个鉴定师而已，他怎么住得起豪宅？不过在没有证据之前，这一切都是我的推测。"

舒清澉几口将饮料喝完，把饮料罐丢去垃圾箱，起身离开，走了几步又转回来，说："哦对了，在之前的鉴定中，我们发现了一个新情况，是有关杀害陈铭启的凶器的，我们在剑鞘纹络的缝隙里找到了少量的石灰质跟石膏成分，简单地说，就是接近于黄土的土质。"

"喔？不会真是出土文物吧？"关琥半开玩笑说。

"有关这点，你得去请教古董专家，我们做的是不同性质的鉴定，"舒清澉一板一眼地说："所以在检查第二柄剑上，我们有特别注意这个地方，刚才同事来跟我说，有发现相同的物质。"

也就是说这些凶器都出于同一个地方，但为什么凶手要这么麻烦的一柄柄的拿来用？从作案手法来看，凶手是个冷静残忍的人，所以他冒这么大的风险定做短剑，一定有他的目的。

"谢谢，能麻烦你们帮忙追踪短剑订制的路径吗？"他说："这方面小柯挺在行的。"

"好，有消息我会跟你联络，"舒清澉说完，转头看看周围，"你哥呢？"

"我哥？"

"是啊，你们今天不是一直在一起的吗？"

"啊！"

被舒清澉提醒，关琥下意识地转头看周围，半天才想起下午现场鉴定结束后，他就直接跑掉了，当时忙着去查冯三山的情况，完全不记得还有个人被他撂在酒店里，他甚至在离开时连招呼都没打。

在发现自己犯了个多么荒唐的错误后，关琥顾不得跟舒清澉闲聊，匆忙掏手机准备打给张燕铎，但口袋都摸遍了，愣是没找到手机，舒清澉在旁边看他急得抓耳挠腮的样子，同情地说："看来你有点糟糕。"

关琥用力点头，没注意舒清滟转身离开，他双手抱住头，冷静下来仔细想想，记忆时钟的指针不断往回倒转，最后定格在他离开客房的时候——他想起来了，当时张燕铎拿他的手机给谢凌云看，后来他急着去查案，忘了索回。

怎么办？他不记得张燕铎的手机号啊。

关琥拍拍额头，正一筹莫展时，突然想到他可以打自己的手机，如果手机在张燕铎那里的话，应该能联络上。

他从钱包里掏出几枚硬币，跑去公用电话前开始拨打，手机响了两下接通了，听到张燕铎懒散的声音传来，他抢先开了口，"对不起，张……大哥，我把你忘记了。"

"这里没有叫张大哥的。"

"大哥，你也知道今天的案子有多糟糕，我只想着查案，就……哈哈。"

"没办法，谁让你们警察这么忙呢，"张燕铎在对面漫不经心说："放心，我会报仇的。"

属于狐狸样的狡黠表情立刻浮现在关琥眼前，他警觉地问："你要怎么报？"

"暂时还没想到，怎么？你特意打电话来，不会是要我把手机送给你吧？"

他怎么敢指派张燕铎做事！

关琥赔笑道："不用不用，反正我也不着急用手机，你回家了吗？"

"还在酒店看婚庆录像，有些有趣的发现，要听吗？"

"如果您乐意告知的话。"

"拿纸笔记一下。"

口气傲慢得就像女王，关琥不敢怠慢，迅速掏出纸笔准备好，就听张燕铎说："我重点看了叶菲菲说的时间段，其间总共有十三人离开过，四人在外面逗留了半小时以上，分别是许善陵、杨雪妍、一名司仪，还有位男方家的客人，我把图像传你……哦对了，你的手机在我这里，传了也没用，我晚上送去给你吧，你几点回家？"

"暂时还不知道。"

"还有，刚才江开打你的手机，我接听了，他跟航空公司确认清楚了，冯三山在飞机上一共打过两次电话，他照通信记录查到户主，一个是许善陵，另一个叫佘正。"

"佘正？"

关琥马上想到了金蛇会的元老蛇王，如果他没记错的话，蛇王的原名就叫佘正，陈铭启跟蛇王有交情，冯三山在临死前也联络过蛇王，看来这条地头蛇他们要会一会才行了。

"谢谢，回头请你吃饭。"

关琥说完，正要让张燕铎把录像里的客人照片传到他办公室的电脑里，电话机里没钱了，通话被强行掐断，他用肩膀夹住通话器，掏出钱包准备再打，旁边有警员经过，惊讶地看他，"你们重案组的电话线不通吗？为什么你要用公用电话？"

"呃……"

关琥后知后觉地发现自己做了蠢事，就见警员的脸上又露出诡异的笑，"哈哈，是给女朋友打电话，要保密对吧？"

"没那回事，不要乱说话。"

为了证明同事想太多，关琥放弃了继续拨打，他放回话筒，迅速跑回办公室里，将查到的情报整理好，交给萧白夜。

萧白夜也在查短剑的出处，但暂时还没有进展，看到他的电脑屏幕上排列着形状各异的短剑图片，关琥突然想到也许谢凌云的怀疑是正确的——这正是鱼藏剑的仿造品，所不同的是鱼藏剑藏的是鱼腹，而凶器藏的是人腹。

关琥把调查资料交给萧白夜，又申请了警枪，继续出去跑案子——许家婚宴出了大事，许善陵今天应该没心情再配合他做笔录，所以他把目标锁定金蛇会，不过很可惜，他连着跑了金蛇会几个地方，都没问到蛇王的下落，那些小混混敷衍他，个个都说不知道。

中途，关琥跟老马联络上了，老马也查不到蛇王的行踪，看来那个老油条发现事情不妙，一早藏起来了，老马找上了几个可靠的线人，让他们一有消息就马上联络自己。

这一路跑下来，等关琥回到家，已经快十一点了，他拖着酸痛的腿回了家，打着哈欠摸出钥匙开了门，谁知刚走进走廊，就看到对面隐约投来灯光。

这几天接连发生的事件让他有点杯弓蛇影，想也不想，立刻从腰间拔出手枪，并迅速落下保险，小心翼翼地挪去客厅，却发现客厅只亮了盏小灯，旁边的卧室门虚掩着，不时有响声从里面传来。

现在的盗贼居然嚣张到明目张胆闯空门的程度了吗？

身为现役刑警，关琥表示他如果不将这个没把自己的存在放在眼里的小偷绳之以法，他就跟对方姓。屏气凝神，他放轻脚步来到卧室门前，然后一脚把门踹开，双手举枪，对准眼前晃动的身影。

"不许动！"

随着大喝，那人果然不动了，保持拿着咖啡杯的姿势看向关琥，关琥先是一愣，对面的男人没戴眼镜，跟平时的感觉不太一样，突然之间他不敢确定这人到底是不是隔壁那位狐狸邻居。

最后还是张燕铎先反应过来，问："警官，可以让我先戴上眼镜吗？"

这次关琥确定了，这是张燕铎没错，清亮又略带散漫的腔调他再熟悉不过了，狐疑地上下打量他，灯光下张燕铎的眼睛有点奇怪，失去了眼镜的遮掩，他的眼眸反射出与众不同的颜色，但没等关琥细看，张燕铎已转过身，拿起放在桌上的眼镜戴了上去，全然不管背后正有人举枪指着他。

被如此明目张胆地无视，关琥不爽了，扳回保险栓，叫道："喂，你觉得我手里拿的是玩具枪吗？"

"没有。"

"那在被说'不许动'后，你能给点面子不动吗？"

"你又不会开枪，因为你是警察。"

张燕铎走过来，笑眯眯地看他，接着伸出一只手指，很潇洒地将枪口推到了一边。距离拉近，关琥很想看清张燕铎的眼瞳有异是不是自己的错觉，但眼镜片反光，遮住了他的窥探。

"叶菲菲送的科纳咖啡，我刚煮好的，要来一杯吗？"

咖啡的浓香随着杯子的递来刺激着关琥的嗅觉，他咳嗽了一声，"我今天没正经吃过一餐，三更半夜喝咖啡，你是想我胃痉挛吗？"

"那我煮了海鲜粥，你要来一碗吗？"

张燕铎走了出去，被好奇心驱使着，关琥跟着他来到客厅，就见他放下咖啡杯，从碗橱里拿出碗筷，又打开锅盖盛好粥，放在餐桌上，顺便加了碟自家腌制的小菜，动作熟门熟路得就像他是这个家的主人。

"这好像是我的家吧？"关琥不太肯定地问，手枪还抓在手中，犹豫着要不要放回枪套里。

"是你的家没错。"

"那为什么没有房门钥匙的你会在我的家里？用我的锅碗瓢盆做饭？还用我的浴室洗澡，这睡衣……哦，睡衣不是我的，但这不能掩盖你私闯民宅的犯罪行为！"

关琥边说边上下打量张燕铎，张燕铎应该才洗完澡没多久，头发还没吹干，身上套了件浅蓝色睡袍，腰带在腰上随意一系，再配上他修长纤瘦的身形，端的是优雅洒脱。关琥努力嗅嗅鼻子，没错，他身上的沐浴液跟洗发水的味道正是自己用的那种——盗匪他见得多了，嚣张到这种程度的他还是第一次遇到。

面对他表现出的怒气，张燕铎扑哧一笑，"关警官，你现在是吃饭填饱肚子呢，还是抓贼去警局？"

关琥瞪着张燕铎不说话，就在他想选择后者时，不和谐的声音响了起来——饿得太久，肚子开始抗议了。

"看来你还是先吃饭吧。"

在关琥还想做最后的坚持时，汤匙已塞进了他的手里，与此同时，那柄手枪被张燕铎灵活地换了下来，放到了他面前的桌上。

关琥不知道武侠小说里常提到的"空手夺白刃"是怎样的境界，但想来跟张燕铎的手法相差不远，要说他不是贼，关琥觉得那简直太侮辱自己的智商了。

不过眼前这碗海鲜粥实在太刺激食欲，在美食的诱惑下，关琥决定暂时无视自己的智商，坐下来，大口大口地喝起来。

张燕铎又给他倒了杯白开水，放在一边，然后坐在餐桌对面品着咖啡，悠闲自得地说："做人别那么死板，你看当年田螺姑娘帮小伙子做饭，也不见小伙子抓她去警局。"

"你是姑娘吗？你明明是大男人！"

"喔，原来你是因为性别才要抓我的。"

当然不是，而是这是原则性的问题，那就是私自进入他人住宅是违法行为，还有……

关琥抬起头，正要阐述自己的观点，但是在看到张燕铎漫不经心的样子后，他放弃了，那根本是对狐狸弹琴，浪费时间。

"那么请问田螺先生，你是怎么进入我家的？"

张燕铎没有马上回答，双手拿着咖啡杯，皱眉陷入沉思，关琥冷笑，"怎么？回答不上来了吧？"

"不是，我只是在想，该用什么借口，才能让你相信我说的是真的。"

"你说什么我都不会信。"

"那就省事了，我连借口都不用想，随你自己琢磨吧。"

关琥听到了自己牙齿咬动的咯吱声。

"别这样嘛，前几个小时你还说请我吃饭的，所以请我洗个澡、请我用一下你家的物品也是一样的吧？"

这家伙又抓错重点了，现在的状况是他没有"请"，而是"不请自来"。

"对了，你需要的资料。"

看出关琥的脸色不善，张燕铎没再说刺激他的话，起身去拿来关琥的手机和一张纸，纸上印着几个头像，分别是在酒店血案发生时离开宴会的人。

里面除了许善陵跟杨雪妍外，司仪之一的那个人关琥有印象，所以他只要调查最后一个男人的身份就行了。

"谢谢。"

"谢就不用了，长官只要不把小的抓去警局，就谢天谢地了。"

关琥几口把粥喝完，转去看纸上的几个人，张燕铎在一旁洗碗，问："今天有什么发现吗？"

"没有，我跟老马分别去打探，都没找到蛇王……喂，你不要总问我们警方内部的情报好吧？"

"我以为我知道的不比你少。"

"比起这个，你现在该去酒吧做事吧，田螺先生？"

"今天定休日，不做事。"

"两天前你也说定休，你们酒吧到底休哪天？"

"关警官，你的智商真令人担忧。"

张燕铎收拾好餐具，去了隔壁客厅，关琥听到他的嗓音远远传来，"所谓定休日的意思就是——老板想休哪天就休哪天。"

"……"

张燕铎很快就回来了，手里拿着一个小型笔记本电脑，放到他面前，又拍拍他的肩膀，"资料都在里面，你慢慢看，我要去睡了。"

"谢谢。"

等关琥想到他不应该跟一个犯罪分子说谢时，张燕铎已经离开了。

接下来的时间里，关琥都在看婚宴录像，等他感觉困乏时，已经过了两个小时，他伸着懒腰匆匆洗了澡，用毛巾搓着头发回卧室，拧了下门把，房门纹丝不动，他又反复拧了两下，在确定房门被人从里面反锁后，终于想到罪魁祸首是谁了。

这人太得寸进尺了，私入他的家不算，还连他的床都占了，真是是不可忍孰更不可忍。

关琥抬手准备捶门，贴在门板上的一张纸落入他的视线，上面写着——"夜深人静，切忌发出噪音，睡觉请去隔壁。"

句子后面还画了个箭头，关琥气极反笑，他很想跟张燕铎说不用这么体贴，这是他家，他知道客卧在哪里。

实在太困，关琥没精力去跟张燕铎纠结，他把头发吹干，去客卧一躺，可能是累了，居然感觉客卧的小床也挺舒服的，三秒就准时进入了梦乡。

第二天关琥醒来，早餐已经准备好了，他吃着免费又美味的早点，心想这大概是张燕铎唯一的优点了吧。

"三餐不准时，再加上压力大又疲劳，很容易得胃癌的，"张燕铎笑眯眯地对他说："为了感谢你收留我过夜，我决定尽量帮你准备三餐。"

今天张燕铎穿了件铁红色的宽松棉质休闲衣，所以他的眼镜框也是铁红色的，他应该是关琥见到过的最适合戴眼镜的男人了，也是更换最频繁的一个，他不去给眼镜做广告，真是这行业的一大损失。

"张先生，请不要自作多情，我并没有留你过夜，更没想让你睡我的床。"

"这样啊，那为什么你没有叫醒我？"

从眼镜片后面投来的惊讶目光让关琥很想把拳头挥过去——"那是因为你贴了纸在门上！"

"你要是生气的话，会无视留言纸的吧？"张燕铎自以为是地为他的行为作解释，"在警局你也让我睡床，我以为你习惯了谦让，所以也就没跟你客气。"

谦让个屁啊，他只是不想三更半夜为了点小事吵得左邻右舍都睡不着好吧！

看在美味的早餐份上，关琥忍住了内心的咆哮。

饭后出门，对于张燕铎的跟随，关琥选择了无视，来到停车场，他还主动问："今天开你的车还是我的？"

"还是用我的吧，用你的，我怕你回头又把我丢掉。"

上车后，张燕铎照关琥的指示先去许家，路上，关琥把从张燕铎那里拿到的图像传给总部，让江开等人确认司仪跟另外那个男人在酒宴上的行动问题——虽然当时酒店的其他住客也有嫌疑，但是从掌握的情报来分析，调查重点还是在酒宴宾客上。

联络过后，张燕铎问："为什么你把杨雪妍排除了？"

"她怀孕了，身体又差，理论上讲不太成立。"

"难道你不知道许多女运动员都会在参加重要比赛前特意怀孕吗？"

"你怀疑孕妇？"

"我怀疑与案子有关的任何一个人。"

"但是这次的凶杀行为爆发力很强大，以杨雪妍的体质很难达到。"

"你对女人有偏见，你看看叶菲菲，再看谢凌云，还有你们警局的女法医，就因为大多数人有这种偏见，才会轻易被女人干掉。"

关琥觉得张燕铎提到的这几位都是异类中的异类，这实在很难跟杨雪妍纤瘦娇弱的形象联系起来，不过他还是听从张燕铎的建议，在笔记本上将这一条记了下来。

许家到了，里面布置得比关琥想的还要奢侈豪华，走廊跟客厅里摆满古董，关琥看不出古董的真伪，他想假如都是真的话，光客厅这里的瓷器就要上亿了。

不过比起这个，更让关琥在意的是许家的保镖人数，光是门口就站了四五个人，进了豪宅后，里面的保镖更多，他不知道许家平时是不是这样的，但总感觉太夸张。

许善陵在家，他没拒绝警察的拜访，但也表现得很冷淡，原本为了冲喜才大摆宴席，最后却有人在酒宴上死亡，他心情很糟糕，对于关琥的提问，他不耐烦地说："有关冯三的事，该说的我昨天都说了，我跟他也不是很熟，对他的交友情况不了解。"

"不熟的话，他不会在海外参加完摄影，乘机回来连家都不回，就来参加酒席吧？"

"他那人做事很随心所欲，他要来，我又不能阻止他。"

"他在飞机上跟你通话时，还有提到其他什么事情吗？"

"没有，就算有，我也不会注意，当时我正忙着应付喜宴上的客人，没心情留意他都说了什么。"

"我们看过酒宴上的摄影，你曾离开过半个小时，在那么忙碌的场合下，不知你去了哪里？"

面对关琥的咄咄质问，许善陵脸上露出不悦的神色，"听你的意思，是在怀疑我杀人吗？"

"不，这只是例行询问，还请许先生配合。"

从许善陵的表情上就看得出他不想配合，不过最后还是回答了，"我去跟银行一个朋友打电话，关于公司贷款的事，聊了很久……"

下面的话许善陵没说，关琥想在大喜的日子里他跟银行聊借贷，多半是公司的资金周转出现了问题，这方面他不方便细问，正想让许善陵提供联络人的电话，就听张燕铎说："是珠宝行的运转发生了危机吗？"

关琥被自己的口水呛到了，许善陵的脸色也变得很难看，马上说："当然不是，那只是普通贷款，你们不信的话，可以直接去查通信记录。"

为了不被再烦扰，他爽快地写下了银行联络人的名字跟电话，递给关琥，那意思很明显，让他们赶紧离开。

像是没看到他的暗示，张燕铎又将短剑的照片取出来给他看，不过照片上的不是凶器，而是谢凌云的那柄短剑。

"请许先生再看下这柄剑，不知你是否对它有印象。"

"昨天我就说了，我不知道，我一个商人，怎么会了解凶器的事？你们不觉得可笑吗？"

"这不是凶器，而是我们从其他人那里拿到的照片，那人说它有个好听的名字，叫——鱼藏剑。"

听到张燕铎的话，许善陵身体一抖，他很想保持镇静，但搭在沙发扶手上的手指发出轻颤，关琥趁机说："看来许先生是了解这柄剑的。"

"不，不，我不了解，我只是听说鱼藏剑是不祥之物，沾到它的人都会有祸事发生，所以……所以陈铭启跟冯三被杀了对吧？"

"有关这点，我们还在了解中，不过陈铭启被杀时，曾有鬼面出现在他面前，这个，许先生曾见过吗？"

张燕铎将王二画的鬼面图像递给许善陵，许善陵看了后，脸色更加惨白，立刻问："你们确定它是在陈铭启死亡时出现的？"

"是的。"

"那是专诸的亡魂出现了，他的怨气之魂凝聚在鱼藏剑上，会诅咒每一个接触到鱼藏的人，你拿到真品了吗？那下一个就是你了！"他手指向张燕铎，大声说道。

冷眼看他惊慌失措的样子，张燕铎淡淡地说："那我倒是很想会会这位传说中的刺客亡灵了。"

"他会去找你的，一定会去找你的！"

听着许善陵喃喃说话，关琥看看张燕铎，他怀疑张燕铎的药下得过猛，导致许善陵被刺激得疯癫了。

为了让会谈继续下去，关琥岔开了话题，问："金蛇会的佘正你认识吗？冯三山在飞机上除了联络你外，还有跟他通过电话。"

"那是谁？不认识！"许善陵一口否决了，然后下逐客令，"我很忙，如果你们没有其他要问的，就请回吧，不要再在这里提鱼藏剑的事了，我什么都不知道。"

这欲盖弥彰的反应让关琥觉得他应该什么都知道才对。

不过以许善陵现在的状态，即使他们硬逼，对方也不会说下去了，他起身告辞，在用人把他们送到门口时，他装作不经意地说："这里的保安真多，是为了看守古董的？"

"平时没这么多人，都是从店面临时调来的。"

"那许枫先生呢？他们去度蜜月了？"

"没有，少奶奶身体不好，老爷不想他们被这次的事影响到，让他们去郊外别墅静养。"

离开了许家，路上关琥对张燕铎说："许善陵说的跟银行联络贷款的那部分应该没撒谎，不过他一定还有隐情没说。"

"对，他可能知道陈铭启跟冯三山死亡的真相，还有，他认识鱼藏剑。"

"我也这样认为，他刚才一直提到刺客亡灵来找你，与其说是肯定，倒不如说他期待这个事实的发生。"

"来找我的话，就不会去找他了吗？"张燕铎冷笑出声，"他做了什么亏心事，这么怕被鬼缠？"

"我担心许善陵会是第三个受害者。"

"有关这一点，我想他心里更有数，否则他就不会把家布置得那么戒备森严了。"

第六章

　　路上，关琥把调查来的情报汇报给萧白夜，请他去跟银行人员确认许善陵方面的事，又提议派人暗中监视许家的动静，萧白夜答应了。

　　中午两人在便利商店简单地吃了饭，又去调查冯三山的情况，以及冯三山跟陈铭启还有蛇王的关系，不过冯三山的关系网很杂，下午的收获不大，眼看着夜幕降临，关琥准备先回警局，就在这时，老马的电话打了进来，说收到线人的联络，蛇王现在在会海街一家叫夜珍珠的俱乐部，他正在赶去的路上，让关琥也赶紧过去。

　　会海街两侧林立着各种类型的酒吧跟高级俱乐部，其中还不乏个别不合法的地下赌场，是三教九流的人最喜欢聚集的地方，而且那里鱼龙混杂，一个不留神，目标就溜掉了，关琥收线后，立刻催促张燕铎加快车速。

　　等他们到达时，夜色已深，外面下起了小雨，两旁的路灯在各家俱乐部的霓虹灯招牌的照射下，失去了应有的光芒，有不少夜店门口站着招揽生意的店员，张燕铎照 GPS 的提示把车停在附近，转身想拿伞给关琥，关琥已经等不及跳下了车。

见有客人经过，不少店员凑上来给关琥塞宣传单，被他推开，找到了夜珍珠俱乐部，冲了进去。

张燕铎跟在他身后进了俱乐部，里面光线稍暗，墙壁跟廊柱上装饰着各种玻璃挂坠，随着灯光的变化闪烁出不同的颜色，穿着暴露的女孩们陪着自己的客人分散坐着。看到关琥二人，一个浓妆艳抹的女人主动迎上前，关琥不等她开口，抢先说："蛇王让我们来的，带个路。"

女人愣了一下，立刻摇头，"蛇王没有来过啊……先生，先生你不要乱走！"

关琥无视她的阻拦，直接往里面的包间走，女人拦不住，急忙给其他人使眼色，很快就有人包抄过来，挡住了他们的路，其中一个光头问："你混哪的，不知道我们老大的规矩吗？"

"混警察的。"

关琥把警证亮了出来，不等那人有反应，抓住他的手往后一拧，将他按在了墙上，喝道："警察临检，都不许动！"

他这一声大吼震得空间顿时寂静了下来，但很快吵叫声重新响起。听说警察到了，许多客人担心惹麻烦上身，站起来要离开，浓妆的那个女人一边忙着安抚客人，一边对关琥叫道："我们这里是正当营业的，警察先生，你们的恩怨请出去解决，不要在这里影响到我的生意。"

关琥不理她，再次用力顶了下光头，光头不作声，他的同伴冲过来，举起旁边的木椅开始攻击关琥，关琥正要拔枪，没想到张燕铎快他一步，把腿伸出去，那人被绊个正着，向前一扑，人飞出去的同时，椅子也飞了出去，刚好对面是摆放各种高档酒的桌子，椅子砸上去后，稀里哗啦的声音陆续响起，酒瓶碎片跟瓶里的酒向四处飞溅。

关琥的一只手还按在腰间的枪套上，震惊地看着眼前这一幕，然后收回手，默默地冲张燕铎竖了下大拇指。

　　看到打起来了，客人们不知道怎么回事，还以为有人寻仇，都吓得往外跑，再加上陪酒女郎们的尖叫声，现场乱成一团，浓妆女人估计是老板，急着应付客人，也顾不得理会他们了，关琥见金蛇会的其他人还准备往上冲，他拍拍腰间的手枪，微笑问："你们要袭警吗？"

　　那些人果然不敢上了，站在对面纷纷叫道："我们又没犯法，你凭什么来挑事？"

　　"我说你们犯法了吗？我只是要见见蛇王。"

　　"蛇王不在这里。"

　　就在关琥应付这帮人时，张燕铎顺着走廊往里走，看到有门，他就一脚踹开，发现目标不对，转过身又继续往前走。关琥听着客人们的尖叫声跟踹门声交互响起，他手扶额头，怀疑如果这次找不到蛇王，自己会被投诉的可能性很大很大。

　　他的警察饭碗早晚会被这只狐狸给砸掉的！

　　一想到这个，关琥就义愤填膺，朝着跟张燕铎相反的方向大踏步迈去，好在包间的人听到了外面的响声，不等他踹开，就自动打开了门，他一路走下去，混混倒是遇到了几个，但最终还是没有找到蛇王。

　　金蛇会的人都在，蛇王不可能没出现，一定是他趁混乱藏去了哪里，关琥想着，看看最后一个包间，里面坐了三四个女人，中间应该坐着客人的地方却是空的。

　　"蛇王去哪里了？"他直接套话。

　　几个女人一齐摇头，关琥再问："你们是现在说，还是去警局慢慢聊？"

这一招立竿见影,其中一个女人用手指指外面,"他被属下叫走了,说是有'条子'来了。"

关琥快步走到走廊尽头,就见那里有道后门,门虚掩着,随着他的推动向外打开,外面连着俱乐部的后巷,附近没有灯光照明,巷子显得阴暗幽长。

真糟糕,都追到这一步了,居然在最后关头被他溜掉了。

关琥满是懊恼地踹了下门,正琢磨着接下来的对策,突然听到楼上传来尖叫声,他顺楼梯跑上去,就见楼梯口的一扇房门打开着,一个打扮光鲜的女人跌倒在门对面,不断发出嘶叫,这跟昨天关琥遇到的状况类似,但跟这个女人的尖叫声相比,叶菲菲那种绝对可以算可爱了。

看到关琥,女人叫得更响亮,这反应让他有种不好的预感,转头看向房里,里面是个小杂物室,一个男人坐在废弃的沙发上,头向前微垂,关琥只看到他满头华发跟一片血迹的胸腹,不用看脸他也能肯定,这是蛇王没错了。

后面的尖叫声有愈见提高的气势,关琥的耳膜被震得嗡嗡作响,很想一拳头打晕她,问:"这是怎么回事?"

"不、不知道,我刚才经过,听到有声音,就推门看,有人就跑走了,啊……"

女人说了几个字后又开始大叫,并同时手脚乱舞,关琥按都按不住,这让他发现叶菲菲真是可爱多了,看来他还是适合跟异类交流。

不过女人提供了凶手逃走的方向,抬手指向杂物室对面半开的窗户,关琥冲了进去,探头往外看,隐约看到不远处晃动的黑影,他扳住窗框就要往外跳,身后传来张燕铎的声音。

"又死人了。"

"保护好现场，马上报警，我去抓人。"

在交代完这几句话后，关琥跳了下去。

一楼设有很宽的屋檐，所以二级跳对他来说很轻松，他不知道张燕铎回应了什么，落地后就向前冲去，沿着晦暗小巷一路追上了那个奋力奔跑的人，在警告了数声都被无视后，他飞身跃起，扳住那人的肩头，一拳头挥了过去。

出乎意料的，关琥的拳头挥了个空，那人的反应相当灵活，随着他的力道向后纵身，同时凌空飞起一脚，反而是关琥自己差点被踢到。

他退后两步，伸手要拔枪，眼前传来风声，对方挥动武器向他劈来，并且招招狠辣，一连攻击数下，逼得他毫无还手之力，只能来回躲闪。外面还在下着小雨，导致周围很黑，他只能借远处偶尔晃过的灯光看到对方手里拿的是一柄短剑，剑鞘握在另一只手里，作为双兵器攻击。

在对手的紧迫攻击下，关琥左右躲闪，他没机会看兵器的模样，但直觉告诉他那人手里拿的也是鱼藏剑，在躲避中，短剑砍在了酒吧后巷挂的招牌上，将木质招牌一角轻易削了下来，看到木块在空中翻了个个，飞到地上，关琥忍不住叫了声乖乖——看来这柄不仅是仿造的鱼藏剑，还是相当锋利的仿造品。

就在他晃神的工夫，胸口被踢到，向后跌倒，这时远处闪电划过，照亮了攻击者的脸，关琥一怔，他看到的竟然是一张画满墨彩的怪脸，在看到这张鬼面脸谱后，关琥发现王二画得还是挺接近实物的。

不知为什么，以这人暴虐的攻击方式，明明可以趁机攻击的，他却没有马上动手，而是站在原地呼呼喘气，这给了关琥拔枪的机会，他将枪口对准凶手，喝道："不许动！"

那人没动，关琥跳起来，保持枪口指人的姿势，打量他的面具，问："那些人都是你杀的？你为什么要这么做？"

对方不答，轻轻转了下握剑的手腕，关琥防备着他的突然攻击，又道："你不说没关系，我们回警局好好聊。"

"哼！"

细雨中传来轻蔑的哼声，关琥最初还以为是鬼面，但他马上发现声音传来的方位是在他们的前方——那里不知什么时候横着停放了一辆黑色跑车，夜色太黑，他看不清跑车是什么型号，只看到有人坐在车篷上，貌似观看他们打斗已经有一阵子了。

难道是鬼面凶手的同伙？

这个念头刚窜上脑海，关琥就看到眼前寒光一闪，物体来得太快，他连躲避的余暇都没有，本能地用枪管挡住，就听当的一声，那东西落到了地上，却是个普通的圆珠笔。

但是圆珠笔的力量超乎想象，在它的撞动下，关琥的虎口剧痛，手枪失手落到了地上，那男人跃起身，几步窜到了他的面前，向他飞脚踢来，让他无法去捡手枪，只能向后躲闪。

男人就这样站到了关琥跟凶手当中，他的右手还拿了管类似圆珠笔的物体，笔身殷虹，比普通的笔要细，随着他的手指拨动，红笔在他的掌间来回转着，他的脸背着光，看不清楚，但从他轻松的做派看得出，他根本没把关琥放在眼里。

"你可以走了。"他对身后的凶手说。

凶手看着他，微微有些迟疑，男人又说："再不走，你就没机会了。"

这次凶手没再犹豫，向他点了下头，算是答谢，然后掉头就跑，关琥冲过去阻拦，被男人上前一步挡住，借着远处偶尔闪过的微光，关琥看到那是个跟自己岁数差不多的男人，他穿了一套泛着光泽的西装，脚下的皮鞋也打得锃亮——这在刚才他那一脚踹过来时，关琥就发现了。

但可惜，男人的长相他始终没看清，眼看着凶手跑远，他没有废话，直接拳头出击，男人弯腰向后闪开，关琥紧接着再挥拳，没想到男人的身体异常柔软，水蛇似的绕了个弯，手里转的红笔停下，做出持刀似的架势，以一个他无法想象的角度向他的眼眶插来。

关琥慌忙收拳，要不是躲得及时，那个尖锐物体只怕要贯穿他的脑子了，不由惊出一头冷汗，不敢怠慢，拳脚飞快地挥出，避免对方有反击的机会。

关琥的拳脚快捷，对方的应招也不慢，甚至还要快过他，男人的招式很奇怪，关琥不熟悉，再加上他还记挂着凶手的去向，几招过后一个不小心，被男人刺来的武器划到，赤红笔管的一头顺着他的脸颊掠过，带着比细雨更冷的凉意。

关琥的勉强躲闪导致他下盘不稳，向后栽了个跟头，他慌忙站住，双手握拳，一前一后挡在胸前，做出防御的架势，还好男人没有乘胜追击，红笔在手指间转了个花，嘴角一侧勾起，哼道："也不过如此。"

男人声音柔和，脸庞在雨中若隐若现，看上去很年轻，如果不是身上散发的煞气太强烈，他应该很有人缘，关琥向前张望，凶手早已跑得没了踪影，他气愤地质问男人，"你到底是什么人？"

"看你们不顺眼的人。"

男人发出轻笑，笑声中带了份傲然不羁的气息，关琥无形中联想到张燕铎，但张燕铎的气场更温和，而这个人的存在则让他感到厌恶。

远处隐约传来警车的鸣笛声，但男人没有丝毫惊慌的表现，关琥二话不说，冲上去踹他，又准备捡枪，男人早有防备，凌空窜起，抬腿向他踢来，关琥再次见识到了这个人身躯的柔韧，就见他在半空中翻了半个圈，突起的皮鞋鞋尖向自己的脑部一侧踢来。

　　真被踢到的话，不死也是重伤，关琥没办法，只好收回抢枪的念头，专心跟男人搏斗，不过男人不仅拳脚奇怪，武器也罕见，关琥有好几次都差点被利器戳伤，两人边打边往前移动，慢慢靠近了男人的跑车。

　　见关琥捉襟见肘，男人发出轻笑，刻意将他逼到车前，让他失去了退路，然后跳起来挥舞红笔刺向他的眼睛！

　　啪！

　　沉闷的击打声在雨中响起，在男人攻击的途中，他的脸颊被打中，不得不退开，只觉得左脸颊上的感觉有些奇特，他伸手摸了摸，又看向对面。

　　关琥已经站稳了，手里的皮带凌空一甩，再次发出响亮的声响，这招用腰带当武器的招式他是第一次用，没想到效果挺显著的，看到男人狼狈的模样，他轻蔑地一笑，"你也不过如此。"

　　男人揉着脸不说话，但他身上的怒气轻易地传达给了关琥，他突然发出怪叫，飞快地冲过来，握住红笔开始了暴雨式的攻击。

　　关琥平时没少锻炼，近身搏斗算是他的强项，但男人的招式太怪异，既不是跆拳道、空手道，也不像是散打或普通的武术，他拿捏不住对方的攻击方式，几次都是勉强躲开戳来的红笔，偏偏那人的笔头上镶了钻石，在挥舞中不时划过光亮，严重影响了他的视觉。

　　于是在之后的几个回合里，关琥的胸腹跟小腿被接连踹到，男人虽然也被他的皮带甩了多下，但就像是没有知觉似的，即使被击到也毫不在意，反而愈挫愈勇，到最后关琥被逼得不得不连续后退，皮带挥舞不开，终于，带子的另一端被男人揪住，然后顺着力道向后甩去，绕住他的脖子，再往下狠压。

关琥被压得喘不上气来，慌忙抬腿去踹，男人的腿被踹中了，却没有任何反应，继续往下压低的动作，这一次关琥真正看清了他的脸——那是张长得绝对算是不错的脸庞，但因为太好看，反而没什么特色，倒是他接近疯狂的眼睛更引人注目，看到男人将握笔的手再次挥起，关琥正想做最后的反击，轻响从他们身后传来，

声音不大，但两人都知道那是什么东西发出来的，就听一个嘶哑的嗓音说："不想被爆头，就马上滚。"

时间有一两秒的停滞，随后男人撤开了，关琥揉着被勒痛的脖颈站稳，就见细雨中站着一个全身黑衣的男人，他戴了头套，除了一对眼珠外什么都看不到，但这个声音关琥很熟悉，前不久在敦煌石窟里探险时，也是这个人及时将自己救下来的。

"英雄……"

他很想说一句"别来无恙"，但被男人抢了先，面对指向自己的枪口，他没有丝毫的惊慌，反而发出咯咯笑声。

"流星，终于见到你了。"

关琥本能地扫了眼天空，想问——是流星？还是刘星？

不过他真正说出来的却是——"那是我的警枪，可以麻烦归还吗？"

"皮带用不好就不要乱用，下次记得抽他的眼睛。"

黑衣人给关琥的建议很中肯，但这语气怎么听都跟张燕铎的一样，要不是有外人在，关琥一定马上质问他，他走过去，冲黑衣人伸出手，说："先还枪吧。"

话声再次被他的敌人打断了，男人冲黑衣人笑道："流星，你这样教外人对付自己的朋友，不太好吧？"

"我没有朋友。"

"可是你却帮一个条子。"

"他不是我朋友。"

听着黑衣人冷冰冰的回应，关琥觉得他心里说不定想说——他是我弟。

"你先回去。"黑衣人对他交代道。

关琥也想走，但他更想拿回枪，但如果失去了枪的威胁，他又担心黑衣人不是红笔男的对手，正犹豫着，就听警车的鸣笛声更近了，红笔男哼道："流星你变了，我一向认为只有懦夫才会用枪。"

关琥觉得全天下的警察都无辜地中枪了。

下一秒他就看到那柄手枪飞到了自己面前，与此同时，黑衣人跃向红笔男，随着翻身，甩棍从他的手中甩出来，冲着红笔男的头部挥下，他的动作太快，红笔男被迫退开，想用笔招架，但还没等他出手，甩棍又从另一个角度击向他，动作招式居然跟他对付关琥的类似。

关琥在旁边举枪观战，从两人互搏的招式到进攻速度还有力量来看，他相信这两人一定是认识的，甚至还师出一门，他们的招式不仅奇特，攻击也很快，不熟悉的人一定会被逼得手忙脚乱，就连他想趁机用枪对付红笔男，都找不到缺口。

不过看了一会儿，关琥提着的心逐渐放下了，红笔男打不过黑衣人，他那管红笔根本派不上用场，所以自己也不用瞅空开冷枪了。

"你一个人没问题吧？"他问黑衣人。

"嗯。"

"那我先去现场，这个交给你，要捉活的，我马上叫人来。"

关琥已经把黑衣人当作张燕铎来看了，字里行间都是对搭档的口吻，说着话他把手铐放在一边，然后掉头跑回现场。

红笔男听到了关琥的交代，关琥没走多久，他就纵身向后面跳去，用手撑在跑车车篷上，凌空翻到了车的另一边，黑衣人没办法马上作出攻击，隔着车冷冷地注视他。

"大家是兄弟，别这样嘛。"

男人收了红笔兵器，冲他绽放出无辜的笑脸，看着他坐到车上，黑衣人本能地向前迈了一步，但马上又停住了。

抓他很简单，但事后会拖累到自己，生活刚刚稳定，他不想被破坏。

"如果你还想再活久一点，就别再惹我。"他冷声发出命令。

红笔男给他的回应是伸手摆了摆，然后踩动油门飞快地跑走了。

黑衣人掉头看看挂在一边的手铐，正想去取，后巷的尽头传来脚步声，看来是关琥派警察来增援了，为了避免是非，黑衣人也快步跑出了小巷，顺着曲折的胡同拐去大路上，来到有光亮的地方，他将头套摘下来，又顺便脱下黑色外衣，走到停放的车前，将衣物丢去后车座上。

警笛声已经消失了，现在夜店里应该围满了警察，男人上了车，将下面的黑裤子也脱掉，扔去了后面，虽然关琥接下来很忙，没时间来确认他的状态，但湿漉漉的衣服穿在身上不舒服，他宁可麻烦点。

远处车辆经过，前照灯的光芒射来，他情不自禁地眯了眯眼睛，看向后视镜，里面的人有着跟张燕铎相同的长相，唯一不同的是没戴眼镜，失去遮掩的眼瞳在灯光下透出怪异的色彩。

张燕铎厌恶地把眼神瞥开，探身拿起放在桌板上的眼镜戴上，副驾驶座下的收纳柜里放着替换的衣物，他拿出来换好，等都整理完后，把椅背放倒，靠在上面看着车顶，思索接下来的问题。

不是有关鱼藏剑的问题，而是他自己的事——红笔吴钩活着，就代表囚禁他的那个老家伙可能也活着，这是对他来说最糟糕的事，以前老家伙常说，没有他的培养，就没有今天的自己，但他的感觉却是——没有老家伙，他也不至于沦落到今天这种地步。

张燕铎抬起右手，毫无意外的，他的手指在发着轻颤，有恶斗后的兴奋，也有对今后路程的不安，或许其中还有恐惧，可能那份恐惧感已经深陷在了骨子里，明明老家伙没什么可怕的，但一想到那个人，他还是无法保持冷静。

在逃出来后，他曾作过无数次噩梦，每次都跟老家伙有关，终于，随着时间的转移，噩梦开始变少，他以为噩梦已经结束了，却没想到恰恰相反，一切恶意跟恐惧都才刚刚开始。

不能让那些人影响到自己现在的生活，更不能让他们威胁到关琥，所以一定要想办法除掉他们，不惜任何代价。

张燕铎收回手，握紧了已收回原状的甩棍。

关琥返回现场，里面已经围满了人，警员们正在拉警戒线，负责疏散围观的人群，他跑过去，正要交代警员，被江开叫住，拉到一边，说："我刚才在道边碰到你哥，他让我告诉你，你专心看现场就好了，其他的什么都不用管。"

"我哥？"关琥本能地左右打探，问："他还有说什么？"

江开摇头。

"他现在在哪里？"

看到江开再摇头，关琥放弃了继续追问，让那几位警员去后巷帮忙，而他选择留下来——看在整天叫张燕铎哥的份上，就听他一次吧。

关琥弯腰进了警戒线，发现房间里除了老马外，鉴证科的人员居然也都到齐了，不由得一怔。

"你刚走我就来了，没想到我们追得这么紧，最后还是差了一步。"

老马随着关琥的视线看向死者，场面很血腥，看一次两次还会反胃，但到第三次，差不多就习惯了，他说："他们都是我叫来的，一连出了几桩案子，局长让大家随时待命，没想到这么快又出事了。"

关琥打量房间，杂物室没有很大，里面随意堆放着一些不用的桌椅跟礼服裙装，看来蛇王本来是准备在这里躲避搜查的，却没想到惹来杀身之祸。

暴力凶杀导致死者坐的沙发以及周围地上溅满血滴，跟酒店发生的案件相比，这次的杀戮更凸显了凶手的残暴——这里出入人员杂乱，没人会注意到凶手，所以他连基本的掩饰都没有。

由于现场里有不少人，房间显得很拥挤，关琥环视着四周，问老马，"你有没有注意到张燕铎是什么时候离开的？"

老马的反应是脑门上挂出大大的问号，关琥只好说："就……那个……我哥。"

"我来时他还在现场，看到我来他就走了。"

"那时江开到了吗？"

"没有，我是第一个来的。怎么？他出事了？"

关琥想出事的应该是别人。

从时间上计算，如果张燕铎就是黑衣人，那他一定是看到警察来后，就跑去后巷想帮忙，但是发现状况特殊，他便中途转回车位换黑衣服，刚好跟江开遇上，问题是为什么他要那样交代江开？

鉴证工作很快就告一段落，关琥还没拍完现场照片，舒清滟已经起身，做了结束的手势，她的手里毫无意外地拿着盛有带血短剑的证物袋，关琥叹道："看来是同一人了。"

"也许我该感谢凶手，他的杀人手法大同小异，大大地提高了我的办事效率。"

关琥回头看门口，还好有警察阻拦，记者们无法靠近现场，否则这位女法医的话被外人听到，一定会被大肆诽谤的。

"哪里大同小异了？"他观察着死者的状态，问。

蛇王的嘴里没有塞东西，他遇害前只穿了件衬衫，衬衫扣子扯开了，露出不符合年龄的精干胸肌，但胸口以下都被豁开了，内脏半挂在两腿之间，双手搭在沙发扶手上，脑袋向前半垂，像是在休憩的模样，看似完全没有被刺中后的痛苦反应。

跟之前两名受害者相比，蛇王的身材又高又壮，虽然上了年纪，但是从体格来看，他是最具有反抗能力的人，但事实相反，他挣扎得很少，似乎还没明白发生了什么事，就被干掉了。

看来这就是舒清滟所说的大同小异的地方了。

"具体情况我要等尸检后才能汇报，不过凶手是同一人应该没错。"舒清滟说："他杀得越来越习惯了，让我担心很快就会有第四个受害者。"

关琥想起了许善陵，如果他们几个之间有什么共同秘密的话，下一个说不定就会是许善陵。

"以蛇王混社会的警觉跟反应能力，为什么完全没有反抗？"他低声自问。

"有两个原因——跟他在一起的是他熟悉的人，或是他不会有防备的人。"

这一点关琥也想到了，正因为想到，所以更感觉懊悔，当现场状况来看，在他进俱乐部的时候，蛇王还是活着的，就是在那几分钟里，这个所谓的老大就在自己的眼皮底下被害了——有人借帮他逃走或是其他什么理由，将他带到这个房间，然后出其不意地杀了他，而自己几乎可以抓住凶手，却在关键时刻被人阻挠了。

关琥走出房间，外面聚集的人更多了，加上一群打扮花哨的陪酒小姐，整个空间都处于极度嘈杂的状态中，警员们极力维护现场治安，阻止记者群的涌入，那几个被他派去后巷帮忙的人也在。

看到他，一名警员过来将手铐还给他，说后巷里没人，只有这个手铐挂在路边上，他们就拿回来了。

关琥问了位置，正是自己走时放手铐的地方，看来人家根本没理会他的拜托，打完架就走人了。

他道了谢，挤出人群，来到后面的小巷里，前后才不过半个小时，曾充斥在后巷里的杀气就被冷雨冲得干干净净，空间冷寂，除了一些被打散的杂物证明这里曾有过一场恶斗外，什么都没留下。

关琥在附近找了一会儿，找到了那管差点打伤他的笔，不过笔管被踩得四分五裂，随着他的拿起断成一半，再加上雨水的冲洗，它能留下的讯息应该不多，但关琥还是将笔管碎片放进手绢里包好，准备交给舒清漱做鉴定。

包好后，关琥又走到巷口，那里曾经停了辆跑车，现在也消失无踪，地面被雨水击打，提醒他勘查现场不可能带来任何收获，在发现了这个事实后，他听到自己松了口气，难以说明缘由的，他不希望张燕铎跟整件血案有任何关系。

他出了巷口，顺着街道来到张燕铎停车的地方，车不在，周围也没人，他犹豫了一下，开始拨打张燕铎的电话。

电话很快就接通了，属于张燕铎懒洋洋的嗓音传来，"弟弟，什么事？"

那是跟黑衣人完全不同的嗓音，关琥好奇他是怎么改变声带的，甚至怀疑自己是否猜错了，问："你现在在哪里？"

"我回家了。"

"为什么回家？"

"为了报复，"张燕铎轻描淡写地说："报复昨天你丢下我了。"

关琥完全不信这个借口，张燕铎的行为很反常，他想比起报复，对方更像是在掩饰什么。

"你刚才有没有去后巷？"他开门见山地问。

"没有，怎么了？"

"我刚才在追踪凶手时，被一个奇怪的人袭击，又是那个神秘的黑衣人救了我，这次我有特别注意，黑衣人不管是身形体格还是说话的风格都跟你很相似。"

"什么黑衣人？"

还跟他装糊涂，关琥说："就是在敦煌石窟里救过我的那个人，他又出现了，而且身手非常棒。"

"关琥，我觉得你的妄想症越来越厉害了，是不是被连续几件案子刺激到了？你好像在说夜行侠。"

"我没有说夜行侠，我在说你。"关琥步步紧逼，"只有你有时间及时出现帮我，还让江开转告我让我专心看现场，你的意思是后巷的怪人由你来对付是吗？"

"你想多了，虽然身为警察，有警觉性是对的，但也不能乱怀疑人，好吧，我说实话，我只是贫血症犯了，为了不给你造成麻烦，就先离开了，这个回答你满意吧？"

关琥注意到了张燕铎嗓音的低沉，像是透着某种倦意，他不知道张燕铎是不是伪装的，但还是忍不住问："你不舒服吗？"

张燕铎在对面笑了，他发现他找到了关琥最大的弱点，关琥对弱者很温柔，即使知道他们有嫌疑。

"还好，不至于不舒服到无法聊天的程度，"他问："现场勘查结束了？有什么新发现？"

"暂时没有，可惜我把凶手追丢了，一个转红笔的男人出现放走了他，我不知道他们是不是一伙的，而你……我是说黑衣人跟红笔男人又是认识的，所以整件案子也许黑衣人也有参加。"

"既然你认准黑衣人是我，那假设是我，我又跟连续血案有关联，那我为什么要帮你？还救你？"

关琥答不上来了，这的确是个很难解答的问题，半晌，他说："为了了解警局更多的秘密。"

"然后再找机会放个炸弹去警局，玩恐怖事件吗？要是把这个素材给小魏写小说，一定很受欢迎。"

"张燕铎，我没有在跟你开玩笑！"

"我也没有，"张燕铎的口气变得严肃下来，回道："我只是在告诉你，怀疑一个人，那就拿出证据来，否则就会像上次那样，白给我的酒吧打工。"

"我……"

对面的电话挂断了，关琥才说了一个字就被迫停了下来，他气得狠狠按下通话键，心想他要是有证据，就直接抓张燕铎去警局了，哪会在这里跟他废话。

"你没事吧？"

身后传来询问声，关琥转过头，见是谢凌云，不知她是什么时候来的，看着他，脸上露出担忧的神色。

"跟老板吵架了？"

"嗯，有点小摩擦。"关琥摸摸鼻子，"你怎么会过来？"

"出了这么大的凶杀案，我第一时间就赶过来了，刚好看到你在这边。"观察着关琥的表情，谢凌云急忙摇手，"我不是要故意听你们说话的，不过我觉得老板是好人。"

女人判断事情都喜欢凭直觉，关琥心想假如谢凌云知道在敦煌洞窟里，黑衣人、也就是张燕铎曾拒绝去救她们的话，她还会这样说吗？

"至少他不会害你。"谢凌云又说。

"不会害我跟他是不是好人是两码事。"

"我认为一样，在意一个人，就不会做他讨厌的事，看得出你大哥很重视你。"

关琥无言以对了，他发现谢凌云之所以会跟叶菲菲成为好朋友，是因为她们的思维站在同一条水平线上。

"现场有什么发现吗？"他转了话题。

"我都还没过去，所以这句话该我问你——死者的死法是不是跟前两个一样，都用了鱼藏剑？"

"你不要再追这件事了，你也有一柄相同的剑，免得你也成为被追杀的目标。"

"我想许善陵比我更有可能成为目标，"谢凌云说："你有没有想过，凶手昨天是想杀许善陵的，只是许善陵身边一直有人，刚好冯三山又出现了，所以他临时换了目标？"

不能说这个可能性不存在，但如果真是这样，那凶手毫无疑问就在参加喜宴的人当中，并且是相当了解许善陵行踪的人。

"这是我在古董论坛上了解到的一些讯息，也许可以帮到你的忙。"

谢凌云从皮包里掏出一叠印刷纸递给关琥，关琥翻了一下，发现都是关于鱼藏剑的各种传说跟分析留言——既然三个人的死亡都与这柄古剑有关，他想如果想解谜，首先要了解古剑。

"谢谢你。"

"不谢，我也是想知道父亲以前的事，可惜那方面的消息什么都查不到。"

"有些事顺其自然吧，抱太多希望，也许会更失望。"

关琥收好资料，跟谢凌云道别，谢凌云站在原地，看着他逐渐消失在后巷的身影，有种感觉，这个男人身上一定也背负了很多秘密。

关琥再回到俱乐部，勘查讯问工作基本已经结束了，他跟萧白夜一起坐江开的车回警局，路上看了俱乐部的陪酒小姐以及客人们的笔录，发现没有人提到有奇怪的人进出过，大家说得最多的人就是他了，女老板还不止一次提到酒水的价格，硬让他们赔偿。

"那是金蛇会的人打碎的，不关我事。"

"难道不是你先挑衅的吗？"萧白夜问。

"我也是想救人，不过最后没救到。"

说到这个，关琥就满心的懊恼，他怎么都想不通凶手是怎么混进去的，俱乐部的人众口一词，总不可能是事先串供，所以一定是哪里出现了盲点。

"有没有看监控录像？"

"哈哈，那种俱乐部安装了监控，怎么还有人敢去？"

江开在前面笑了起来，关琥也觉得自己问得有点蠢，他把自己刚才的经历详细地说了一遍，不过为了避免麻烦，他特意隐去黑衣人的那段。

"真是一波三折，"江开听得连连感叹，"原来凶手不仅残忍，还是团队行动。"

"我觉得他们不是一伙的，所以红笔男为什么要阻拦我，我还不清楚，不过可以确定他是极度危险分子。"

最糟糕的地方就在这里，天太黑雨太大，他不仅看不清车牌，连红笔男的长相都很模糊，只觉得那张脸太精致，像是做过特别化妆处理似的。

萧白夜没再多问，只说："先做拼图试一下吧。"

当晚关琥留在警局，先做了红笔男的拼图，跟同事一起分析三起凶杀案的相关案情，负责监视许家的警员送来报告，证明当晚许家一切正常，许善陵一直闭门不出，以他平时常去公司的行为来看，这很不对劲，他像是在恐惧某件事情，以为留守在家里最安全。

"先不要惊动他，继续监视，到他抗压抗不住的时候，会主动申请保护的。"萧白夜做了指示。

江开不安地问："会不会太冒险了？连蛇王身边带了那么多兄弟，都没躲得过，更何况是珠宝行的一些保安？"

"正因为蛇王的身份，他才会掉以轻心，以许善陵现在的状态，普通人很难靠近他。"

萧白夜说："而且还有一种可能是许善陵就是幕后策划人，照关琥的描述，凶手更像是职业杀手，所以许善陵的那些惊慌反应也许是在做戏，江开，你跟老马再重新调查有关他的资料，关琥你负责鱼藏剑这条线。"

在回警局的路上，关琥跟萧白夜提了有关鱼藏剑的传说，没想到萧白夜有认真考虑这条看起来很虚的线索，他点头答应，蒋玎珰在一旁问："头，你真相信所谓的刺客传说？我觉得那更像是凶手故意做出来的，为了引开警察的注意力。"

"不能排除这个可能性，但这也许是连接整个案件的线，不能无视。"

跟在看到血案后的反应不同，在部署工作时，萧白夜相当有领导的气魄，将工作陆续交代完毕，最后剩下蒋玎珰，她急着连连举手，表示自己还没被分派。

"我有件很重要的工作让你做，而且也只有你能胜任，"看着蒋玎珰激动得连连点头，萧白夜笑眯眯地问："你会做饭吧？"

关琥不知道那位笑面虎上司给蒋玎珰交代了什么任务，他领命后，先去鉴证科找舒清濑，把那管碎得不成形状的笔交给她做检查，又配合做了红笔男的拼图，不过拼图做得不成功，在做完后，小柯对着屏幕看了半天，问："五官比例太完美了，你确定他没去韩国做整容？"

"至少在恐怖分子的名单里没有这么号人物。"舒清濑在旁边观看，说："希望那管笔可以提供到什么线索，不过请不要抱太大期待。"

关琥问小柯，"有关短剑的订制情报，网上有没有什么线索？"

"完、全、没、有。"小柯伸手指自己的眼睛，"我搞了整整两天两夜，所有铸剑厂都查过了，什么都找不到，你有没有发现我都出黑眼圈了？"

关琥没注意小柯跟以往有什么不同，同一件事，擅长搜集情报的萧白夜说查不到，小柯也说查不到，他觉得这很不正常，皱眉说："不可能啊。"

"怎么不可能？难道人家不能自给自足吗？"

"难道这年头还有铸剑师吗？"舒清漉开玩笑说。

"铸剑师那太专业了，但个人作坊的铁匠还是有的，名器做不了，做做赝品也不是什么麻烦事。"

听着他们的对话，关琥眼前一亮，急忙说："帮下忙兄弟，再查查铁匠的情况，包括已经歇业的，"想到剑鞘上嵌的沙土，他重点强调，"尤其是歇业部分的。"

关琥回到重案组，把谢凌云给他的印刷纸拿出来，开始一页页仔细翻看，里面大多是古剑爱好者的留言，从鱼藏剑的由来到它最终遗落何方，里面有不少野史传说，但也不乏引据论证的观点，关琥读到一半，眼神定住了，他在留言中看到了与鱼藏剑相同的短剑，最初他还为找到线索而兴奋，但是再看下面的留言，差点气吐血。

留言的网友说这是她家祖传的宝剑，家族都世代相传，说这是真正的鱼藏剑，因为生活所迫，她决定将剑拍卖，但又怕被古董奸商骗到，求大家指点，如果能有实际帮助，必当重谢等等，下面还附了联络地址跟电话，却不是谢凌云又是谁？

明明知道鱼藏剑跟死亡相连，她还在这种古剑论坛上自我推荐，是不是嫌警察不够忙，再帮他们锦上添花一下？

要不是已经是凌晨，关琥一定一个电话打过去骂她一顿。

因为这个新发现，关琥的心绪烦闷起来，后面的留言没有再仔细看，将纸张收好，这时候时间已经快到早晨了，他去值班室的小房间休息，今天没人跟他争床位，让他得以躺在床上美美地睡了一觉。

等关琥醒来，已经过了上班时间，他随便洗漱了一下，来到重案组，谁知还没进门，就听里面有人在大声吵嚷。

"你们是怎么做事的？三天三起凶杀案，到现在一点线索都没有，这是重案组吗？照你们这种办事效率，统统去扫大街算了。"

听起来像是上司在训人，关琥有点好奇，他进这个组也有几年了，虽然组长萧白夜在某些地方是有点废柴，还没人敢直接跑来训话，他敲敲门进来，想知道这位口气不凡的上司是何许人也。

重案组的人都在，面对训话，没一个有反应……哦不，应该说大家都在忙自己的事，没人理睬说话的人，关琥偏头看过去，发现根本不是什么上司训话，而是隔壁侦查科的成员，并且是在警界里有点家世背景的成员。

"李……"他试探着搭话。

"李元丰。"

年轻的警员自报家门，他长得不错，皮肤也白净，再加上一身高档西装以及高高在上的气势，给人的感觉像是高级白领，根本无法联想到警察。

"关琥是吧？听说就是你把凶手放走的，真想不到重案组成员的素质这么低……"

这件事说起来关琥就一肚子火，对于自己的失手他也很懊恼，但要说到"放走凶手"这个罪名，那就太夸张了，火气一上来，关琥才不管这位太子爷是谁派来的，派来干什么的，手往外一伸。

"投诉的话，请出门往右拐，慢走不送。"

"你！"

"借光，我们很忙的，别站在这碍事。"

江开特意从李元丰面前走过去，把他撞开，李元丰还想再说，里间的房门打开，萧白夜探出头来，说："刚才我接到电话，说上面派新人来协助我们，新人到了没？"

没人搭话，不过所有的目光都同时放在了李元丰身上，李元丰的脸色青一块白一块，气急败坏地说："我不是新人，我进来有两年了，还有我不是协助，我是……"

"新人，那边请。"

关琥笑眯眯地一指萧白夜的方向，打断他的解释，"报道请趁早，我们头可是很忙的。"

李元丰被他们硬推去了组长办公室，门关上了，不知道里面是怎么交流的，关琥转头看看其他两名同事，江开一脸担忧地问："这个二世祖怎么会突然空降过来？他不会顶了组长的位子吧？"

"就他？切，"老马做了个不屑的表情，"想顶头的位子，等他再混二十年吧，做事做事。"

同事们离开了，关琥去了鉴证科，连续发生大案，大家都在熬夜拼命，搞得精神不佳，关琥进去后，先看到某个人体躺在电脑前，脸上还蒙了块白布，他一秒蹦了起来。

"靠，死尸太多也不能随便放啊，很容易传染疾病的。"

"你才死尸，"被他吼醒了，死尸动了动，扯下脸上的白布，冲他用力抖，"这叫面膜！用来敷脸的！为了帮你们查资料，我整夜没睡你知道吗！？"

发现是小柯，关琥不好意思地摸摸头，"抱歉抱歉，请问铁匠的情报有进展吗？"

"有进展我就不会在这里敷脸睡觉了，上头让我先查几名死者的关系网，不好意思，你的活只能先放放了……"

"别这样啊，我那条线索很重要的。"

"我知道，可是上头那些人不知道……你要找舒美女请去隔壁解剖室，啊对，她可能也在敷面膜，别大惊小怪的。"

"是是是。"

为了不再踩地雷，关琥点头哈腰地去了隔壁，还好，小柯提醒的话没成为现实，舒清漩的打扮是正常状态，除了手里拿着鲜红的番茄汁化学试剂杯外。

看到关琥，舒清漩开门见山地说："尸检报告我还没写好，不过有几个地方可以先跟你讲一下。"

她放下试剂杯，戴上手套，来到解剖台前，将死者的头往右侧稍微推开，让关琥看他的左太阳穴，那里有处比铜钱稍微大点的黑斑。

"死者的这里在被刺之前曾受过重击，导致他的意识暂时中断，他的右太阳穴也有类似的击痕。"

听着舒清漩的解释，关琥又去看死者的右侧头部，发现击痕比左侧要轻，受力面积也相对要小，他眼前一亮，蛇王练的是硬气功，如果罩门是在太阳穴上的话，被这一击只怕不死也是重伤，难怪凶手没用布塞死者的嘴了，因为根本没必要。

他比量着黑斑的大小，疑惑地说："这不会是剑造成的吧？"

舒清漩从证物架上拿出第三柄短剑，也就是从蛇王肚子里取出来的那柄，她指指剑柄的顶端，说："你说得没错，凶手正是用这里猛击死者的太阳穴，趁他无法反击时刺杀他的，而另一侧的伤痕则是凶手在刺杀途中挥拳击打的，以防他反抗。"

"看来凶手在行动前做过详细的调查。"

包括蛇王平时常去的地方、他的喜好跟忌讳，还有他练功的死穴，这证明凶手不仅心狠手辣，还胆大冷静，敢在警察眼皮底下瞅准时机杀人，这一点让关琥想起了那位传说中的刺客专诸，可以在众多护卫面前坦然自若地将藏有凶器的烤鱼向王僚献上，光这份气魄就令人心寒，他想至少这一点，凶手领会到了刺客的精髓。

"还有一点，我们在这柄剑上验出了相同的土质成分，三起案件的凶手是同一人无疑。"

"谢谢！"

关琥从鉴证科出来，快步赶回重案组，从目前收集到的情报来看，三名死者跟许善陵有着共同的联系，虽然暂时还没找到联系的主线，但只要看紧许善陵，那凶手一定会出现，现在就怕除了他们四人之外，还有其他的猎物存在。

所以找到联系的主线是必要的，或许主线的真相就在鱼藏剑上。

不过说到鱼藏剑，有一点关琥怎么都搞不明白，他挠挠头，决定去问张燕铎——在几次联手处理案件中，关琥发现张燕铎对变态这类人很了解，也许问他可以找到捷径。

关琥回到办公室，里面除了萧白夜坐镇外人去楼空，他将自己的怀疑跟担心跟萧白夜说了，萧白夜平静地回道："放心，如果是许善陵那条线的话，没问题，我已经让李元丰扮成保安去暗中保护他了。"

"他同意？"

"起先不同意，我们交流了一会儿，他就答应了。"

看着上司充满狡黠的笑容，关琥想李元丰要顶替他的位子，那根本是不可能任务。

"那我去查其他的线。"

关琥跟上司打了招呼，跑回他住的公寓，来到家门口，他掏钥匙开了门，刚迈进一条腿，就听到对面传来对话声。有过一次经验，关琥这次表现得很镇定，反手关上门，走进客厅，果然就看到张燕铎坐在沙发上看电视，手里拿着茶杯，整个客厅里充溢着属于玫瑰花茶的清香。

"我应该没走错房间吧？"

"没，这是你的家。"张燕铎回过头，笑眯眯地回答，又指指对面厨房，"我做了早餐，你应该还没吃饭吧？"

"原来你还知道这是我的家啊。"关琥哼道："看来你不生气了，昨晚挂我的电话，我还以为你会就此消失呢。"

"你还真把我当田螺了？"张燕铎笑道："就算我是田螺，也不会低智商到跟你一般见识的。"

说到这个关琥就不爽，脱下外衣，气呼呼地说："那你每次都偷偷进我的家算怎么回事？你是不是真要我把你抓去警局……"

"你最好先去洗个澡，我不习惯跟不讲卫生的人共餐。"

别自作多情了，谁要跟你共餐啊……

"还待在那儿干吗？我昨晚查到些线索，想早点破案就赶紧行动。"

三秒后，关琥屈服在了破案的诱惑下，"是，田螺先生。"

等关琥洗完澡，早餐已经摆在了餐桌上，看着张燕铎熟练地使用他家里的餐具，关琥郁闷地说："我有种感觉，这种状况持续下去的话，没多久我的房产证也会易主的。"

"有关这一点，我还没注意到，你把房产证放在家里？还是存在银行保险箱里？"

"放在……我为什么要告诉你自己隐私？你到底查到什么线索了，快说！"

"先吃饭，那种事不着急的。"

不着急？那刚才催促他赶紧行动的人是谁？

关琥张嘴想反驳，一块面包塞进了他的嘴里，早餐太美味，嚼着刚出炉的烤面包，他决定暂时原谅张燕铎的各种无礼行为。

第七章

　　早餐吃完了，张燕铎没用他动手，自己将碗碟整理好后拿去洗碗机，看着他麻利的动作，关琥觉得这个人除了腹黑毒舌又行踪诡异外，其实还是挺接近田螺姑娘的。

　　或许正因为这样，昨晚在发现红笔男跟黑衣人消失后，他反而松了口气，某种意识在告诉他，没有收获反而更好，因为那将影响到张燕铎的存在。

　　不管从哪种心态来讲，他都不希望张燕铎与犯罪有牵扯。

　　"咳咳，张……大哥，你……我是说黑衣人真的不认识那个耍红笔的男人？"看着张燕铎的背影，他问。

　　"认不认识另当别论，不过至少不是朋友。"张燕铎把厨房收拾干净，又开始冲茶，他没回头，随口说："看来你还是在怀疑我啊。"

　　"换了你是我，你也会怀疑的，你……我是说黑衣人跟红笔男用的是什么功夫？看上去挺花哨的。"

　　张燕铎把冲好的玫瑰花茶端过来，放到关琥面前的茶几上。

　　"假如你可以演示一下的话，也许我可以帮你解疑。"

　　听他的意思，即使不承认自己的身份，至少会解释一些事实，这

144

也算是新的沟通了。

关琥用手托着脸腮，开始考虑问题，张燕铎拿起茶几上的一叠纸张，翻看着问："这是什么？"

"啊，糟糕！"

看到那是谢凌云给他的资料，关琥想起他还没跟谢凌云联系，急忙摸出手机打过去，铃声响了很久才接通，充满迷糊状态的嗓音传过来。

"我快死了，让我睡会儿，有事以后再说。"

"你不是快死，你是死定了，"关琥无视她现在的状态，问："为什么你要把鱼藏剑的事发去论坛上？我跟你讲过不要理这起案子，为什么你不听？"

"我没有透露任何关于案子的事啊，在这方面我很有职业操守的。"

"我没说你透露案子，我是说在这个凶案频发的时候，你还主动提鱼藏剑，这样做有多危险你知道吗？"

稍微沉默后，谢凌云说："关琥，谢谢你，我知道你是担心我，但我也很想知道有关父亲的事。"

"你父亲不会希望自己的女儿为了这种事冒险的。"

"理智上我同意你说的话，但感情上我做不到，关琥，如果你也有亲人生死不明的话，哪怕有一点很小的线索，我相信你也会抓住不放的。"

关琥沉默了，他想自己没资格指责谢凌云，他会做警察，目的不也是出于寻人的私心吗？

"还有，不光是我给你的那个论坛，其他讨论古董剑的地方我也都留了相同的话，如果因此对你有帮助，那我也算是帮忙了。"

关琥发出呻吟，"姑奶奶我快被你气死了，你知道那个凶手的身手有多好吗？"

"我的功夫也不错啊，"谢凌云说："如果他要来对付我，说不定我可以帮你们抓到他。"

关琥无语了，面对如此乐观的女孩子，他不知道该如何吐槽，只好交代，"那你尽量不要去人少的地方，尽量避免单独行动，有什么事立刻给我电话，不要逞强。"

这样反复提醒了数遍后，他才挂断电话，张燕铎在对面品着茶，看着他的样子，扑哧一笑，"你不会是想去英雄护美吧？"

如果不是现在分身乏术，关琥想他一定会去的，拿起茶杯咕嘟嘟地喝了好几口，张燕铎又安慰道："谢凌云做事有她的想法，你不用太担心。"

担心也没用，因为他身边每个人都是这样的德行。

"我们来说正事吧，"他有气无力地说："有一个地方我想不通，你来帮我分析一下。"

张燕铎挑挑眉，正要说话，关琥抢先说："别跟我提钱啊，我没钱的。"

"您想多了，我只是奇怪以关警官的经验跟头脑，连我都能怀疑到，还有什么是想不通的。"

充满了恶意的言辞，不过眼下有求于人，关琥只能装糊涂，说："是有关蛇王被杀的事。"

他把凶手用鱼藏剑撞晕蛇王的手法说了，又讲了自己跟凶手搏斗的事，最后说："凶手为什么要特意拿两柄鱼藏剑去杀人？要击打对方的要害，随便一个硬物都可以。"

"他跟你搏斗时用的那柄剑不是备用剑，而是真正的武器，如果我没猜错的话，前两次他身上也带了相同的剑。"

"随身多带把剑，不怕被发现吗？尤其是在喜宴上，如果我们一个个搜查的话，他很容易暴露的。"

"那是因为他有十足的把握不会被搜到，别忘了那是柄可以藏进鱼肚子里的剑，"张燕铎略带嘲讽地问："你们会每盘菜都去检查吗？"

看到关琥脸上露出懊恼，张燕铎摆摆手，又说："不过他应该没有把剑藏进鱼肚子那么麻烦，我要说的是，对凶手来说，塞在三名死者肚子里的不是剑，而是警告跟一种宣召，而他用来击晕蛇王的则是护身符，他坚信拿着它，会让自己的刺杀成功，所以哪怕冒一定的风险，也不惜随身携带。"

短暂沉默后，关琥双手捂脸，呻吟："变态的世界果然太强大，不懂。"

"其实我们每个人都会有类似的心理，就比如有人在身上戴玉器，或是你在钱包里塞照片，平时也许不会注意，但如果没有它，就会很不安。"

关琥的头猛地抬起来，"你怎么知道我的钱包里有照片？"

"之前你抵押给我的，我就随便翻了一下……"

"张燕铎我警告你，不要再做侵犯他人隐私的事，否则我第一时间抓你去警局！"

关琥站起来，准备去揪张燕铎的衣领，但手刚伸过去，就被塞进了一个茶杯，张燕铎说："喝完了，再去帮我倒一杯。"

看看手里的空茶杯，关琥很想知道当年那位农夫先生是否也被田螺姑娘这样支使过。

他去厨房倒了茶回来，问："那如果他下次杀人时，也会带两柄剑了？"

"应该是的，由此可见，他对鱼藏剑有种偏执的喜爱跟崇敬，他会每次将利器塞进死者的肚子里，也是基于这种信仰，所以他的出身一定跟专诸或鱼藏剑有着密切关联。"

关琥觉得自己越来越不懂变态者的心理了。

"这是昨晚我查到的，你看一下，也许有帮助。"

关琥接过张燕铎递过来的纸张瞄了一眼，立刻跳了起来。

"你怎么知道我在查铁匠这条线的？你不会是在我身上偷安了追踪器吧？"

"当然没有，"张燕铎慢悠悠地说："你要查订制短剑的资料，首先想的是铸剑厂，那我就查了查铁匠这边，如果你那边有线索，我就不会给你看这个了。"

"你怎么知道我没找到线索？"

"有线索你就不会先回家了。"

好吧，算他说对了，关琥的眼神在张燕铎跟名单之间来回转了几圈。见他一脸戒备，张燕铎发出无奈的笑，"放心吧，没有追踪器，我还没那么变态。"

你已经够变态了好吧，正常人会把别人家当自己家来住吗？

关琥在心里吐着槽，顺便翻看那份名单，很快的，他的目光落在了其中一个打了红圈的名字上。

"专惠？这是人名？"

"是铁匠铺的名字，已经关闭很久了，所以具体情况我也不了解。"

"也可能是直接用人名作为店名来用的，而且是专诸的专！"

关琥跑去拿外套，兴奋地说："也许这条线找对了，要是自家店铺的话，他想打多少宝剑都有的，哪用什么订制？"

"你别激动，我刚才说了，这家已经倒闭很久了。"

"没关系，有地址就行，谢谢，回头我请你……"

"我觉得你最好的'请'就是直接把存折给我。"

"……"

关琥转回头，穿好外衣离开，装作什么都没听到。

他前脚离开，张燕铎后脚跟了上去，两人来到停车场的路口后，关琥停下来，问："你的还是我的？"

"我觉得不管是谁开车，都有被对方丢掉的可能性，不如让老天决胜负？"

张燕铎扬起手，关琥跟他同时亮出，猜拳后，张燕铎出的是拳头，关琥的是剪刀，看着张燕铎得意地晃晃拳头，去了自己的车位，关琥很不忿地跟在他身后。

"变态的人通常不会出正常人才会出的拳头的。"

"都说了我不是变态，你看就因为你这样看我，所以遭报应了吧。"

"我只求到时别再被丢下。"车开出去时，关琥大声祈祷。

那位叫专惠的铁匠铺已经多年不经营了，张燕铎虽然在网上找到了地址，但不敢肯定是正确的，他能确定的是路程很远，往返的话要花近两个小时的时间。

所以张燕铎加快了车速，关琥在旁边翻着资料，张燕铎问："还在查进出俱乐部的人？"

"大家都说没见过奇怪的人进来，究竟是什么人进出不会被注意到？"

"女人。"

"啊？"

"大家注意的都是进出的男客人，如果是打扮花哨的陪酒小姐呢？那种地方陪酒女郎的流动性很大，再加上适当的打扮，就算有人看到，也不会在意。"

"那那个男人要多美，才能男扮女装不被注意到？"

"难道不可以是女人吗？"张燕铎斜瞥他，"这也就解释了为什么蛇王会不提防她的原因，她杀人后，将外面的裙子撕掉随便一扔就行了，舞台上经常用到这类的裙装。"

听着张燕铎的话，关琥开始回忆昨晚跟凶手的搏斗场面，作为男人的话，凶手的个头的确不高，但凌厉的身手跟煞气要说是女人，又让人难以想象。

见他纠结，张燕铎又说："不要小看女人，她们狠毒起来，绝对比男人更厉害。"

想起丢在杂物室里的那些裙装，关琥坐不住了，拿出手机打给舒清漉，让她重新检查现场里的衣裙，那上面也许有凶手的指纹留下。

舒清漉答应了，就在关琥要挂电话时，她说："刚才小柯在陈铭启的电脑里破解了一部分锁码的文件，里面有关于苏绣媛的照片。"

听她语气严肃，关琥被带动着也开始紧张，"什么照片？"

"是裸体照跟一些很暴露的制服照，如果传出去，她没法再在警局做了，除了她之外，还有其他几个女孩子的，真看不出那个律师长得一本正经，居然喜欢收集这种东西。"

"你准备怎么处理？"

"我先跟萧白夜确认，汇报上去，如果资料与这件案子没关联，我会在第一时间销毁——那些都是真正的警员制服，如果传出去，对警察形象有严重的影响。"

"这件事要跟苏绣媛说吗？"

"我还不知道，因为苏绣媛现在的身体状况比较微妙，也许会刺激到她，不过……"顿了一下，舒清滟说："内部处分是肯定会有的。"

关琥收了线，心境有点微妙。

苏绣媛的未婚夫过世了，她自己又要面临被处分的危机，虽说有些可怜，但是拍色情制服照片的行为是错的，所以他不能为苏绣媛求情。

"出了什么事？"张燕铎问。

关琥把刚才了解到的情报说了，最后加道："你不能外传啊，外传的话，我一定干掉你！"

"我觉得我的智商跟你一样低吗，关王虎？"

"……"为了不再被诋毁智商，关琥选择了沉默。

过了一会儿，张燕铎问："你怎么看？"

"陈铭启是个人渣。"

"我说的不是这个，你不觉得以陈铭启的头脑，不应该把这种东西特意留在电脑里吗？万一流出去，结果会非常糟糕。"

"这种事又不是第一次了，就像每个罪犯在犯罪时认为自己不会被抓到，但最后都落网了一样。"

"我还是觉得陈铭启不该犯这种低智商的错误。"

"嗯，在你心中，唯一低智商的人只有我，哥哥。"

听到关琥的吐槽，张燕铎笑着看他，"我想到还有另一种可能，想知道吗？"

"不用了，谢谢，我现在只想把凶手抓住。"

"抓凶手，嗯……"

关琥觉得张燕铎拖的长音里带了种嘲笑的味道，他很想问张燕铎想到了什么，但考虑到会有贬低自己的智商之嫌，最后还是忍住了。

专惠铁匠铺的地址是在邻市下属的小村庄里，但是等张燕铎照GPS将车开到目的地时，发现那是一片荒芜地带，齐腰高的杂草当中围着一栋建筑物，建筑物只剩下了支架，长年的风雨下，支架也接近腐朽状态，偶尔有风传来，里面发出吱呀吱呀的萧索声。

"你确定是这里？"关琥下了车，跟张燕铎并肩站在草丛前看过去，"这怎么看都不像是房子。"

"都说关闭了，可能人家搬家了。"

张燕铎打量周围，这个小村庄原本就很偏僻，铁匠铺的位置离村子还有一段距离，遥遥看去，附近只有一条小径向前延伸，四下里寂静，一个人都看不到。

他又往杂草中走了走，但由于草丛很高，无法找到进去的路，关琥则绕去建筑物的后方打探，后面有几棵大榕树，把光线都遮住了，看上去更冷清，他拨开荒草，总算找到了可以落脚的地方，但往前没走两步，就被横在地上的石块挡住了路，石块的前方还有不少焦黑腐烂的木头跟砖瓦铁器。

关琥又抬头去看，建筑物支架的许多地方也泛着黑色，偶尔阳光透过枝杈闪过，可以隐约看到里面的灰瓦炉灶，整体看去，这里像是被烧掉后的残骸，事后没人过问，再加上风雨侵蚀，便变成了这种模样，再看看地上，他皱起了眉头。

"那里太危险，不要过去。"

前面传来叫声，关琥掏出手绢，抬了些泥土包好，然后退出来，转回建筑物的前方，就见一个上了岁数的老太太站在路口跟张燕铎搭话，她还带着个小孩子，小孩仰头看他们，露出好奇的目光。

"婆婆好，我们是想打几件铁器，在网上查到专惠铁匠铺很有名气，就过来问一下，我们是不是找错了？"张燕铎托托眼镜，走上前，很有礼貌地询问。

从关琥这个角度来看，张燕铎慢声细语的谈吐跟微笑简直就是最佳武器，大多数人都会被他的外表所骗到，假若不是见识到他的毒舌，自己恐怕也会把这家伙当好人来看。

果然，听了张燕铎的解释，老人家收起了讶异的表情，完全没注意他的话有多离谱，说："你们没找错，这里以前是很有名气的，不过十几年前就荒废了。"

"是搬家了吗？婆婆你知道他们搬去哪里了？"

"是都没了，这家的男人犯了事被抓起来，他死了后，家里又起了火，老婆孩子都烧死了，一家人啊……唉……"

关琥越听越不对劲，跑上前问："是犯了什么事？"

看到长得壮实彪悍的男人突然冲到自己面前，老人吓了一跳，连连摇头说不知道，拉着小孩子转身就走，张燕铎急忙追上去，道歉说："不好意思，这是我弟弟，愣头青一个，婆婆你别理他。"

"没什么没什么，不过你们还是快点走吧，这里不太干净。"

"是不干净啊，"关琥故意说："这里好久都没人打扫过了吧？"

"我说的不是那种不干净，而是有……"老人压低声音说："有那种东西，有一次村里的人晚上经过，还看到里面有鬼火，后来病了好几天，大家都说是他们死得冤，投不了胎，所以在找替身。"

"您在说聊斋吗？"

关琥满不在乎的反应让老人有点不高兴，"我是好心提醒你们，不信就算了。"

"没不信，没不信，就是听起来比较神奇，"张燕铎微笑解释说："我们都挺喜欢听鬼故事的。"

"这不是鬼故事，是真的！他们真是冤死的，虽然那家人是外来户，但也在这里住了很多年了，为人我们都清楚，他才不会去偷人家的东西，他是被害死的！"

不知道老人以前跟专铁匠是不是很熟，提到这件事，她表现得相当气愤，张燕铎跟关琥趁机一唱一和地询问，没多久就把当年的事情都问了出来。

等老人讲完离开，关琥拿出手机，对着废墟拍了几张照片，跟张燕铎上了车，在回去的路上，车里一直很寂静，过了好久，关琥问："你怎么看？"

"老婆婆跟专惠同村，她的话里肯定带了私人感情，所以免不了有夸张跟自我想象的成分，但事件的主轴不会变，如果这就是整件事情的真相，那一切都可以找到解释了。"

照老婆婆的讲述，专惠不是本地人，除了一家四口外，好像也没有来往的亲戚，不过他们家境不错，平时除了打制普通的铁器，还会接一些客人特别要求的商品，再加上他个性温厚又好帮人，在村里的人缘很好，但十六七年前，专惠因为偷窃客人的样品被发现，他失手杀了客人，又携带凶器逃跑，后来被抓，判了死刑。

村里人都不相信专惠会偷窃、杀人，原本还打算集体上诉的，可宣判没多久，专惠的长子、才十几岁的孩子就在去探望父亲的途中出车祸死亡，后来专惠的家又起了火，等村里人赶过去的时候，房子已经烧得看不到原样了，他的老婆跟女儿据说也在被送往医院的路上过世了，这些都发生在专惠还没被执行死刑之前。

大家都说他们一家是被诅咒了，没人再敢多问，专惠死时也没人去收尸，再之后的事老婆婆就不知道了，只说那片地的怨气太重，千万不要靠近。

"你信有鬼？"

"我信有些人心里有鬼。"

张燕铎回得很冷淡，关琥把手帕拿出来，给他看里面的沙土，张燕铎问："这是什么？"

"舒法医跟我说那几柄剑的剑鞘上都有沙土物质，我想让她看看跟这个是不是一样的。"

"假如一样，那就证明我们找对线索了。"

关琥把手绢放好，又顺手掏出一包香烟，但是看看张燕铎，只好又放回去。张燕铎看到后，把手伸过来。

"给我一支。"

"你不是不喜欢抽烟？"

"习惯这种事是环境造成的，就算是错的，周围的人都这样做，错事也会变得理所当然，"借关琥的打火机把烟点着了，张燕铎抽着烟说："有时候朋友就是这样来的。"

关琥想起了陈铭启等三名被害人以及许善陵，他们所谓的朋友圈是否也是这样形成的？所谓的朋友，只是因为有种共同的利益罢了。

"那你……黑衣人跟红笔男是不是也是这样的朋友？"

"如果我是黑衣人，不会跟变态做朋友。"

从来都是说自己不变态的人才最变态。

不过有人陪着一起抽烟的感觉很好，关琥又重重吸了一口，忍不住问："那我们算是朋友吧？"

张燕铎开着车，用眼角斜瞥他，然后淡淡地说："您这是想拉低我的智商吗？关先生？"

沉默是属于智者的风度。

在回去的路上，关琥不断在心里这样提醒自己。

回程比去时要快，这要归功于张燕铎的飙车技术，回到警局，关琥大踏步跑进去，先是找到舒清漪，把沙土交给她做检查，不等她细问又转身跑去了资料室，张燕铎跟在后面，看着他填了申请表，来到电脑前查找专惠的资料，没多久，资料就找到了，是发生在十六年前的案例。

关琥调出专惠的户籍档案，发现一家四口都已死亡，死亡时间跟专惠被处决是同一年，长子那年十一岁，小女儿才五岁。

"看来老婆婆说的很接近真相。"张燕铎站在他身后说。

关琥不答，又起身去了资料架前，两人照着序号翻找，很快就找到了专惠的案件档，他抽出来，跟张燕铎一起把档案打开，分别查看，里面的资料不多，不到半小时就全部看完了。

专惠杀人案的案情很简单，就是客人请专惠为他打制古董短剑的仿造品，但是制作途中，他起了贪念，将古董偷偷藏在身上想带走，却被客人的助理发现，两人在纠缠中，专惠失手杀了助理后仓皇逃命，后来被抓住，以故意杀人罪被判处死刑，从案发到执行死刑，前后不过一年时间。

张燕铎伸手在几名证人之间划动，最后放在那位客人的名字上，正如他们所猜想的，客人名叫许善陵，死亡的人是他的助理，而他拜托专惠打造的仿造品的名称正是鱼藏剑。

两人再往下看，当时法院给专惠指定的律师是陈铭启，那时陈铭启刚出道，还是个籍籍无名的新人，而他所面对的检控官叫陆元盛，陆元盛出身于赫赫有名的司法世家，关琥有听说过陆家，只要陆家的人出面，官司基本上就成定局了，更何况陈铭启还是新人律师。

关琥浏览着证人的名字，很快就找到了冯三山，冯三山自称是在帮许善陵鉴定古董时认识专惠的，专惠行凶时他也是目击者之一，还有两个证人的名字关琥不熟悉，张燕铎在一边看他迟疑，马上跑去电脑前调出那两名证人的档案，然后转头说："都死了。"

具体的死因要去另调档案，不过关琥想即使不看也能猜到他们不是正常死亡。

"是被谋杀的。"张燕铎说："只不过凶手没像这次这样大张旗鼓地杀人而已。"

"这个案子办得也太草率了，"关琥看着档案，越看越生气，"最后连凶器都没找到，怎么就起诉了？这一点就算是新手律师，也能看出其中有问题吧？"

"我想陈铭启早就被许善陵收买了，你看最后专惠承认自己杀人，应该是出于律师的诱导。"

"这种人渣，真是死有余辜！"

关琥气得伸手狠狠地擂在桌板上，看他情绪激动，张燕铎皱起眉，却什么都不说，默默站在一旁。过了一会儿，关琥的火气稍微消减，再次坐到电脑前，将当时负责案子的警察名字输进去，果然不出所料，警察在两年前因车祸过世了。

他转着滑鼠，忍不住发出冷笑，"看来凶手也不是胡乱杀人的，他杀了这么多人，却没有动检控官。"

张燕铎眉头挑挑，依旧不说话，就见关琥写下几个名字，站起来将档案规整好，飞快地跑了出去。

张燕铎跟着他，两人又转回鉴证科，小柯正坐在电脑前找资料，看到关琥，马上说："你就算一天多来几次，我也没时间帮你查铁匠铺的事……"

"那个我已经查到了，不用你，你帮我看看这几个人的资料。"

关琥二话不说，把写有专惠家人的名单递过去，小柯拗不过他，只好先输入专惠长子的名字，一看是十几年前的交通案，他瞪大眼睛，问："你吃饱了闲着没事做还是受刺激了？在大家这么忙的时候你翻老案子？"

"你别管，看能不能查到更多的内容，比如死者出车祸的地点，肇事司机的名字跟联络方式，还有死者真的死了吗？"

"这种事你要查，直接去交通管理科比较快吧，我现在……"

"还有一对母女，她们是否也已死亡，你也帮我查一下。"

"肯定是死了啊，否则没有死亡证明书，殡仪馆不会受理的。"

"这些情报都是有关我们正在查的案子的，所以内容越详细越好。"

听说跟血案有关，小柯不敢怠慢，他收起嬉皮笑脸，开始认真查寻起来，张燕铎小声问关琥，"你确定凶手是专惠的家人？"

"他没有什么亲戚，除了或许幸存下来的家人外，还有谁会用这么残忍的手段进行报复？"

"他姓专，又对鱼藏剑这么执着，或许真是专诸的后人，这也就解释了为什么他行凶时都会多带一柄剑。"

"让先人保佑自己成功吗？"关琥冷笑，"可是就算当年的案子是冤案，也不能成为他残忍杀人的借口。"

小柯已经查好了，听到两人的对话，忍不住瞟瞟他们，老实说他完全听不懂他们在说什么，只觉得关琥今天火气挺大，还是少惹为妙。

"这三人都有医院出具的死亡证明，不过这个小孩子的车祸现场太惨烈，认尸比较困难，而且去领尸体的是邻居，所以如果你要详细追究，他比较微妙。"

小柯打开当年车祸现场的档案照片，关琥看了一眼，就不由得把眼神转开了。

最近连续看到几起凶案，他觉得那已经超越了人性的残忍，却没想到车祸的惨烈还在这之上，照片里已经看不到人体的原状了，路上只有一片血迹跟残肢碎骨，这状况一看就知道是大型货车造成的，但车祸备注栏却称肇事司机逃逸，由于当天大雨，路又偏僻，所以现场无法收集到太多线索，导致最后车祸成了悬案。

张燕铎感觉到身旁传来杀气，他转头看关琥，就见关琥双手紧握成拳，他在极力控制情绪，但愤怒的气息还是毫不掩饰地散发出来，假如现在肇事司机站在这里的话，张燕铎相信他会毫不犹豫地一拳头挥过去。

或许他也想到了，这不是单纯的车祸，而是蓄意谋杀，这么小的一个孩子，就因为那些人的私欲，而悄无声息地离开了人间，以关琥的个性，怎么可能忍得下来？

小柯也感受到了关琥的怒气，小心翼翼地往旁边缩了缩，以免成炮灰。

为了调整关琥的情绪，张燕铎特意转了话题，"这种状态很难确定死者的身份，认领的又不是家人，所以也许专惠的儿子还活着。"

关琥的注意力被张燕铎引开了，想到眼下的状况，他定定神，让自己冷静下来，说："如果那个孩子还活着，现在差不多是三十岁上下的年纪。"

"所以要查一下几名死者的关系网里有多少这类的人吗？"小柯很聪明地接下话题。

"拜托了，这个资料越快越好，麻烦在锁定后确认他们的出身，"关琥说完，又看向张燕铎，"看来我们之前想错了，凶手是男人。"

男人的话，他是怎么避开俱乐部众人的视线，混进去杀害蛇王的？

这一点张燕铎想不通，不过他没有反对关琥的观点，关琥现在心情很糟糕，还是顺着他一点吧。

铃声响了起来，关琥拿出手机，见是叶菲菲，他现在没心情接，伸手想关掉，被张燕铎拿了过去，说："她突然来电话，也许是有急事。"

张燕铎来到走廊上接通电话，就听叶菲菲的叫声响亮地传过来。

"关王虎，关王虎，出大事了，你现在能不能天外飞仙一下？我在线等。"

"是我，张燕铎，我跟关琥在警局，出了什么事？"

"哦，老板，你好。"

听到张燕铎的声音，叶菲菲稍微冷静下来，说："不过我很不好，我现在在许善陵家的门口，刚才凌云闯进去了，还跟许家的保安打起来，我怕她吃亏，你们马上来好不好？"

张燕铎把话转达给了关琥，关琥点点头，表示立刻去，整个事件跟许善陵有关，他本来就打算过去的。

他跟小柯交代了有新情况就马上联络自己后，跟张燕铎匆匆跑出了警局，这次换关琥开车，张燕铎坐在副驾驶座上，问叶菲菲，"你们去许善陵家干什么？"

"我今天下了班，去找凌云玩，本来聊得好好的，还一起买了食材准备做晚饭，但回家后凌云收到一封信，信里什么都没写，只有一张照片，她看到照片后脸色就变了，说去找许善陵，我看她情绪挺激动的，怕出事，就跟她一起过来了，可是许家的保安不让我进，我手上又没有枪，怎么办……"

难道你手上有枪，就要开枪闯入吗？

听了叶菲菲的话，两个男人对望一眼，想到了同样的问题，关琥叹道："我很庆幸她没当警察。"

张燕铎深有同感，再问："是什么照片？"

"画面是两个男人，一个是许善陵，另一个我不认识，他们好像还拿了剑，我还没看清，照片就被凌云夺回去了……哦，我现在绕到许家的后门了，这里好像没人，我可以试试怎么进去。"

听到这里，关琥一把将手机夺过去，大叫："姑奶奶你给我原地站着，哪里都不许走，不许给我找麻烦，十分钟内我一定到！"

"不是啊，我担心许善陵是坏人，如果他要害凌云的话……"

张燕铎将手机取回来，冷静地说："别担心，许家有警方的人，她不会有事的。"

"哦，这样啊……"

"不过我现在有件事想要麻烦你，我怀疑连环凶杀案的凶手已经进许家了，所以你在那里不要动，观察是否有可疑的人从后门出来。"

"好的好的，我会看牢的，可是没有枪，我又没有凌云的身手耶。"

"假如有人出来，你能证明就行，不用阻拦他，因为你自己的安全最重要，明白吗？"

"嗯嗯！"

听着两人的对话，关琥完全可以想象得出叶菲菲在对面握着拳头做出备战的姿势。

"你什么时候知道凶手进去了？"电话挂断后，他不无怀疑地问。

"我随便说的，"张燕铎说："不要强迫女人做事，而是让她们觉得自己是被需要的，这样她们才能顺着你的想法去做。"

"听起来你很了解女人。"

"我只是比较了解人性。"

"那你了不了解把警方追踪许善陵的消息说出去，是怎样的罪名？"

"如果不说的话，你猜叶菲菲接下来会怎么做？"

关琥不说话了，他相信张燕铎没有说错，以叶菲菲的个性，给她一挺机关枪，她会把整个许家宅院夷为平地。

第八章

　　为了不导致最糟糕的结果出现，关琥加快了车速，在十分钟内就到了许家门前，但有人比他更早，看到门口停放的救护车跟警车，他僵在了驾驶座位上。

　　"不会是谢凌云真的杀人了？"

　　稍微呆滞后，关琥迅速跳下车，两人跑进宅院，外院里站了不少人，看制服都是保安，不过还好没有拉警戒线。

　　他们走进大厅，里面的人更多，江开也在，他正在跟谢凌云说话，除此之外还有一个穿保安制服的男人躺在沙发上接受医护人员的包扎，用人跟保安们不知出了什么事，都站在较远的地方观察，惊慌的表情显而易见。

　　看到他们，大家的目光都转了过来，这时医护人员的包扎工作也结束了，他们撤开后，关琥发现受伤的人居然是李元丰，再看看李元丰额头上缠着一圈厚厚的纱布，没精打采地缩在沙发上，他忍住不让自己表现得太幸灾乐祸。

　　"出了什么事？"他走过去，问谢凌云，"我听叶菲菲说你突然来找许善陵，还跟许家的保安打了起来。"

"不是'打起来'，是谢小姐带了兵器在打人。"江开插嘴说。

"我只是想见许善陵，问清他这件事，可是保安不让进，所以起了点冲突。"

关琥看看谢凌云纤瘦的身材，再想象了一下她的爆发力，决定把这个问题先撇开不谈比较好。

谢凌云将手里的照片跟信封递给关琥，照片里是餐厅一隅，两个男人隔着餐桌相对坐着聊天，一个男人他不认识，另一个手拿短剑的人是许善陵，照片右下角显示了日期，是三年前的春天。

从拍摄角度来看，拍照的人离他们较远，应该是偷拍来的，再看信封，只写了谢凌云的住址，而寄件人的地方是空白的。

"照片里的另一个男人是我父亲，我想寄信的人应该是看到了我在各个论坛上的留言，所以告诉我许善陵跟鱼藏剑的关系。"

谢凌云指着照片里许善陵手里拿的剑，说："我猜想许善陵将这柄剑跟我父亲的仿造剑对调了，所以我父亲的剑身上少了疤痕，我来之前问过父亲的朋友，才知道许善陵跟父亲是认识的，所以想来问问他这到底是怎么回事。"

可是以许善陵现在惊弓之鸟的状态，尤其还是事关鱼藏剑的，他不可能见谢凌云，关琥想这应该就是双方起冲突的原因，但……

"这位先生英勇负伤，不会是你的杰作吧？"

以李元丰的嚣张对上谢凌云的火爆，要说不出事反而奇怪。

看到他的反应，谢凌云连连摇头，"不关我的事，他是被凶手打伤的，听这位警官说，在我跟保安在楼下起冲突的时候，凶手潜入房中想刺杀许善陵，被埋伏的警察及时制止，他在跑路时就把在后院过道溜达的人打晕了。"

"我是在巡逻，不是溜达！"李元丰站起来大声纠正，但没人理他。

关琥这才明白为什么门外停放了救护车，忙问："许善陵伤得很重？"

"他没受伤，不过凶手撞到了杨雪妍，她滚下楼，好像有流产的迹象，"说到这里，江开叹道："说起来也真倒霉，他们新婚夫妇本来是住在别墅的，是许善陵让他们回来，没想到就出事了，蒋玎珰在照顾她，组长正在跟许善陵做笔录。"

"许善陵有没有看到凶手的样子？"

"凶手戴了鬼头面具，这就是他留下的唯一的线索，许善陵没受外伤，不过吓得不轻，也不知道能不能顺利录口供。"

听完后，关琥又转头看李元丰，李元丰捂着头，一副愁眉苦脸的模样，说："我是被人从后面攻击的，我刚看到玻璃窗上映出个鬼面，后头就挨了一记，然后什么都不知道了。"

张燕铎一直缄默不语，听到这里，他突然指着照片上的短剑，问："你有看到凶手拿这柄剑吗？"

关琥惊讶地看过去，不明白张燕铎为什么会突然问鱼藏剑，难道他认为凶手这次也带了剑，想通过寻找宝剑捕捉到什么蛛丝马迹吗？

李元丰受了伤，有点发蔫，老老实实地答："没有，我连鬼面的具体模样都没看清，说不定我的伤就是他用剑砸的。"

"不好意思，你的头是被放在走廊上的铜花瓶砸的，现在凶器还躺在地板上等待鉴证呢。"

蒋玎珰从外面进来，听到李元丰的话，她忍不住说道。

几名医护人员抬着担架经过客厅大门，匆匆走进去，许枫跟在担架旁，看到他表情惊慌，关琥想担架上躺的应该是杨雪妍，他低声问蒋玎珰，"杨小姐怎么样？"

蒋玎珰揉揉额头，像是不知道该怎么说，"医生说她没有大碍，不过孩子保不住了。"

客厅里寂静下来，这是个很糟糕的结局，让关琥忍不住又握紧了拳头，有人犯了错，却要让无辜的人去承担罪责，这一点他无论如何都想不通，更无法认可。

见气氛不寻常，江开故作轻松地说："鉴证科的人马上就到了，整个宅院也都封锁了，凶手应该还藏在这栋房子里，一定可以找到他。"

说着话，许善陵在长子夫妇还有萧白夜的陪同下也从二楼下来了，他脸色惨白，几乎站立不稳，婚宴上他的状态还算勉强过得去，可是现在的他几乎可以用极端糟糕来形容了，眼神也变得混浊，无法聚焦。

看到他，谢凌云立刻冲了上去，将照片递到他面前，激动地质问道："这柄短剑是不是你给我父亲的？你到底对他说了什么？"

陡然看到照片，许善陵一惊，身体剧烈晃动起来，连连摇头表示不知道，谢凌云气愤地说："都说鱼藏剑是不祥之剑，我父亲没多久就出事了，是不是你造成的？"

"照片、照片你是从哪弄来的？"

"你先回答我的问题！"

关琥把谢凌云拉开了，许善陵现在的状态太糟糕，他担心谢凌云再这样逼问下去，不仅拿不到答案，还会把许善陵刺激得昏厥，萧白夜也阻拦道："许先生需要马上就医，有什么事等他的病情稳定下来再说。"

"我只想知道父亲是不是还活着！"

"他不会活着的，"许善陵恢复了镇定，面对谢凌云的愤怒，他眼皮都没抬，很冷淡地说："你也知道鱼藏剑是不祥之剑，又怎么能期待好的结局？"

谢凌云呆住了，关琥本来在阻拦她，但是听了这话，他的火气突然涌了上来，女人的直觉是灵敏的，他想谢凌云的猜想是对的，一切的悲剧都是这个人在始作俑者。

"许先生，你还记得专惠吗？"他走上前，面对许善陵，故意问道。

许善陵脸上的肌肉抽搐起来，脸色比看到那张照片时更糟糕，浑浊的眼神看向关琥，里面有疑问也有慌乱，但更多的是惊惧。

"我们已经查到鱼藏剑的真相了，做了那么多亏心事，你不怕遭报应吗？"

车祸现场的惨状在脑中回荡，关琥明知自己这样说，很可能会遭到许家律师的投诉，甚至接受警方内部的警告处分，但他还是忍不住，双手握紧，如果许善陵再年轻二十岁，他的拳头一定会直接挥过去的。

颤抖的拳头被张燕铎抓住了，冷静温和的气息传来，缓解了他激动的情绪，张燕铎冲他摇摇头，示意他镇定。

关琥用力吸了口气，克制住揍人的冲动，其他人还不了解是怎么回事，一齐看向他们，露出莫名其妙的表情。

不知是不是被关琥的话刺激到了，许善陵突然激动起来，甩开长子搀扶的手，双臂在眼前大幅度地晃动着，叫道："我早就遭报应了，我最疼的小女儿死了，我的妻子变得半疯半傻，珠宝事业滑坡，我都这一把年纪了，还没有孙子，现在好不容易要有了，却又没了，你还要我再怎样倒霉？"

一番大吼后，许善陵全身发出颤抖，没等关琥回答，他就两眼翻白，向后一仰晕了过去。

许善陵的晕倒导致大厅发生短暂的混乱，他的长子吩咐佣人们帮忙搀扶，又急忙跑出去叫医生，看到这种情况，关琥傻眼了，他看看萧白夜，萧白夜脸上露出无奈，拍拍他的肩膀，叹道："干得不错。"

话语中透露出咬牙切齿的意味，关琥也觉得自己做得好像有点过分了，他摸摸后脑勺，小声嘟囔，"他不会气得脑溢血吧？"

"气死的情况下，理论上不需要你承担任何法律责任。"

张燕铎安慰他，还好现场状况混乱，否则这句安慰又将引起更大的风波。

萧白夜手抚额头，对这两位先生的存在感到头痛，为了不影响自己做事，他用眼刀扫射关琥。

"你们兄弟要不要去后面看下现场？"

眼睁睁地看着许善陵被医护人员抬上担架送了出去，关琥很想跟过去，他觉得这老狐狸多半是在装昏，一个做尽恶事的人不会这么不抗压。

可是脚步刚抬起，就被张燕铎拉住了，给他使了个眼色，小声说："也许现场会有什么发现，许善陵那边有人盯着，不用担心他会逃。"

谢凌云已跟随医护人员出去了，有她跟着，许善陵应该玩不出什么花样，关琥便听张燕铎的建议去了楼上。

许善陵是在书房遭受攻击的，地毯上零碎落了一些瓷器的碎片，房间门窗紧闭，关琥探头往窗外看，外面是前院，院子里有巡逻的保安，要想避开保安的眼线翻到二楼，几乎不可能，更别说运用技巧打开有警戒防御功能的窗户了。

他又顺着书房走廊去了后院，这时鉴证人员陆续赶到，开始在周围进行勘查，两人下了楼梯，又来到李元丰遭受攻击的地方，地板上滚落了一个铜花瓶，凶手应该是用这东西将李元丰砸晕的，走廊的另一面是玻璃墙壁，但因为是后院，外面灯光很暗，除非刚好有人经过，否则不会看到楼里走廊上发生的事情。

再往前走，尽头是连接别栋的楼梯，杨雪妍就是在这里遭遇逃窜的歹徒，并被他推下楼的，楼梯下方沾了些血迹，在灯光下透出殷虹的颜色。

别栋的建筑物较小，后面的走廊当中有个打造精致的阳台，进入阳台的门从里面上了锁，走廊另一头是许家两个儿子的房间，由于大家都跑去前院了，这里显得很安静。关琥过去看了一下，楼上有几个卧室，楼下是客厅跟餐厅，通往外面的门锁着，为了不影响勘查工作，关琥没去碰门把手，等他返身回来，就见张燕铎从一个房间里出来，说："所有窗户都安了防盗装置。"

关琥本来想警告他不要乱动东西，眼神在落到他戴着的胶皮手套后，改为，"你从哪儿弄到的手套？"

"跟鉴证科的人要的。"张燕铎说着话，又去打开其他房间，探头看了看，说："窗户都关得很严实，看来是出于许善陵的警告。"

关琥没有每个房间都检查，因为前院巡逻的保安很多，凶手根本无法从前面离开，他在转了一圈后，来到二楼的阳台门前，张燕铎试着拧拧门把，分析道："凶手可能根本没有离开——这里的保安年龄大多在三十上下，符合专惠儿子的条件，他又熟悉环境，没刺杀成功的话，只要想办法混进保安群里就行了，所以这些人每一个都有嫌疑。"

"那至少应该找到面具跟短剑，这是他的常备品。"关琥说："许家的古董这么多，找个地方随便一塞就可以了，虽然调查起来很麻烦，但也不是一点办法都没有。"

面具暂且不论，鱼藏剑的话，张燕铎想凶手不会"随便一塞"的，假如剑在这栋宅院里，那应该不难找，就怕凶手根本没带来。

这番话张燕铎没有说出来，他拧开门锁，给关琥做了个请的手势。

门打开，夜风从外面吹进，两人走上阳台，阳台面积颇大，上面摆放着铁质的桌椅跟太阳伞，是午间休憩的好地方，阳台的前方有一片绿荫，草坪上间或竖着LTD灯盏，所以空间并不显得阴暗，院墙外的不远处是树林，再往前方看去，则是点缀夜景的灯火，看来这是个提供远眺的场所。

关琥靠在阳台边缘往外看，"假如凶手是外来的话，这里是他唯一可以逃走的地方。"

张燕铎没有马上接他的话，而是站在他身边，跟他并肩靠着阳台，说："你是执法者，情绪不该被自己处理的案件所左右。"

张燕铎指的是刚才他冲许善陵发火的那件事，不过关琥不明白为什么他会在这个时候提起，说："我知道，所以最后我忍住了没揍他。"

"我的意思是当你想揍人的时候，就不要忍耐，忍耐会影响你的判断力，比如如果凶手是从这里逃走的话，他要怎么锁门？"

"我刚才说'假如'了，凶手可能是保安，也可能是跟内部人员勾结，甚至也可能是许善陵的家人，所以每个可能性都不能放过。"顿了顿，关琥又说："不过还是要谢谢你的提醒。"

黑夜中，张燕铎的嘴角微微向上翘了翘——如果说冲动是关琥的弱点，那坦诚则是他的优点，可是面对这样直率的道谢，他反而很不习惯，叹了口气，说："不谢，我只是不希望被猪队友拖后腿。"

关琥的拳头握紧了，正在想要不要听从他那个所谓"想揍人时就不要忍耐"的建议，围墙外的小树林里闪过亮光，张燕铎扑哧笑了。

"有关有没有人从这里出去的问题，我们可以问线人，"他指指在远处晃动的亮光，说："都忘了叶菲菲在那里了。"

关琥也想起了，大叫："她居然还在。"

夜风隐约传来女孩的叫声，证明叶菲菲正在那里，发现这个情况后，关琥双手按住阳台，翻身直接从阳台上跳了下去。

二楼不算高，但这样在黑暗中突然跳出去，还是很惊险的，张燕铎靠在阳台边上没动，见关琥落地后，朝着院墙大门冲去，速度快而敏捷，真如出柙猛虎，他不由得耸耸肩。

"这家伙又在耍酷了。"

等张燕铎顺楼梯出了楼栋，来到后院，院墙门已经被打开了，关琥早跑得不见了踪影，他抬头看看四周，看到有两个地方安了监控，如果有人经这里离开的话，一定会被拍到。

他出了院子，加快脚步赶过去，老远就听到叶菲菲叽叽喳喳的说话声，关琥正低着头看她的手机，直接把她的话屏蔽了。

"有什么发现？"张燕铎走过去问。

"发现了很多美女的自拍。"

关琥将叶菲菲的手机递给他，就见在叶菲菲的微博上有一排她刚拍的照片，里面有一部分是许家的房屋，但大多数是叶菲菲摆出的各种造型的自拍，以树林为背景，一个人玩得不亦乐乎。

"我一直待在这里很无聊嘛，就随便玩玩了，不过我有用心监视住宅后门哦，从跟你们通完电话到现在，绝对没有人出来过。"

"你的眼睛盯着屏幕，就算有人出来也看不到。"

"除非他会飞的，一下子飞没影了，否则这里这么空旷，怎么会看不到？"

正如叶菲菲所说的，许家附近没有其他住宅，后面邻接着小林子，站在她这个位置上，可以把周围观察得很仔细，看得出她有特别选择监视的方位。

"呵，我在帮男朋友抓坏人。"关琥凑在张燕铎身边，读最新的那则微博，然后看看叶菲菲。

"我什么时候说要跟你和好了？美女你不要太自恋。"

他的话换来暴力攻击，叶菲菲将皮包啪地拍在了他的头上。

"有毛病啊你，我在帮老板做事，我说的男朋友当然是老板，跟你有半毛钱的关系吗？"

"你、你们？"

关琥指指他们俩，一脸的不敢置信，叶菲菲还故意气他，特意上前揽住张燕铎的胳膊，仰起下巴冲他示威，"老板比你聪明，比你长得帅，比你高，最重要的是个性比你好，看我跟老板有没有很配？"

前几条也就算了，但说到个性好，关琥觉得叶菲菲会这样认为，一定是她的眼睛出了问题，伸手把她从张燕铎身边拉开，叫道："你不可以喜欢他！"

"为什么！？"

"因为……因为他是我大哥，你刚跟我分手就搭上我大哥，这很像乱伦……"

"乱伦你妹啊，关王虎你这变态！"

在叶菲菲大声怒骂的同时，拳脚也暴风骤雨般地飞了过来，关琥这次除了被皮包打外，小腿上也挨了好几下，他双手抱住头躲避，问："说正事，你真的没看到有人出来？"

"都说没有了，关王虎你再敢怀疑我，我马上阉了你！"

在下一脚踹过来之前，关琥聪明地躲去了张燕铎身后，叶菲菲泼辣归泼辣，对张燕铎的态度还是很好的，她没再跑过来攻击，只双手叉在腰间骂关琥。

"我现在很庆幸自己被踹了，否则什么时候变太监的都不知道……"

关琥在张燕铎身后小声嘀咕，却半天不见他有反应，张燕铎看手机正看得出神，关琥忍不住探头去看，就见他还是在翻看叶菲菲的自拍照，叶菲菲来回拍了好几张相同的动作跟背景，这让关琥觉得她太无聊了，但更无聊的是张燕铎，他居然对着那些照片反复看个不停。

行为太诡异，关琥终于忍不住了，伸手搭住张燕铎的肩膀，问："亲爱的哥哥，你不会真喜欢这位自恋的美女吧？"

"你才自恋呢，关王虎！"

叶菲菲甩过小皮包，给关琥的脑袋来了一下，又歪着头，做出一个很可爱的表情问张燕铎，"老板，你是不是也觉得我不错？"

"没，我只是看背景。"

冷淡淡的话声传来，叶菲菲立马僵住了，直到关琥哈的笑声传来，她才回过神，又冲他狠狠甩了下皮包。

再次遭受攻击，关琥无语了，话又不是他说的，为什么打他？但想到要是再跟叶菲菲纠结下去，一定没完没了，他选择偃旗息鼓，问张燕铎。

"背景里有拍到奇怪的人吗？"

"没有，只是似是而非的景物让我想到了一件事。"

可能是风吹树梢造成的投影问题，同样的背景，树枝的状态跟数量会有微妙的不同，张燕铎联想到陈铭启被杀的现场，他发现自己忽略了某个地方，也正是这个地方让他一直耿耿于怀。

他把手机还给了叶菲菲，又从关琥的口袋里掏出他的手机，说："我不太舒服，先回车里。"

"不舒服？"

关琥起先有些担心，但是在观察了张燕铎的脸色后，他觉得这绝对是撒谎，而且是很没水准的谎言。

"那我去查现场，你休息归休息，不要一声不响就开车走人。"

"不会的，我等你。"

关琥对这个保证持怀疑态度，他跟叶菲菲回到许家的宅院里，让叶菲菲先离开，在配合这方面，叶菲菲很懂事，她问清楚了状况，在得知谢凌云可能跟去了医院后，说去帮谢凌云的忙就离开了，虽然关琥觉得她会越帮越忙。

许家的现场鉴证差不多已结束，江开跟老马将监控录像反复看了几遍，确定在许善陵被攻击时，没有外人进出过，也没有可疑的人被录下来，关琥听着他们的话，用手摸着下巴，打量在走廊上来回走动的保安们，心想这里面会不会有一个人就是当年侥幸逃命出来的孩子呢？

"如果确定没有外人进入，那凶手应该还躲在这个家里。"江开小声说。

"会不会是许善陵自导自演的？"蒋玎珰问。

她在李元丰之前就被派进了许家，名义上是在厨房帮忙，实际是保护跟监视这家人的动向，所以在出事后，她马上就询问过了在书房附近巡逻的保安，除了许善陵外，没有人见到过凶手。

大家都点头表示赞同，蒋玎珰又说："而且我有特别观察许家的其他人，看起来都没问题，所以反而是许善陵这个被害人更可疑。"

关琥觉得很有道理，说："继续搜查，看能不能找到面具跟短剑。"

一晚上许家两个人出了事，许家两兄弟都去医院了，家里只剩下许家的大儿媳妇，她是个有点胆小的人，不仅没反对关琥等人的搜查，还非常配合他们的行动，生怕歹徒还藏在家里，会再次出现杀人。

但很可惜，一番搜查后，除了浪费时间外，什么成果都没有，看看时间不早，关琥给萧白夜打电话汇报了情况，萧白夜下令收队，又告诉他许善陵跟杨雪妍在接受医生的治疗后，状态都稳定下来了，李元丰跟其他警察在病房外守护，让他不要担心，等两人清醒过来，这边会有人给他们做笔录的。

听完这番话，关琥有种李元丰再次被整到的错觉，不过谁让他受了伤呢，正好趁这个机会在医院多住几天。

收队后，关琥返回车位，张燕铎的车还在，没把他丢掉，他坐上去正要打招呼，发现张燕铎斜靠在椅背上，路灯光芒照进来，映得他的脸上一点血色都没有，闭着眼睛，不知是睡着了还是在养神。

这家伙不会是真病了吧？这病也来得太快了。

"回来了？"

听到响声，张燕铎探手摸到眼镜戴上，然后睁开眼睛坐起来，他的声音里透着浓浓的倦意，看起来非常不舒服。

关琥收起了嬉皮笑脸，伸手摸他的额头，问："你哪里不舒服？我带你去医院。"

"没事，只是贫血症。"

张燕铎想把他的手推开，却被无视了，关琥摸摸他的头，张燕铎的皮肤很凉，像是怕冷的样子，他转头看看，找到后座椅上的毛毯，伸手扯过来递给张燕铎。

"我来开车，你坐到我这里来。"

他跳下车，转去驾驶座位那边，张燕铎还要坚持，被他不由分说地推了过去，"别逞强了，我也不想被猪队友害死。"

张燕铎去了关琥的位子上，车缓缓开动起来，考虑到他的身体状况，关琥把车速放慢了，问："你真不需要去医院？"

"嗯……"

比起不适，张燕铎现在的情况应该说是很累，他冥想的时间其实并不长，但这种类似走马灯的回顾相当耗神，也许是因为养大他的老家伙经常利用他做这种试验，为了生存，他必须配合去冥想，但同时内心是排斥的，这造成了他不适的状况，如果当时知道他会在将来通过这种方式帮到关琥，他应该就不会这样自虐地排斥了。

张燕铎有点懊悔，冥想过后造成疲倦，他不想多说话，披着毛毯靠在椅背上养神。

在关琥去现场查案这段时间里，他把陈铭启出事后自己曾看到的所有事物重新回想了一遍，再结合从警方那里得来的情报跟关琥拍的现场照片，他彻底弄清楚了一直困扰自己的问题，现在剩下的就是找到证明自己推测的物证。

迷迷糊糊中，他在心里这样想。

耳边传来嘟囔声，关琥开着车，说："你的身体也太弱了，这会让我怀疑你到底是不是黑衣人了，我希望你是，你快说你是，这样我就不用再特意费神去找黑衣人了。"

这家伙真够聒噪的。

"不过贫血症真是万能病症，你是我见到过的贫血贫得最有效率最夸张的人了，真想把你送去医院做下精密检查。"

听着他的嘀嘀咕咕，张燕铎的困意成功地飞远了，睁开眼睛，说："比起去医院，我想你帮我查几件事。"

"大哥你说，只要你别动不动就一副林黛玉的状态，别说几件，几十件都可以。"

"那先去陈铭启的家。"

关琥转头惊讶地看他，不过没多问，在路口将车转了个方向，朝着陈铭启的公寓奔去。

午后，国际机场的大厅里跟往常一样拥挤，引擎声偶尔从远处响起，大型客机的银翼穿过云霄，飞向上方的万里清空，大落地玻璃窗的前方，一位妙龄女郎默默地站在那里，仰头看向远去的客机，还有两个小时，她也会乘坐飞机远离这片土地，那时候，一切就真正结束了，至于离职的问题，回头让哥哥去警局处理一下就行了，这里她应该不会再回来。

女人转回头，看到她的父母在办理行李托运的手续，登机牌领到手，他们匆匆赶回来，看到她出神，母亲担心地问："是不是累了？时间还早，要不我们先休息一会儿，最后登机？"

她摇摇头，选择马上动身，在这里待太久，她会感到不安，虽然觉得是自己多虑了——陈铭启是被其他人刺杀的，后来又有其他人连续被杀，现在警方的目标都放在追查那个冷酷残忍的凶手上，没人会怀疑到她，她的未婚夫被杀了，她属于被同情的一方。

父亲推着行李箱走在前面，母亲在后面陪她，出境口就在眼前，她把护照拿出来，做好出境的准备，就在这时，身后传来叫声。

"苏绣媛小姐，请等一下。"

很熟悉的声音，苏绣媛的身体僵住了，手指本能地发出颤抖，直觉告诉她自己最担心的事情发生了，但侥幸心理让她很快就镇定下来，平静地转过身，就见关琥站在自己身后，他身边还跟着那位举止言谈都很绅士的酒吧老板。

"你朋友？"她母亲问道。

"是同事。"苏绣媛稳住心绪，迎上前，故作轻松地说："关琥，没想到你消息这么快。"

"我也没想到你会这么快离开，陈铭启的案子还没侦破呢。"

"我最近身体不太好，又被一些新闻吵得烦人，所以听从父母的建议，出国跟他们住段时间。"苏绣媛在关琥跟张燕铎之间来回打量，"你们特意过来找我，是有什么事吗？"

"有关陈铭启被杀一案有了新进展，请你跟我们回去配合调查。"

苏绣媛的父亲从前面匆匆返回来，听了他们的对话，他不快地说："我们要登机了，案子的事我女儿什么都不知道，留下来也帮不上忙，而且她身体不好，要是出问题，你们承担得起责任吗？"

"我们不是请求，是在执行任务，"关琥将拘捕令拿出来递到苏绣媛面前，说："苏小姐，请配合。"

苏绣媛的脸色变了，苏妈妈紧张地抓住她的手，冲关琥叫道："这是怎么回事？你们是不是抓不到凶手，所以就想把责任推到我女儿身上？我不同意你们滥用职权，女儿，不要管他们，我们上飞机！"

她拉着苏绣媛就走，被苏父拦住了，示意她镇定，等苏绣媛点头表示去警局后，他说："你们最好到时提出一个让我满意的理由，否则这件事我不会罢休的。"

"请苏先生放心，我们知道你在政界的影响力，如果没有确凿的证据，我们也不敢阻拦你们登机。"

关琥回答得很平静，对苏绣媛来讲却是更大的冲击，她低着头什么都没说，只是做出跟随他们离开的表示。

在去警局的路上，苏父就打电话给自己的律师，又提醒苏绣媛在律师到达之前不需要回答警方的提问等等，关琥开着车，注意苏绣媛的反应，见她只是默默听着，除此之外，没有其他特别的反应。

到了警局后，苏绣媛随他们进了重案组的审讯室，其他同事还不知道发生了什么事，发现气氛凝重，想凑过来询问，被关琥推开，只让江开跟进来做笔录，而张燕铎作为发现重要线索的人，也被特例允许进审讯室旁听。

不知道是不是苏父的警告奏了效，苏绣媛在坐下后一直处于沉默的状态，对关琥有关陈铭启被害的各种提问置若罔闻。

"苏小姐，你这样拖着是不行的，我们已经掌握了你作案的证据，就算你拖到律师来了，他也无法保释你离开。"

关琥的提醒起了作用，苏绣媛最后选择了开口，她抬起头，说："铭启是被连环杀手害死的，你现在这么说，是怀疑我是连环杀人犯了吗？别忘了，每件案子发生时，我都有不在场的证明。"

"我指的是陈铭启被杀案，与其他两件案子无关。"

"我不明白你的意思，明明杀人手法都一样，凶手是同一人。"

"是的，陈铭启最终是被其他凶手杀害的，但在这之前，想杀他的还有一个人，那个人在陈铭启常用的健康药物的瓶子里喷了氰化钾，又为了制造自己不在场的证明，特意在那晚约我去酒吧。"

"按照她的计算，那晚陈铭启会服用健康药，死于非命，而跟他有婚约有了宝宝，又马上要结婚的人最不会受到怀疑，为了增加可信性，她又杜撰了陈铭启被人骚扰的事情，却没想到真相刚好被她说中了，陈铭启在还没有服用健康药物之前就被出现的歹徒杀害了。"

"你的意思是我预谋杀害铭启？我为什么要这么做？证据又在哪里？"

"因为你们的关系并非像你说的那么和谐，甚至很糟糕，陈铭启花心多变，不仅常去夜店消遣，在外面还有固定的情人，你在发现后很生气，要跟他分手，可是他却不想分，除了想要宝宝外，他也看中了你父母在政界的关系网，对他来说，情人可以玩，但娶进家里的当然还是要对自己的事业有帮助的女人，所以他拿这个做威胁，让你不得不同意跟他结婚。"

关琥将一个 U 盘放在桌上，说："这是他为你拍的裸体照跟色情制服照，都存在他的电脑里，除了你之外，还有其他女人的。不知道拍这种东西是出于他的恶趣味，还是为了日后为自己予取予求做准备，但他不知道他的要挟彻底惹怒了你，在发现无法分手时，你就起了干掉他的念头，我们询问过婚庆公司，据他们提供的情报，你跟陈铭启的婚礼没有和许家同时进行，不是因为时间仓促来不及办，而是因为你临时通知取消了。"

看到 U 盘，苏绣媛脸色变了，但马上指责说："关警官，你的想象力这么好，真该去写小说，情人间拍些裸照是很平常的事吧？虽然有点过界，但还不到作为要挟的筹码，就算他真的要挟我，我也完全可以不理会，何必杀人？婚礼是我取消的没错，快结婚了，我突然有点不安，所以提出暂缓，这一点铭启也同意了，我们还经常吵架呢，难道这也能作为我行凶的证据吗？"

"吵架不能，但这个可以。"

关琥将证物袋放到桌上，当看到证物袋里的健康药品容器后，苏绣媛一抖，伸手下意识地捋动鬓角的发丝。

关琥接着又将他在陈铭启被害现场拍到的照片并排放在苏绣媛的面前，那是洗手间门外的一角，放了几盆绿色植物，花盆很大，里面随意倒插了一些药瓶，这是陈铭启的习惯，关琥在他的办公室里也曾看到过相同的景观，由于陈铭启是被虐杀的，所以鉴证人员着重于被害现场的证据搜集工作，而没有碰触这些绿色植物。

关琥指着两张照片，对比着对苏绣媛说："这是你呕吐之前我拍下来的，这是昨晚我们去陈家时拍的，三盆植物里原本一共放了八个药瓶，但昨晚这里却多出了一个小瓶子，变成了九个，我们跟陈铭启的秘书确认过，这是陈铭启刚买的携带装试用品，他最近一直有服用，法医在瓶子里验出了氰化钾的药液，瓶子的外面也有你的指纹。"

这个微乎其微的线索是张燕铎昨晚想到的，任何画面只要他过目一遍，日后他可以随时像放映机那样，将记忆重新提出来，他正是在记忆播放的途中注意到了自己看到的跟关琥拍的图像的区别——相同的背景，但又有着微妙的不同。

所以他拜托关琥去陈铭启家找到那个多出来的药瓶，拿到鉴证科化验，结果正如他所推测的，一直困扰他的疑点就这样弄清楚了。

关琥继续往下说："照你的计划，在我跟你回家时，陈铭启已经中毒身亡，你就可以顺理成章地把问题都推给那个不存在的凶手身上，但陈铭启虽然死了，却不是你希望的死法，你当时表现得很慌乱，不是因为未婚夫的死亡，而是一切脱离了你的掌控，你无法想象出了什么事，更急于找回那个药瓶，所以你冒着被怀疑的危险，去搜了陈铭启的衣服，最后在他的口袋里找到了那瓶药。"

苏绣媛不说话，眼帘垂着，不知是否有在听关琥的解释。

"找到药后，接下来是如何处理掉它的问题，你以呕吐的借口去厕所，将瓶子里的药都冲去了下水道，但可惜玻璃瓶无法冲走，你没有时间去清洗药瓶，索性直接握在手里，瓶子很小，握住也不会被发现，然后你趁我们不注意，将瓶子倒扣在了盆栽里，你当时的想法是陈铭启是被刺杀的，与你一点关系都没有，即使事后药瓶被查出来，上面有你的指纹，你也可以以同居人的身份来解释，所以这些都无法成为指证你的证据。"

"你一开始并没有提到鬼面，直到看到我们提供的照片，你才说有印象，那时我就觉得不对劲，你当然没见过鬼面，但这条讯息给你提供了灵感，你直接把陈铭启被威胁的事推到了鬼面身上，但这一点弄巧成拙，除了你之外，没人见过鬼面，因为鬼面没有要挟过陈铭启，他只在杀人的时候才出现。

　　"那时候我曾一度怀疑过你，但之后又接连出现了两次相同的凶杀案，而那两起案件都与你完全无关，我当时以为是自己多想了，后来才明白你所有怪异的行为都出于你曾经想蓄意杀人，只是没来得及成功而已，我现在所知道的讯息只有这些，你还有什么要补充的吗？"

　　短暂沉默后，苏绣媛抬起了头，轻声问："说了这么多，你有证据吗？"

　　关琥没有马上回答，苏绣媛见状，发出冷笑。

　　"没有证据的话，那就不要在这里浪费时间了，我父亲的律师应该已经到了，接下来的事由他跟你们交涉。"

　　关琥不语，他一直没提证据，是希望苏绣媛自己说出来，这样将来她被起诉时，这一点会对她有利，江开不明白他的心思，见状况不妙，在旁边急得直跟他使眼色，苏绣媛也无视了他的好意，看到他的反应，更觉得他们只是在诈唬自己，站起来准备离开。

　　就在她快要走到审讯室门口时，关琥把她叫住了，"你有没有想过，如果没有证据的话，我怎么可以申请下拘捕令？"

　　苏绣媛转过头，奇怪地看他。

　　关琥取过张燕铎手里的文件，那是有关药瓶鉴证的详细报告，他翻开一页，递给苏绣媛，说："我刚才有一点没有提到，鉴证科的人除了在药瓶上验出氰化钾跟你的指纹外，还验出了另一样物质——胡椒碱跟橙皮甙等成分，经对比，它跟涅槃酒吧提供的胡椒粉成分一样，而酒吧的胡椒是独家磨制的，也就是说你在去过酒吧之后有接触过这个瓶子。"

"胡椒？"苏绣媛眉头微皱，显然还没有完全弄懂其中的含意。

"苏小姐你忘了吗？那晚在酒吧吃饭时，有个毛手毛脚的女孩子将胡椒粉洒在了你的裙子上，所以事后法医在陈铭启的上衣几个地方验出了胡椒的成分，那时我们还以为你是悲恸过度，在试图救人时留下的，但其实你只是在寻找药瓶，却没想到胡椒粉会蹭在上面。"

苏绣媛的身体开始摇摇欲坠，张张嘴，似乎想找借口辩解，却想不到合适的理由。

"除了药瓶跟死者的衣服，我们在卧室的床头跟几个抽屉里也找到了相同的物质成分，应该是那晚你忙着到处寻找药瓶时沾上去的，可以解释一下在未婚夫死亡后，你忙于翻找的理由吗？"

"不是我，你没有证据的……对，你没证据，裙子我已经扔掉了，你凭什么说我的裙子上沾了胡椒粉……"

敲门声打断了苏绣媛的辩解，蒋玎珰从外面走进来，当看到她手里拿的装着裙子的证物袋时，苏绣媛怔住了，衣裙的一角还沾了血，正是陈铭启被杀那晚，她穿过的那条裙子。

"可能你没想到它会成为指证你杀人的证据，而是单纯厌恶上面沾了血，所以丢给蒋玎珰让她扔掉，但蒋玎珰却觉得裙子是陈铭启送你的，对你来说它有着不同的纪念意义，所以暂时收了起来，准备等你的情绪稳定下来后再还给你的。"

看着脸色惨白的苏绣媛，关琥不无揶揄地说："假如你在临走前跟蒋玎珰打招呼的话，这唯一的证据就会回到你手里，偏偏你一言不发想走掉，失去了最后的机会。"

审讯室先是一阵沉寂，然后抽泣声响起，继而转为恸哭——在所有证据面前，苏绣媛终于撑不住了，捂着脸大哭起来。

为了不刺激到她，蒋玎珰扶着她重新回到座位上坐下，不过苏绣媛很快就停止了哭泣，放下手，露出呆板的脸庞。

"你说得没错，药瓶里的氰化钾是我注入的，我的确想杀了他，却被人抢先了一步。"

她的话声带着嘶哑，毫无感情起伏，看上去已经失去了狡辩的精力，坦然道："大致经过都如你刚才说的那样，呵呵，我真够傻的，早知道有人要干掉他，我就不用那么费事地筹划杀人了。"

"为什么？"

"原因刚才你不是已经说了吗？"苏绣媛反问关琥，话语中充满了嘲笑，"那个人渣一边在外面搞三搞四，一边还拿我的裸体照强迫我结婚，我当然无法忍受。"

"你可以报警啊，你自己就是警察。"蒋玎珰听不下去了，抢着说道。

苏绣媛不屑地看了她一眼，"我跟你是不一样的，难道你没想过报警后，我将面临什么样的状况吗？我的家世、我的工作还有我的自尊跟骄傲都将毁于一旦，与其被所有人嘲笑，我宁可自杀，但我不想为了那个人渣死，所以我选择让他死。"

愤怒盖过了最初真相被揭破的恐惧，苏绣媛比刚才冷静多了，听着她的愤慨之言，屋里几个人面面相觑，都不知道是该同情她，还是指责她，最后还是关琥开了口。

"你们都有孩子了，他又那么想要小孩，难道不能再沟通一下？"

"哼，他只是想要个繁衍的后代而已，"苏绣媛漠然地说："他可以外遇、出轨甚至跟我分手，但我无法容忍他用那些照片来要挟我。"

"你决定要杀他的时候，有没有为孩子想过？"

"有，但怀孕这件事对我来说是最好的机会，因为大多数人都会同情孕妇，不会怀疑到我身上，退一万步说，假如真相被爆出来，舆论也是站在我这边的，以我现在的状况也不会被判很重。"

她说得很平静，却让房间的几个人都听得震惊了，江开停止敲键盘，转头看看关琥，想问关琥这番话要不要打下来，却见他目不转睛地盯着苏绣媛，一言不发。

"我去抽根烟，你们接着审。"

好半天，关琥回过神，丢下这句话后就匆匆走了出去。

所有的问题苏绣媛都交代了，接下来也没什么好审的，他只是找个借口冷静一下而已，谁知出来时跟老马撞个正着，老马一整天都在调查许家上下的情况，看到关琥，冲他摇摇头，将调查报表递了过来。

老马照他的交代，把重点调查的对象放在三十岁上下的男人身上，一共六个人，出身都很清楚，其他的成员也在逐步调查中，但是从现状看来，暂时没有太大的发现。

也许他从一开始就搞错了，看着资料，关琥心想，他把事情想得太简单了，把人性也想得太简单了。

关琥出了重案组，转去休憩室，路上他的脚步变得沉重起来，在休憩室里掏出烟盒，抽出一支烟点想上，却摸了半天都没摸到打火机。

身后传来脚步声，张燕铎走进来，打着打火机递到他面前，关琥就着火把烟点着了，再看看那个黑色的打火机造型，根本就是自己平时带的那款。

不知道又是什么时候被他摸去的。

要不是现在心情不佳，关琥一定呛张燕铎几句，但他现在做的只是靠在墙壁上狠狠地吸烟，又顺便弹出一支烟递给张燕铎，张燕铎摇头回绝了，默默站在他身边。

"在她要杀人时，为什么会选择我做陪衬？"

"因为你笨，面对女孩子心又软，是个很好利用的棋子，"张燕铎回他，"可惜她低估了你作为刑警的智商。"

真难得这次张燕铎没有损他。

关琥苦笑道："没想到她在杀人之前，会考虑得这么周详，面子跟自尊就这么重要吗？我真不敢相信她也是警察，还跟我是同事。"

"一个人的好坏从外表是看不出来的，注意别被一个外人影响到你的情绪。"

"没有，我只是想到了另一个可能性。"

张燕铎转头看他，关琥没说话，将烟抽完后，直接去了鉴证科。

已经到了傍晚下班的时间，小柯嘴里含了根棒棒糖，正在电脑前玩游戏，关琥过去，把他的游戏屏幕关掉，说："再帮我重新查一下专惠一家人的情况，越详细越好。"

游戏中途被强制断掉了，小柯很想发火，但看看关琥的脸色，他临时把到嘴边的脏话咽了回去，调出档案画面，一边翻着一边问："昨天不是都查过了吗？你还想知道什么？专惠被枪决，他的三个亲人也依次死亡，真要查，我就该去阴间帮你查了。"

"再确认他们四人是否真的死了，不管是枪决还是事故死亡。"

小柯看向他，那眼神就像是在看外星人。

"枪决的执行中监督跟确认工作是由不同的人担当的，这都能调包，你以为这是在演传奇故事吗？"

关琥不说话，用眼神示意他继续。

小柯只好乖乖转回头，继续他的调查工作，嘴里也不闲着，又说："不过昨天我无聊，顺便又查了下专惠的情报，发现他这人还挺厉害的。"

"喔？怎么个厉害法？"

关琥本来想让小柯专心查情报，但是在发现张燕铎对专惠感兴趣后，他把制止的话咽了回去，就听小柯说："他不是姓专嘛，这个姓挺少见的，我就好奇去查了下他的档案，发现他还真是专诸的后人，而且他有一身外家功夫，可以一掌轻易把石板拍碎，年轻时还做过武打替身，所以当初检控官起诉他杀人的依据就是他有这个能力，并且没有去加以控制，属于故意杀人。"

"你去查专惠的案子了？"

"嘿嘿，稍微看了一下，然后我觉得案子判得很离奇，物证严重不足，要不是专惠自己承认杀人，他应该不会被判那么重的。"

"如果有人用家人或是鱼藏剑等事情利诱他，他会承认也不奇怪。"

听着小柯噼里啪啦地敲键盘的声音，关琥随口说道，小柯嗯嗯嗯地点头附和，过了一会儿，敲键盘声突然停下来，小柯盯着屏幕说："等等，怎么这里数据对不上去？"

关琥跟张燕铎顺着他的指点一起看去，就见小柯看的是死亡证明数据，看时间是专惠的家人遭遇火灾的那晚，医院提供的文件是火烧致死，人名是个叫陈小雨的五岁女孩，她的父母姓名也跟专惠毫无关系，但是她在民政所的档案上却变成了专惠的女儿。

"专惠当时被关在监狱里，他家人死亡后的注销手续应该是村里人办的，刚好那晚也有女孩出事故过世，所以可能是在手续中造成了差错。"张燕铎解释道。

"这不太可能吧？这也差得太大了。"小柯连连摇头，一副不可置信的表情。

关琥也觉得很难相信，但事实摆在眼前，当初一定是因为某些原因造成了失误，也间接影响到了他们的查案，还好刚才苏绣嫒的一句话提醒了他——正因为她是孕妇，才决定动手，因为这样不容易引起怀疑。

不会是杨雪妍吧？因为从陈铭启、冯三山还有蛇王被杀的状况来判断，她是完全符合条件的一个——陈铭启被杀那天，伪装成维修工出入公寓的是个瘦小男人，以她的身高扮成男人，刚好合适；冯三山被杀时她是新娘，衣服由内到外都是红色，杀人时将外衣脱下，即使不小心溅上血滴，再穿上外衣就行了，没人会把身体虚弱的孕妇跟杀人凶犯联想到一起；还有在俱乐部，她穿着陪酒女郎的衣服找借口带蛇王离开，蛇王对她也绝对不会有防备。

而且昨晚许善陵被攻击，她也是最有嫌疑却不会被注意到的人，因为她是受害者，孩子流产了，大家都对她抱有同情心，在追查线索中首先就把她排除在外了。

"帮我查一下这个人的档案，越详细越好。"他写下杨雪妍的名字，递给小柯。

"每次你说到'越详细越好'，我就觉得这是对我精神的摧残。"

发牢骚归发牢骚，小柯的工作速度还是很快的，在剔除了同名同姓的人之后，开始调查杨雪妍的出身，关琥看着数据不断往上跑，他的眼神都有点跟不上了，只好放弃追踪，等小柯最后给他结果就好。

在等待的过程中，舒清滟从外面进来，看到关琥，她打了招呼，说："你给我的泥土我化验过了，跟剑鞘上的土质成分完全一样。"

抓到线索了，而且是很糟糕的线索，如果凶手与杨雪妍有关，现在她跟许善陵正住在同一家医院里，她要杀许善陵，随时都有机会！

关琥跟舒清滟道了谢，对张燕铎说："你在这里等结果，拿到资料后去重案组找我。"

　　说完，不等张燕铎回应，他就掉头跑了出去，舒清滟看向张燕铎，"他怎么了？"

　　"没什么，我想他只是找到了整个案子的主线了。"

　　只是抓到主线跟真正解决案件还差一步距离，这一点不知道关琥是否有注意到。

第九章

关琥一口气冲回重案组，萧白夜还在处理苏绣媛的案子，看到他，正要提醒他写报告，还没等开口，就被他抢了先。

"杨雪妍可能有问题，马上联络李元丰，让他多加注意。"

一瞬间，萧白夜没有反应过来杨雪妍是谁，关琥又说："就是刚跟许善陵的小儿子结婚的女人，也许她是整个案子的主谋。"

"那个刚流产的女人？你确定？"

"还在调查中，总之她很危险，许善陵很可能会再次遭受攻击。"

在关琥说到一半时，萧白夜已经开始打电话了，他开了外放功能，电子音不断在房间里回荡，却始终不见有人接听。

铃声响了很久后，萧白夜放下话筒，又改为手机联络，但同样无法接通，他看看关琥，两人都有了不安的感觉。

关琥看看外面，天已经很黑了，许善陵的家人疲劳了一天一夜，这时候精神上恐怕已经松懈了，所以假如凶手要对付许善陵的话，现在是最佳时机。

还好萧白夜联系到了护士台，在他的提醒下，值班护士去许善陵的病房做了检查，说许善陵睡着了，一切正常，杨雪妍的病房在隔壁楼栋里，她答应在确认好情况后马上跟萧白夜联络。

"看来暂时还是安全的。"放下电话，萧白夜说。

关琥还是不放心，决定亲自去一趟，他伸手刚拉开门，外面就有人跑进来，差点跟他撞到一起。

等关琥站稳，张燕铎将拿的纸递到他面前，说："杨雪妍的资料查到了，她是被认领的，原居住地跟身份不详。"

关琥把纸接过来，迅速看了一遍，资料上写着杨雪妍在幼年以失踪儿童的身份住在福利机构里，有关她被收容之前的经历，由于她本人也不记得，所以资料上没有记载，后来她被在福利机构工作的杨女士收养，杨雪妍护校毕业后，就一直在医院做事，三年前杨女士患了老年痴呆症，一年前过世，从时间上来推算，刚好是许善陵的母亲住院后发生的事。

"看来这个女人有重大嫌疑。"关琥看完后，把纸推给萧白夜，"我马上去医院。"

"她跟整起案件有什么关系？"

"回头详细汇报。"

关琥说完就冲了出去，萧白夜及时叫住张燕铎，"你看着他，别让那愣头青又闹出什么事来。"

张燕铎给他做了个放心的手势，跟了出去，关琥抢着要开车，张燕铎没跟他争执，把钥匙给了他，自己坐在旁边，照萧白夜提供的手机号给李元丰打电话。

"一直不接听，看来他凶多吉少了。"在拨打数次都没有接通后，张燕铎说。

关琥加快了车速，问："依你看，杨雪妍会是滥杀无辜的人吗？"

"不是，但对于妨碍到她的人，她也会毫不留情地干掉。"

关琥想起杨雪妍，发现自己居然记不清她的长相，除了她个头颇高，说话柔弱外，她几乎没什么引人注意的地方，关琥甚至觉得可以把她归类于胆小怕事的那类人上，可正是这个女人做出了这么多残忍的案子，甚至连自己的亲生骨肉都利用上了。

手机响了起来，关琥没心思接听，掏出来直接丢给张燕铎，张燕铎看了眼屏幕，说："是叶菲菲。"

"喔，那准没好事，那孩子属乌鸦的。"

张燕铎接听后，果然就听叶菲菲在那边压低声音说："关王虎，关王虎，出事了。"

"这次又是什么事？"

"咦，这是你的电话吗老板？为什么每次都是你接？"

"关琥在开车，出了什么事？"

"是这样的，我遇到了一件很麻烦的事情，我不知道该怎么解决才好。"

张燕铎还没回答，关琥就抢先说："感情纠纷吗？让她去打电台热线咨询。"

"关琥让你打电话去电台咨询感情纠纷。"

"感情？不是感情，是生命攸关的大事……"

叶菲菲的声音很低，让他们听到除了她的声音外还有个奇怪的呜呜响声，很快的，叶菲菲冲那边说了句很吵后，奇怪的声音被压下去了，叶菲菲又说："我现在眼前有个被绑成粽子的家伙，嘴巴还被堵着，看起来不像是好人，我在考虑要不要帮他松绑。"

"你现在在哪里？"

"医院啊，就是许善陵那个坏人住的医院，我现在就在他的病床前。"

"许善陵呢？"

"不知道，我只看到了这只粽子。"

张燕铎有点明白了，有人带走了许善陵，将保护他的警察绑在床上，蒙骗了护士的查房。

"问他是不是叫李元丰。"

"把毛巾拿出来的话，他一定会大叫，到时我就穿帮了。"

"你可以再打晕他。"

"好的。"

关琥在旁边听着他们的对话，觉得脑袋有点晕，同时为那个不知名的"粽子"默哀了一下，就听叶菲菲在一阵警告后把毛巾拿出来，手机对着他，让他自报家门。

"救、命，我是李元丰，我被人偷袭了。"

"是谁做的？"

"没看到，他从后面打晕我的，等我醒来时就发现自己被绑在床上。"

连着两晚被打晕两次，面对这样的运气，关琥都不知道该说什么才好，张燕铎也有同感，问："在你被袭击之前，杨雪妍有没有来过？"

"有啊，她说要见许善陵，我就带她进房间了，然后一转头，我就被打晕了……难道是她做的？可她还是病号啊，看上去随时都会晕倒的架势。"

但结果先晕倒的是李元丰。

关琥吐着槽，再次加快了车速，照李元丰的描述，一切都是杨雪妍做的没错了，她现在冒着身体的不适去攻击许善陵，看来今晚对杀许善陵势在必得，一个搞不好，医院里的某个地方随时都会变成凶案现场。

张燕铎却依旧保持冷静的状态，问："你的手枪呢？"

"我被绑着，不知道，你让这位护士小姐看看。"

"护士？"

"就是我啦，"话筒那边换成叶菲菲，小声说："现在不是探访时间，为了混进来，我跟在这里做事的护士朋友借了两套护士装……手枪？我找下……没有，如果我是凶手，在袭警后一定夺走枪了。"

混进来不需要两套衣服吧？

关琥有种不好的预感，"问她是不是跟谢凌云一起混进去的？"

张燕铎转述了关琥的提问，叶菲菲承认了，"本来就是帮凌云啊，要不我也不会三更半夜闲着没事做，跑医院里来冒险。"

听到这里，关琥狠狠地捶了下方向盘，他知道谢凌云会这样做不是为了抢第一手资料，而是在追查有关她父亲的行踪。

张燕铎扫了他一眼，冷静地问对面，"那谢凌云呢？"

"她刚才看到这种情况就跑出去了，让我暂时别报警，盯着粽子就好，我也不知道粽子是好人还是坏人，想想要是耽误了案情，一定会被关琥骂的，所以就给他打电话了。"

看来在关键时刻，叶菲菲还是很懂分寸的。

张燕铎问："知不知道谢凌云去了哪里？"

"不知道，不过一定是去找许善陵了，说了半天，粽子怎么办啊？我不想待在这里陪他。"

"我不是粽子，我是警察，快给我松绑，我要去找回枪。"

警枪被抢对警察来说是很大的失职，所以李元丰表现得很着急，但他的请求被叶菲菲无视了，担心地问张燕铎，"如果凶手那里有枪，会不会伤害凌云啊，老板你猜凶手会去哪里？"

张燕铎无法猜到，因为他现在还不了解杨雪妍真正的目的，她要杀许善陵，有的是机会，为什么要等到现在？如果一定要等到现在才操作，那一定有她的理由，现在他能确定的只有一点——杨雪妍要杀许善陵，绝对不会用枪的。

"你马上去医院的服务控制中心，查看谢凌云去了哪里，我们马上就到了，有消息再联络。"

为了在病人出状况时及时得到救护，医院的各个角落都安有监控探头，所以通过服务中心的大屏幕，可以随时了解到情报——这是短时间内张燕铎唯一想到的追踪到凶手的办法。

叶菲菲答应后马上跑了出去，张燕铎听到对面传来李元丰的喊叫声，看来叶菲菲完全忘了他的存在，接着电话就挂断了，无法知道那位倒霉警察的后续故事了。

没多久，关琥的车也到达了医院，他们跑进病房楼里，关琥在跟保安解释情况的时候，叶菲菲的电话打了进来，说她查到了谢凌云去了顶楼天台，至于杨雪妍的行踪，现在还在调查中。

"有谢凌云的消息就行了，她一定是追着许善陵的行踪去的。"

关琥让保安马上报警，然后冲进了电梯里，等张燕铎进去后，他按了去顶楼的键钮，叹道："为什么罪犯犯罪都喜欢选择天台？是为了计划失败后就地一跳，不成功则成仁吗？"

"也可能是因为场地大，方便大家围观吧？"

关琥瞅了他一眼，张燕铎脸色平淡，像是在聊闲话的样子，可是话的内容却严重影响到了关琥的心情。

到了顶楼阳台，隔着虚掩的房门，可以隐约听到里面的对话声，关琥拔出枪，抢先一步将门推开，天台上居然很明亮，他首先看到的是站在阳台对面的两个人，许善陵在前，杨雪妍稍微靠后，不同于他想象中的持枪要挟的状态，两个人的反应都很冷静，至少在他看来，暂时还不会发生暴力冲突。

但这种状况更糟糕，以杨雪妍站立的位置，她此刻很可能将枪口指在许善陵的后背上，让他不敢乱动，不仅如此，天台上除了他们以外，还有许善陵的两个儿子跟大儿媳，三个人站在左侧，而谢凌云则站在他们的前方。

天台上会有这么多人，出乎关琥的意料，但他马上就明白了杨雪妍的目的，天台上有不相干的人，而杨雪妍背后又是齐人高的平台，让警方很难派遣狙击手突击，看来她会选择这里是经过周密计算的。

谢凌云此刻正将相机镜头对准许善陵，他们进来时许善陵在说话，看到关琥，他马上停止了，脸上露出求救的神色，再配合他现在颓废的表情，关琥很怀疑他随时会昏厥过去。

如果说许善陵的状态是颓废，那杨雪妍的脸色就是惨白了，她穿了件白色长袍，随着风吹过，长袍下摆不时传来拍打的响声，她的短发在风中散乱了，在随风扬起时，露出被遮住的眼瞳，她的眼眸瞪得很大，射出冷静偏执的光芒。

白色长袍的边角沾了些血滴，宽大的衣服让她的身躯显得愈发消瘦，她现在一定很难受，因为其他的都可以作假，但昨晚她流产的事却是真的，关琥想她现在一定是想跟许善陵同归于尽，否则不会做出这种孤注一掷的事情。

"为什么不说了？"

杨雪妍站在许善陵身后，看不到他的表情变化，见他停下来，马上喝问："你不敢说了吗？"

"对不起……对不起……"

"我要的不是对不起，是真相！"

杨雪妍挥拳顶在许善陵的后心上，把他打得哇哇大叫，顿时眼泪鼻涕一起流，许枫想上前劝阻，还没迈步，就被杨雪妍的眼神瞪了回去，她整个人最有光彩的就数眼眸了，最令人心寒的也是那对眼眸。

"我是警察。"

关键时刻关琥亮出了他的警证，并在同时不显山露水地稍微往前挪着步子，以图拉近跟凶手之间的距离，"有话慢慢说，先把枪放下。"

"先把你的枪放下，"杨雪妍的眼神顺着关琥手的移动落在他的腰间，平静地说："一把枪换他一条腿。"

关琥看看许善陵不断打筛子的双腿，觉得他能坚持不摔倒真是奇迹，为了不激怒凶手，他照做了，掏出枪，将枪丢去了一边。

杨雪妍满意地点头，又接着说："既然你发现了我的秘密，那应该对当年的事有了大概的了解，那剩下的你不知道的部分就让许善陵来告诉你。"

"雪妍你到底是怎么了？"许枫实在忍不住了，叫道："这到底是怎么回事？他是我的父亲，也是你的亲人，什么报仇杀人，你是不是搞错了？"

"我从来没像现在这样清醒过，"杨雪妍冷冷地回答他，"专诸的后人不会做不明事理就乱杀人的事。"

"什么专诸？什么杀人？"

趁他们对话，张燕铎小声问旁边的许家夫妻，"你们是被她特意叫来的？"

"是，是，她说父亲找我们有话要谈，没想到上来后……"凌厉的目光射来，许家长子立刻吓得闭上了嘴。

张燕铎看向杨雪妍，她几乎完全站在许善陵的身后，无法看清手里是否拿了鱼藏剑，但她绝对拿了警枪，否则许善陵不会这么老实。

她这次没有拿每次行凶都必带的短剑，是不是另有打算？

看看谢凌云举着的相机镜头，张燕铎的眉头皱了起来。

远方传来刺耳的警车鸣笛声，警铃声打破了寂静的夜空，呼啸着向他们逼近，杨雪妍置若罔闻，冷静地对许善陵说："把剩下的说完。"

"说……我都说了……你是专惠的孩子吧？当年是专惠误杀了我的助手，所以他被判了死刑，我很后悔，假如当时我不执意逼他的话……"

"你撒谎！"

砰的响声中，许善陵大叫着跌倒在地，他的右小腿被枪击中，鲜血直流，其他人想上前救助，却在杨雪妍无形的威吓下不得不忍住。

接下来杨雪妍也跟随他一起蹲了下来，并将枪口对准他的后心，她的表情依旧平静，平静得带给人绝望的感觉。

"告诉大家真相，"她凑近许善陵，一字一顿地说道："告诉他们我父亲是专诸的后人，我们家世代收藏着那柄刺客舍生取义的鱼藏剑，根本不需要偷盗你的东西！告诉他们为了得到这柄剑，你是怎么跟陈铭启、冯三山，还有蛇王等人勾结害死我全家的，快当着这里所有人的面说出来！"

"不要杀我不要杀我！"许善陵中了枪，看到从腿上溅出的血，他吓得双手乱摆，大叫："我说，我全都交代！"

杨雪妍笑了，抬头看向站在对面的人，许善陵的两个儿子还完全不在状况中，眼睛紧紧地盯在父亲身上，不知他要说的到底是什么。

天台上的门再次被推开，叶菲菲从里面悄悄地走进来，看到眼下的状况，她没敢出声，咽了口唾沫，站到了大家身后。

"其实不关我的事，是冯三山先说起他在你们家看到了鱼藏剑，他说你们是专诸的后人，那柄剑经他鉴定确实是真品，他想要，但不管出多少钱，专惠都不卖，所以他求我用制作仿制品的借口把专惠邀出来。

我们的提价很高，专惠相信了，为了证明仿制品的精确度，他还拿了他家传的真品鱼藏剑一起来，但是在聊天过程中他发觉了我们的意图，带了剑要走，我让助理帮忙拦他，却不料在争执中助理被专惠杀了，专惠也跑了，不过他在慌乱中拿走了赝品，而将真的鱼藏剑落在了现场……"

"砰！"

又一声枪响，许善陵吓得哇哇直叫，但这一枪没有打在他身上，杨雪妍只是在开枪警告，冷冷地说："你撒谎，那天我父亲有给我母亲打电话，他说助理不是他杀的，是你错手杀的，用那柄赝品的鱼藏剑。"

"我、我也不知道，那时现场太混乱，等我们注意到的时候，助理已经死了……"

许善陵哆哆嗦嗦的话，都说不清，但又不敢中途断掉，结巴着继续往下讲，"可是人是在我的公司被杀的，不管怎样，我都撇不清关系，我们合计了一下，最后说既然真品的鱼藏剑都在这里了，不如一不做二不休……"

杨雪妍听得全身发抖，情不自禁地加重了抓在许善陵臂上的手劲，许善陵如惊弓之鸟，吓得再次大叫起来。

"这都是陈铭启出的主意，我只是一时鬼迷心窍……啊对，我是被鱼藏剑上的怨气迷了心窍，所以才会答应他说谎，说是专惠见财起意，在偷盗途中杀了人，陈铭启又怂恿专惠认罪，说会轻判，又抬出了金蛇会来吓唬他，说如果他坚持不认罪，那些道上的人会对他的家人不利，专惠就信了，这些都是他们做的，我不知道的不知道的……"

"可是最后鱼藏剑却留在了你的手里不是吗？"

面对杨雪妍冷静地质问，许善陵不说话了，他说的话半真半假，把罪责都推到了死者身上，但杨雪妍没打算去追究这个问题，看着对面的镜头，再问："那我哥被撞死，我们家被火烧，又是谁做的？"

"是蛇王做的……啊不，是陈铭启让蛇王做的，因为陈铭启跟我和冯三山在一起谈事时，被你哥看到了，陈铭启说他不能留，就让蛇王处理掉，我被专诸的鬼魂迷住了，听他们的话付了一大笔钱，就……可是专诸的亡灵还是不肯放过我们，整天出现在我们面前恐吓，那段时间我们都像是着了魔似的，生怕真相再传去你们的耳朵里，为了斩草除根，蛇王让人去你家放了火……最后都死了，事情都结束了……"

天台上传来哭声，一半是许善陵，另一半是杨雪妍发出来的，许枫在对面听得清清楚楚，不敢置信地连连摇头，喃喃道："不会的，我们是普通的商人，这种伤天害理的事……"

"看这个！"

随着杨雪妍的甩手，一沓照片抛到了地上，夜风将照片吹起，让画面清晰地映入众人的眼帘。

有一些关琥很熟悉，就是专惠儿子的车祸现场照片，还有一些是被火烧得看不出原样的房子、烧伤致死的女人、被判死刑登报的男人，看到血肉模糊的画面，叶菲菲发出轻呼，把头撇开了，谢凌云也做出不忍直视的表情，但出于工作的态度，又不得不去看。

杨雪妍又亮出另一张照片，由于距离较远，只能看到画面里是四个靠在一起的人，应该是她的全家福。

无视许善陵的痛呼哀叫，杨雪妍平静地说："父亲被判了死刑，我们都不信那是真的，我哥到处找人寻求帮助，那天他突然打电话回家，说陈铭启跟那帮人一伙的，父亲是被他们陷害的，他说回来后跟母亲一起去报社揭发那些人，可是他再也没回来，我们找了几天，最后只找到这些车祸照片，我哥才十一岁，可是从这些照片里，你们能看到他原来的模样吗？"

　　"对不起，对不起，我是被亡灵诱惑的，我不该想要那剑，它根本就是祸害……"

　　支援的警察陆续赶到了，萧白夜带人冲进天台，看到现状，他挥手暗示手下迂回围攻，但不要马上出击——现场围观的人太多，凶手跟被劫持者的情绪都相当激动，在还没有掌控状况之前，他选择了静观其变。

　　许善陵被那些照片刺激到了，趴在地上大哭，叫道："它害死了你全家，也害得我这些年来寝食难安，我的家人一个个都死了，我的事业也一路直下，我想丢掉那剑，可是不管怎么丢弃，它都会重新回到我的身边，剑上的亡灵缠着我，让我这辈子……不，我的全家都逃不脱鱼藏剑的诅咒！"

　　杨雪妍将他从地上提了起来，微笑说："不是剑的诅咒，是专诸对他子孙的庇佑，我们专氏一族流着同样的血，你们费尽心机想要鱼藏剑，专诸就借我的手给你们，让你们知道鱼藏剑入腹到底是什么滋味，你一定不知道我们家后院埋了多少剑吧？那些都是我父亲在打造仿制品时留下来的废品，他说有客商出很高的价钱要仿制品，他一定要做好才行，他不知道你要的不是仿制剑，而是想夺取我们专氏一族的灵魂，所以你一定要死，你不死的话，专诸会一直缠着你，你看，他就在这里，手里拿着剑，把剑刺进你的肚子里，就像他曾经刺杀王僚时的狠戾……要试试吗？哈哈……"

她越说越疯狂，越说越语无伦次，袍子下摆的血慢慢渗出来，带着惊悚又苍凉的气息，大家已经听不懂她在讲什么了，许善陵的眼神却随着她手的指点四下张望，像是真看到了鬼魂，大叫着不断往后躲，甚至想爬上天台躲避，被杨雪妍拉下来，将枪口顶在他的后腰上，喝道："专诸让我杀掉你，你听到了吗？"

"我有罪，都是我的错，不要杀我，不要杀我！"

许善陵忘了最初的掩饰，双手在眼前激烈地摇摆，杨雪妍用枪柄狠狠击在他的脑袋上，喝道："不是我杀你，是专诸大人让我杀人，觊觎鱼藏剑的人都该死，杀我一门者，死有余辜！"

她的喝声引来许善陵的尖叫，凄惨的求救声响彻整个天台，这时，警察们已经慢慢包抄过去了，只等萧白夜一声令下就一齐抢攻，但她的枪口抵在许善陵身上，让大家不敢轻举妄动。

萧白夜给关琥使了个眼色，想用声东击西的战术，但马上被杨雪妍发现了，冷冷道："我没有想活着，如果你们想他马上死的话，就过来吧！"

"我说……"关琥双手平举，以示自己没有敌意，他向前稍微挪了两步，对杨雪妍说："该死的人都死了，许善陵如果真有罪，法律会给你一个公正的判决，如果你想报仇，可以说已经报了，你还年轻，不要为了复仇把自己的幸福也搭进去。"

"幸福？"杨雪妍恍惚了一下，冷笑，"我有吗？"

"将来一定会有的，但现在你必须放下屠刀，不要一错再错。"

关琥把手伸过来，做出相邀的动作，杨雪妍无视了他，冷冷地说："别犯蠢了，杀人的不是我，是专诸大人的亡灵，天下恶人太多，需要他来惩罚。"

"现在恶人已经遭到了惩罚，如果你能看到祖先的亡灵，那就让他走吧。"

关琥不知道杨雪妍在说什么，但现在只要能稳住她，让他怎么配合都无所谓。听了他的话，杨雪妍陷入沉思，又对着空中喃喃自语，话语朦胧，像是真在跟谁对话似的，表情不再像最初那么激动。

看到有劝服的希望，关琥暗中松了口气，谁知听他们提到亡灵，许善陵突然又紧张地大叫起来，尖叫引发了杨雪妍的恼怒，扬起手枪，再次用枪柄狠狠击打他的脑袋。

关琥这时已经站在了他们面前，趁杨雪妍不备，冲上前扣住她的手腕，谁知她的力量竟然出奇的大，关琥没有如期地将她制伏，只觉得额头传来剧痛，原来杨雪妍在挣扎中把自己的脑袋当武器，用力撞击他，同时口中大叫，状如癫狂。

疼痛让眼泪不由自主地流出来，遮住了关琥的视线，他的手却紧紧抓住杨雪妍的手腕，努力将枪口举向天空，扳机在争执中被扣下，就听连续几声枪响，然后冲击向关琥的力量突然消失，他听到耳边一个熟悉的声音说："放手，没事了。"

是张燕铎。

关琥照他说的松开了手，借着他的扶持站起来，抹掉眼泪，就见杨雪妍已经被冲上来的警察们按住了，却仍旧在强烈挣扎，几个人合力才能勉强制住她。

没多久她放弃了反抗，任由警察将自己拉起来，眼神却死死地盯住另一边，许善陵站在那边，他得救了，由两个儿子扶住，医护人员跑过去帮他查看伤口，他腿上的伤不重，但受了刺激，精神状况很糟糕，不断地蹦跳叫喊，看上去比杨雪妍还要疯狂。

看到他那副模样，杨雪妍笑了，任由警察给自己戴上手铐，那张全家福照片在刚才的搏斗中落在了地上，谢凌云过去捡起来，递给杨雪妍。

杨雪妍接到手中，低声道了声谢，谢凌云踌躇了一下，问："你一直提到专诸的亡灵，他现在还在这里吗？"

"他在啊，"杨雪妍向她微笑，又抬手摸摸自己的心口，柔声说："他一直在我这里，他告诉我该怎么做，该恨谁该杀谁，该用怎样的手段让对方生不如死。"

她笑得淡然，天台灯光在她脸上透出一层光晕，柔和却又诡异，充满了矛盾的感觉，听得人不寒而栗，谢凌云不由自主地一抖，眼眸飞快地扫向四周，又看向杨雪妍，想弄清她是疯了还是真的可以看到这里有脏东西。

警察避开谢凌云，带杨雪妍离开，但他们没走几步就被叫住了，许枫在一连串的变故和震惊中回过神，冲过来拦住他们，面对杨雪妍，质问："你接近我，对我母亲照顾得无微不至，都只是为了报复？"

杨雪妍看了他一眼，木然点头。

"你说喜欢我，跟我结婚，怀了我的孩子，也只是为了报复铺路吗？"

杨雪妍再次点头。

许枫的拳头握紧了，气愤跟激动让他全身发起颤，叫道："那我妹妹的死，我母亲的死，是不是都是你做的？"

这次杨雪妍笑了，抬头看他，表情里充满嘲讽。

"那都是我的先人做的，你忘了我是专诸的后人了吗？我手里有着这世上怨气最重的宝剑，专诸大人的怨气跟灵气不会漠视他的子孙被诬蔑，他的亡灵会为我达成所愿，所以你们家才会不断遭受灾难，至死不休，根本不需要我亲自动手！"

许枫听不下去了，冲过去抓住她的双肩，两旁警察上前阻拦，以免他动粗，但他什么都没做，只是带着哭腔质问："你怎么可以这样子？就算我父亲有罪，你也不该怨恨到别人身上，你可以杀了他，甚至杀了我来报复，但为什么你连自己的孩子都不放过？"

听到这里，杨雪妍的表情微微动容，像是想说什么，却最终没有开口，她被警察带离现场，许枫还是无法面对眼前的事实，在她身后低声问："你做这么多事，杀了这么多的人，如果都是出于报复之心的话，那你的心里是否还有一点爱？"

杨雪妍听到了，脚步微微停顿，然后回答了他。

"没有……我不懂什么叫爱，因为我的人生里只有仇恨。"

听到这里，许枫再也忍不住，放声大哭起来，杨雪妍被警察带走了，她一直没有回头，仿佛许枫这个人在她心中，从来不曾存在过。

关琥在一边默默看着这一切，现场状况还很混乱，捉拿凶犯的，救护被劫持者的，还有勘查现场的鉴证人员以及闻讯赶来的新闻记者们，嘈杂的状态让他心里很不舒服，案子破了，他却一点开心的感觉都没有，假如杨雪妍所说的一切都是真的，那她的命运堪称可怜，但即使可怜，也不能无视她滥杀的罪名，甚至因为她的报复，还连累到了许多无辜的人。

肩膀被拍拍，看出他心情不好，萧白夜示意他可以先离开。

为了不妨碍其他警察的工作，关琥收好先前放在天台上的手枪，去了外面的走廊上，周围聚集了不少人，谢凌云不知什么时候离开了，连一贯对各种事件抱有好奇心的叶菲菲也不在。

不过不管怎么说，案子总算是破了，今晚可以睡个好觉了。

站在寂静的楼梯一隅里，关琥自我安慰，他摸摸口袋，本想掏支烟来抽，摸了半天却没摸到。

难道是刚才在混乱中弄掉了？

张燕铎走过来，伸出手，手指在烟盒下方轻弹，一支烟被弹出来，亮到关琥的眼前。

关琥抽出了那支烟，再看看香烟盒，狐疑地问："你的烟盒看起来挺眼熟的，前不久它应该还姓关？"

"现在姓张了。"

张燕铎面不改色地回道，又熟练地帮关琥打着火，关琥借着火点上烟，吸着烟心想，不知从什么时候开始，他的东西都在陆续开始姓张了。

张燕铎自己也抽出了一支烟，却没点着，只是将烟叼在嘴边，做出跟关琥一起抽烟的姿势。

"刚才谢谢你。"

"举手之劳。"

"你是怎么制住她的？那女人的力量大得惊人。"关琥掸着烟灰，叹道："再加上她那些神神道道的说辞，真让人怀疑刚才有幽灵在附近转悠了。"

"说不定有呢。"张燕铎眯起细长的眼眸，故意在关琥身边打量。

"别故弄玄虚，老子不吃这套的。"

"我没开玩笑，既然你相信这世上有飞天，那为什么不信有恶鬼？"

"我更信恶鬼在心里。"

烟抽完了，关琥将烟蒂丢进垃圾箱，看着张燕铎学自己的样子，将叼了半天的香烟扔掉，他很想说这样做太浪费，但最后还是没说出来。

两人绕开还围在现场的人群，乘电梯下楼，电梯里只有他们两个人，显得异常寂静，见关琥难得的一言不发，张燕铎问："你好像还在在意什么？"

"没什么，只是觉得还有些事情没搞清，心里堵得慌。"

"你怀疑凶手还有其他同党？"

关琥摇头，看看张燕铎，直觉告诉他，红笔男跟这件事没关系，要说有关联，也是跟张燕铎有关，所以让他放不下的是杨雪妍这个人。

她杀人的手段跟目的，她念念不忘的复仇计划，还有她的结局。

整个复仇行动从凶残狠辣开始，到最后草草结束，这样的变化让他无法释怀，她轻易干掉了其他三人，却最终没杀许善陵，到底是没抓到时机，还是出于对许枫的在意？

"你说，她到底有没有喜欢许枫？"

面对关琥的提问，张燕铎没有直接回答，过了一会儿，才说："想要了解变态的心理，你首先要把自己变成变态。"

"对不起哥哥，我更想当正常人。"

"那就不要多想了弟弟，回去好好睡一觉，这案子被你成功破获了，等着拿奖金吧。"张燕铎拍拍他的肩膀，微笑说道。

杨雪妍的审讯工作没能如期进行。

由于身体状况等问题，杨雪妍在当晚被再次送去急救，她是重度危险人物，在就医时警方加派了人手，二十四小时紧密看守。

杨雪妍除了在被警方制伏时有剧烈挣扎外，之后都表现得很平静，没有再做出攻击人的举动，唯一无法解释的是她的一些反常行为，她经常对着墙自言自语，面对一个人都没有的空间，她却像是身边围满了朋友，有时候还聊得热火朝天，最初着实把看守她的警察吓到了，以为是她的同党来救援，结果等冲进病房后，却发现里面只有她一个人，表情恍惚地坐在那里发笑。

不过好在在审讯方面，杨雪妍很配合，在她的健康状况稍微好转后，萧白夜派人给她做了笔录，她在讲述自己的身份跟出身，以及对陈铭启等人的报复计划时头脑很清楚，可是一谈到鱼藏剑，思维就开始混乱了，不断念叨专氏家族的荣耀，专诸亡灵的庇佑，还有亡灵附身报仇等等荒诞的言论，导致问话无法正常进行下去。

这样的审讯状况反复了多次后，萧白夜放弃了追问那神秘短剑的想法，还好杨雪妍将自己的犯罪经过说得很详细，并主动交代了在作案期间，她都跟许枫住在别墅里，许枫喝了她配的安眠药水，对她的离开毫无觉察，在无意中做了她的时间证人。

另外法医也在蛇王被杀的房间里，找到了有杨雪妍指纹的裙子，这本来是作为指控她犯罪的最有力的物证，但由于她的自供，物证失去了应有的意义，萧白夜将审讯笔供等资料整理后提交上去，至于接下来怎么进行公诉，那是检控官的工作。

"她最后也没交代那个玩红笔的男人是谁，他们到底是不是同伙。"透过玻璃窗看着在病房里自由自语的女人，关琥说。

"从目前我们掌握的证据来看，她单独犯罪的可能性很大，这件案子如果有同伙，那一定是至亲的家人，你跟那男人交过手，觉得他有可能是杨雪妍的大哥吗？"

"看岁数对不上去，而且他们也不像是认识的，所以有关那个男人的情报我会再让小柯继续查。"关琥说完，又叹道："不知她将会被怎样判决。"

萧白夜耸耸肩，"无罪的可能性很大，不过即使这样，今后她也只能在精神病院度过了。"

这几天杨雪妍接受了多次有关精神状态的检查，这方面的专家一致认为她的幻想癔症很严重，这可能跟她早期的经历有关，像这种重度精神病患者没有承担刑事责任的能力，但也不代表她会得到自由，被关进精神病院后，同样也是铁镣加身的命运在等着她。

"不知为什么，总觉得她有点可怜。"

关琥的感叹换来上司不赞同的目光，他揉揉鼻子，虽然知道对罪犯不该感情用事，但想到她童年的遭遇，还是忍不住会这样想。就为了柄还不知道是不是真品的鱼藏剑，搞得一家人家破人亡，许善陵等人固然罪有应得，但为了复仇将自己的一生都搭进去，她的家人如果泉下有知，应该也不会赞同吧。

也许张燕铎说得对，他不是变态，所以他无法了解变态的心理。

"案子倒是明朗了，但真正的鱼藏剑又去了哪里？"

"不晓得，问一次，杨雪妍就疯癫一次，许善陵疯得比她还厉害，根本无从问起，反正这个跟整个案子的主线没关系，就暂时撇开吧。"萧白夜无奈地说。

照杨雪妍的供词所述，当年许善陵在误杀了助理后，由于状况混乱，专惠误将凶器当成是鱼藏剑的真品带走，等他发现不对时已经晚了，那柄凶器一直没有找到，杨雪妍也说不知道去向，她只知道真正的鱼藏剑在许家。

可是当警方询问许家时，许家的人也都表示不知情，唯一知情的只有许善陵，偏偏许善陵在天台被吓到后，就一直精神恍惚，时不时地说看到了亡灵出现，又说那剑害得他后半生凄惨无比，所以他早就丢掉了，至于丢去了哪里，他怎么都想不起来。

虽然无法判断许善陵是否真的出现了记忆断层，但是以他对鱼藏剑的恐惧跟憎恶，早就将它处理掉的可能性很大，关琥反而怀疑真品早就到了杨雪妍的手里，也许正是那柄她每次杀人时都必带在身上的短剑。

想起雨夜那晚的搏斗，关琥更坚信自己的推断，可惜杨雪妍不承认，她只交代了自己原来的家里埋了鱼藏剑的仿制品。

那些都是专惠打制时废掉的样品，本来专惠是打算事后处理掉的，但还没到那天，他就因故意杀人罪被判刑，这件事家里人都不知道，连当年警察来搜查证据都没找到，那些废弃的鱼藏剑赝品就这样被封存在地下十几年，直到杨雪妍后来重新返家才发现。

"一共三柄剑，一柄都不少，冥冥之中先人的亡灵在指点我该怎么去做，把剑藏进他们的肚子里，就像烹鱼那样，完成刺杀的仪式，也让他们的同党知道专氏的后人回来了，他们将为曾经的罪孽付出代价。"

这是杨雪妍的供词，想起她淡然讲述杀人经过的表情，关琥就不寒而栗，当初家变时杨雪妍才刚五岁，她是否知道父亲收藏赝品的事无法考证，不过关琥相信，杨雪妍把自己的记忆当成是幻想的可能性更大，她已经病入膏肓了，分不清现实跟虚幻的界限。

"可是当时参与冤案的并不止这三个人，在这几年里陆续有相关的人猝死，是不是都是你做的？"

面对警察的讯问，杨雪妍毫不犹豫地否认了。

"当然不是，专诸大人只让我杀那三个人，要不怎么会只留下三柄鱼藏剑？也许是那些人做了坏事，遭报应了吧，我既然承认了这些凶案，又何必在其他的事情上瞒你们？"

她的反驳不能说没有道理，但是在看完这份供词后，关琥发现心头的压迫感更强烈了，至少他见过杨雪妍持有第四柄鱼藏剑，但这一点对于整个案件的审判没有太大影响，所以在多次审问没有结果后，这个问题就被忽略过去了，用萧白夜的话来说就是——如果那柄鱼藏剑是真品的话，她更不会交代出来，她会认为作为专诸的后人，自己有义务守住鱼藏剑的秘密，再不给外人染指的机会。

看出了他的心思，萧白夜说："如果你对鱼藏剑的去向有兴趣，可以去问问那个女记者。"

那晚谢凌云拿了父亲跟许善陵聊天的照片去许家质问时，萧白夜也在，所以多少知道一些他们之间的事，关琥不太明白既然萧白夜知道这条线，为什么不追下去。

"为什么要去追？"萧白夜一本正经地回答他，"我是警察，要查的是案子，现在人证物证还有凶器都掌握了，我的工作就算结束了，那些臆想出来的传奇跟传说与我何干？"

话是这样说，但这些细节理不清，关琥怎么都无法释怀，可惜最近谢凌云太忙了，他打了几次电话都没人接，更别说询问内情了，等终于可以联络上，已是有关杨雪妍杀人案的详细报道铺天盖地席卷报纸还有网络之后的事了。

首发撰稿人是谢凌云，她将杨雪妍杀人案与当年专惠的冤案并列报道，并添附了大量的资料照片引证，与此同时，各大网站还流出了许善陵在医院天台上的自白录像。

一时间舆论大哗，原本对杨雪妍一案批判的控诉风向一转，竟然变成了一边倒的同情支持的倾向，甚至有些过激言论赞成以牙还牙的报应论调，联名签署轻判罪犯等活动也此起彼伏，短时间内社会舆论完全站在了杨雪妍的一边，严重影响到了整个刑事案件的正常流程，为了安抚民众情绪，庭审不得不提前进行。

看到这篇报道，关琥快气吐血了，瞬间明白了为什么那晚谢凌云会那么快就知道凶手在天台的原因，那是杨雪妍打电话邀请她去的，她的目的不在于杀许善陵，而是利用谢凌云的身份，将当年的真相公布于众，以换取自己的自由。

偏偏他无法联络上谢凌云，谢凌云的手机一直处于占线的状态，大概因为这篇记事，她快忙疯了吧，再转念一想，事件全部都报道了，现在就算找到她也于事无补。

在庭审的第二天上午，关琥终于找到了谢凌云，确切地说是张燕铎打电话给他的，说谢凌云跟叶菲菲现在都在酒吧里，问他要不要过来聚一下。

放下电话，关琥就立刻跑了过去，又顺手拿了那份谢凌云撰写的报道，以便教训谢凌云一顿。

上午的酒吧很冷清，门口挂着休息的牌子，关琥推门进去，就听里面传来说话声，小魏白天不在，招待工作都是张燕铎做的。

看到关琥，张燕铎第一时间就感觉到了他的怒气，抢先迎上前，将手里的橙汁递给他，警告说："冷静点，别吵架。"

谁要吵架了，他只是要来提醒谢凌云她做了什么蠢事。

胳膊被抓住不放，关琥冲张燕铎翻了个白眼，"我讨厌喝甜的。"

"那我去倒茶，你们慢聊。"

张燕铎去吧台里换饮料，关琥走到谢凌云跟叶菲菲坐的座位前，看到桌上放了好几份相同的报纸，他看看自己手里的那份，发现根本没必要特意带过来。

"关王虎你知不知道，刊登凌云报道的报纸卖到连夜再刷的程度，这些都是我买的，我家里还有好多份，以示支持。"看到关琥来了，叶菲菲兴致勃勃地说。

她没注意关琥的脸色，谢凌云却看到了，随着他的走近站了起来。

"关琥，我知道你看了报道，一定会认为我在这个敏感时期发布消息，会妨碍司法公正，不过讲出真相是我作为新闻人最应做的事，希望你能谅解。"

"网上有关许善陵自白的视频也是你放出的？"

被张燕铎警告过，关琥尽量让自己的嗓音放柔和些，以免听起来像是来吵架的，说："你有没有想过不管许善陵当年有没有犯法，你都没有资格这样做，这样侵犯他人的隐私也是一种犯罪。"

"我知道，不过我答应过杨雪妍，会还她一个公道。"

"那交换条件是什么？是不是她告诉你有关你父亲的事情？"

"当然不是，虽然我很想了解父亲的事，但不会公私不分，"被关琥这样指责，谢凌云涨红了脸，"那天我是第一个到达天台的，杨雪妍跟我说让我将经过拍摄下来报道出去，作为交换，她不杀许善陵，所以我答应了。"

回想当时的状况，关琥隐隐感觉不妙，问："所以她从一开始就没想要杀许善陵？"

"我不知道，但她履行了她的诺言，所以我也要对她守诺。"

"为了守诺就可以违背自己的原则吗？"

"应该说在了解了所有真相后，我无法无视她的经历，更无法不履行对她的承诺，她是加害者没错，但她同时也是受害者，她的经历需要被更多的人知道。"

"可是你有没有想过在庭审期间将新旧两个案子并列报道，会成为变相的炒作？导致公众舆论影响法庭的判断，而造成再一次的冤案？"

"一个无权无势又犯下重罪的平民百姓，要将十几年前的旧案翻出来重审，除了依靠民众呼声外，还有其他可行的办法吗？对，杨雪妍是杀了人，她的确要接受刑法制裁，但冤案里的加害者又怎么处理？不借现在这个时机造势，案子很快又会被遗忘，那些人可以继续逍遥法外，过着悠哉悠哉的生活。"

"什么加害者？"

"就是当年参与过专惠凶杀案的那些人啊，你看你根本没有仔细看凌云写的报道，就跑来指责她，真是太过分了。"

叶菲菲指着报纸给关琥看，"专惠的案子在这么短时间里就把人判了死刑，一定是里外都疏通过了，还有这个曾经负责专惠案子的检控官陆元盛，新闻还标榜说他情操高尚，这次为了查明真相再度出马，要我说啊，根本就是他担心当年自己办错了案，为了掩盖失误，才坚持要负责杨雪妍一案的，最神奇的是他的自荐居然还通过了，如果没有民众关注，又被他钻空子害人怎么办？"

听着叶菲菲的数落，关琥把报道又重新看了一遍，他对陆元盛有点印象，陆家在司法界很有背景，前不久他在查专惠的案子时，也有看过有关陆元盛的报道，不过最近他只顾着关注旧案的追踪记事，没想到这次负责杨雪妍案子的检控官还是陆元盛。

这不符合正常的法律程序！

不知为什么，关琥心头不安的感觉更强烈了。

张燕铎及时走过来，将茶放到他面前，劝道："有话慢慢说，反正案子已经开始审理了，你现在急也没用。"

关琥接过茶杯，仰头喝了一口，谢凌云又说："其实在做这件事之前，我也想过很多，后来我想，不管把真相发表出来会造成怎样的影响，真相就是真相，不可以把它掩藏过去。"

"她有没有跟你说鱼藏剑还有你父亲的事？"

"有，那张我父亲跟许善陵聊天的照片就是她拍下来的，当时她正在跟踪许善陵，搜寻当年血案的证据，偶尔发现了他跟我父亲的会谈，她还以为他们是朋友，但是在跟踪后才知道他们只是因为古董的关系认识的，刚好我父亲有柄仿造的短剑，许善陵就说不如用换剑的方式来庆祝相识，这张照片就是他们在换剑时拍的。"

"也就是说当时许善陵对真正的鱼藏剑已经有了恐惧之心，为了自保，就把剑跟你父亲的交换了。"听到这里，叶菲菲忍不住问。

"是的，这人很混蛋吧？只想着自己的利益，别人的死活根本不在意，我父亲又是个直肠子的人，根本没想到许善陵在害他，或许就是因为他拿了真正的鱼藏剑，才会在荒漠里出事，所以这柄剑也跟我记忆中的那柄不同。"

如果真相真是这样，那他们在敦煌洞窟里看到的干尸就是谢凌云的父亲了，这个结果大家都猜到了，却不方便说出来，看到谢凌云从皮包里掏出相同的鱼藏剑，关琥咳嗽了一声，问："所以这是真的古董？"

谢凌云犹豫了一下，不敢肯定地说："嗯……我觉得不太像，它的剑锋好像没那么快？"

关琥也有相同的感觉，至少这剑没有杨雪妍跟自己搏斗时用的那柄锋利。

"我觉得杨雪妍还有话没说出来。"叶菲菲举手说。

"我也这样认为，可能她看到了我在论坛上的留言，为了让我报道真相，就将这张照片寄给我了，不过我做这些是因为这是我的工作，就算她不提到我父亲的事，我还是会去做的。"

"你知不知她在利用你？"关琥冷笑，"她只是不想死，想制造舆论攻势逃脱罪责。"

"不，我觉得她早就死了，在她的家人一个个被害后，她已经没有生存的期待了。"谢凌云肯定地说："如果一个女人连自己的孩子都可以牺牲掉，你认为这世上还有什么是她在意的。"

关琥脸色变了，想起杨雪妍数次果决的杀人手法，再到她在劫持许善陵后跟谢凌云的交易，不由得喃喃地问："那她这样做，到底是什么目的？"

"当然是为了还原真相啊，让当年的冤案公之于众。"

"不是！"

直觉告诉他不是，至少哪里有不对的地方，关琥垂下眼帘，努力思索究竟是哪里出错了，最后目光落在鱼藏剑上，他恍然醒悟——是报复的方式，杨雪妍最后两次都没有携带护身的鱼藏剑，这代表着从一开始她就没想用相同的办法对付许善陵，她最后的目标不是许善陵，而是……

在这整个案子里，影响最大的是检控官，在案件证据不足的情况下，他们的操作方式是应该将资料打回去让负责的警员重做的，根本不会受理，所以陆元盛会接这个案子，就间接证明了他是有问题的！

关琥抬起眼帘，刚好跟张燕铎投来的视线对个正着，对方平静的表情跟眼下的状况形成强烈的对比，让他忍不住气愤地质问："你是不是早就猜到了？"

"什么？"

"你早就知道杨雪妍真正要对付的人不是许善陵，而是当年的检控官陆元盛，对不对？"

"啊！"

听了这话，两个女生同时发出惊呼，张燕铎却不动声色地扶了扶略微落下的眼镜，说："你想多了。"

"这笔账我回头再给你算！"

没时间跟他啰唆，关琥说完后，就掉头冲了出去。

如果杨雪妍的最终目标是陆元盛的话，那她利用谢凌云的目的就很清楚了，她制造舆论逼迫陆元盛出于各种理由，不得不再次接手这个案子，这样她就有了杀人的机会——当年她的父亲就是在法庭上被判处死刑的，所以她要的不仅是陆元盛的死亡，还有相同的死法跟场所，并且让所有的人都看到。

一旦杨雪妍行刺成功，那么当年的冤案丑闻再也无法遮住，不仅陆元盛一个人，就连整个陆家都无法再在司法界立足，那是比死亡更可怕的结果。

这样想着，关琥的心脏跳动得更激烈，一方面抱有侥幸希望自己想错了，另一方面又感觉这个可怕的想法将会成为现实，他跑到外面路上，左右看看，没看到出租车，只好闷头往公寓飞奔，同时又给萧白夜等人打电话，准备汇报自己的发现。

往前跑了没几步，身后传来车辆的引擎声，张燕铎将车开到他身边，慢行着将车窗打开，说："我送你去。"

关琥把头拧开，当没看到。

"如果你赶时间，就不要赌气。"

这话说得没错，现在晚去一秒，可能就会多一秒的危险，斟酌后，关琥选择了上车，在他将安全带系好的同时，张燕铎加快车速，向法庭赶去。

路上关琥打电话给萧白夜，简单说了自己的猜测，萧白夜答应马上通知法警留意杨雪妍的举动，并说他也会带属下尽快赶到，以防意外发生。

电话挂断后，车上有很长一段时间的沉默，关琥不敢开口，因为那会增加他的烦躁感，在行动前心浮气躁是大忌，他在心里告诫自己现在需要做的是把即将面临的危险除掉，而不是跟张燕铎吵架。

像是明白他的想法，张燕铎也一直没说话，为了赶时间，他选择抄近路，偏偏路上很静，几乎看不到其他车辆。

就在道路即将跟国道合并时，前面的丁字路口上突然横着窜出一辆黑色跑车，要不是张燕铎反应快，及时转方向盘，将车拐去丁字路的另一边，可能会被那辆车撞个正着。

不过车尾还是被对方的车头扫到了，发出一阵颠簸，被迫停下，关琥还以为是普通肇事，但等他从车上下来，发现那辆车停在他们后面，还保持撞后的状态，车主从敞篷车上站起来，翻身直接站在了车前盖上，然后像是模特走 T 台那样，从相连的两辆车上一步步走过来。

今天天气不错，他手里不断绕着的红笔发出耀眼的光辉，一身银灰西装，头上戴着同色的礼帽，打着卷的发丝从礼帽下翘出来，跟他那张明星般俊秀的脸庞配得相得益彰。

看到他们，男人笑了，但由于笑得太僵硬，导致他的脸型变得古怪，这让关琥愈发肯定这个男人的脸有做过加工，这不是他原有的模样。

"是你!"

在发现他是红笔男后，关琥首先的想法是他跟杨雪妍是一伙的，他想阻止自己去法庭，以免打乱接下来的计划。

但男人看都没看他，眼睛一直盯在张燕铎身上，张燕铎下了车，脸上失去了一贯温和的表情，金边眼镜后的眼睛微微眯起，这个小动作跟关琥一直说的狐狸不同，而更像是原野上伺机伏击敌人的猎豹。

"银鞍照白马，飒沓如流星。"

男人发话了，依旧是柔和动听的嗓音，笑嘻嘻地对张燕铎说："找你可真不容易啊流星，这是你原来的样子吗？挺不错的，老头子果然更关照你。"

关琥看向张燕铎，这一次他敢确定张燕铎就是几次暗中救过自己的人，虽然他没有变装，但身上瞬间凝起的冷峻气息揭示了一切。

"你去法庭，这里我来应付。"张燕铎交代他，眼神却一直盯住红笔男。

"你……"关琥本来想问"你一个人行不行"？但是看看两人的架势，他改为——"你动手归动手，记住别杀人，你要是为了这个进监狱，可别想我去探监。"

听了这话，张燕铎笑了，伸手摘下眼镜，随手丢去一边，说："放心，不会给你惹麻烦的。"

失去了眼镜片的遮掩，他的眼瞳在阳光下泛出怪异的颜色，可惜关琥已经跑开了，没有看到。

第十章

　　随着车辆引擎声的远去，空地上只剩下他们两人，红笔男上下打量张燕铎，笑道："我还是喜欢看到你不戴眼镜的样子，因为你的眼睛就像抹布一样，它告诉我，你跟我一样是失败品，流星。"

　　"目的。"

　　"哈哈，没什么目的，就是在发现我还活着后，我想知道我的死对头是不是也活着，是不是还像以前那样厉害。"

　　"那你要失望了，我叫张燕铎。"

　　"这是你自己起的吗？还是你很久以前的名字？"

　　红笔男跳下车，在张燕铎身边轻佻地踱着步，手指不时转着笔花，说："我还是喜欢叫你流星，因为它名副其实，不过……不知它现在是否还可以同样的名副其实？"

　　拳风突然射来，以迅雷不及掩耳之势击向男人的太阳穴。

　　不过张燕铎出拳快，红笔男躲得也快，跃身避开，同时将手里的红笔向张燕铎的肋下刺来，张燕铎身后是车，他没有躲避的空间，便直接撑住车身，凌空跃起，飞脚踢向红笔男的手腕，又不给红笔男收招的时机，身子再次一跃，掌刀狠狠劈向他的颈部。

攻势既快又凌厉，红笔男不得不双手撑住车身，在跃起时，身体扭成一个奇怪的弧度，用膝盖撞击张燕铎的肋骨，趁着攻击，让自己的要害部位得以避开掌刀的击打。

张燕铎侧身让开对方的膝盖，闪到一边，红笔男的肩头被劈到，也向后栽了个跟头，一瞬间两人就过了数招，并且都以抢攻为主，但是从狼狈程度来看，第一回合是红笔男输了。

他站稳后，低头看看肩膀，又看向张燕铎，眼中的戾气一闪而过，随即笑起来，调侃道："打得挺狠的，不过你别忘了，不管你打得多重，我都不会痛的。"

张燕铎不说话，反手一挥，甩棍从他手中挥出，变成两尺长的兵器，不过这次不同的是他拿了两柄甩棍，双棍同时甩出，顿时在气势上盖过了红笔男。

"看来你早有准备。"敌人不无揶揄地说："你怕了吗？"

"那要看看你吴钩的名字是否也名副其实！"

话声落下之前，张燕铎已经攻了过来，双手同时出棍，不再给对方躲避的机会。

看他势若猛虎，吴钩也不敢小觑，将红色笔管似的物体拉长，迎接张燕铎的进攻，他的武器拉长后，顶端柔韧尖锐，可当软剑用，也可随时改换为鞭子来甩，用一柄武器对抗双棍，完全不落败势。

没过多久，两人就从车的一边打到了另一边，跑车在双方的攻击下不时被砸出深痕，他们是在同一个地方长大的，在同样的地方习武，又经历了无数次的相互殴斗，对对方的武功拳脚都了如指掌，所以斗了半天不见高下，最后张燕铎的左臂被剑尖划伤，而吴钩的头部也被甩棍击到，他的礼帽掉落了，张燕铎趁他没站稳，按住他的胸口将他压在了跑车上，顺势用甩棍卡住他的颈部，控制住了他。

吴钩拿武器的手被反压在他跟车身之间，无法使上力气，他挣扎了两下，在发现徒劳无功后停止了反抗，他的额头被打得裂开了口子，血顺着他的一边眼角流下来，他眨眨眼，注视着张燕铎慢慢压近的脸庞，笑道："你打得这么重有什么用？反正我都不会痛。"

　　张燕铎置若罔闻，盯住他的眼中露出浓浓的杀气，这让他混合着各种颜色的眼眸变得更诡异。吴钩跟他对视，完全没显出惧意，反而笑道："你要杀我，那就动手喽，只要你不担心给你的朋友惹麻烦。"

　　张燕铎不说话，手上加劲，将压在他脖颈上的棍子卡得更重，吴钩开始喘息，脸上却依然挂着笑容，张燕铎漠视着他，两人的互斗掀起了沉淀在他心中的残忍画面，这个人让他憎恶，因为他的存在提醒着自己，那段往事，无论如何他都是无法抹去的。

　　憎恨让张燕铎的双手发出颤抖，他知道只要再往下用几分力，就可以将敌人置于死地，但他偏偏做不到。

　　不是因为他答应过关琥，而是他不想做让关琥困扰的事情。

　　"你怎么会没死？"他不甘心地发问。

　　"像我们这种人是不容易死的，可能是手上沾了太多的血，连老天都不敢收。"

　　"老头子呢？"

　　"你说呢？"

　　男人的眼角上挑，充满了挑衅，张燕铎的双手颤得更厉害，他知道这句话的含义——吴钩活着，那个老变态当然也活着。

　　他一直以为噩梦结束了，却没想到黑夜的帷帐才刚刚开启。

　　张燕铎狠狠地盯着吴钩，突然一撤手，松开了对他的压迫。随着短棍的收回，吴钩趴在车身上大口喘吸，还不忘发笑。

　　"想过回普通人的生活……别做梦了，咳咳，只要老头子在一天……不，只要、只要你还活着，曾经的一切都将跟随着你……"

看到敌人这副模样，张燕铎厌恶地皱起眉，他跟吴钩搏斗过不下百次，却还是第一次看到这个人的脸，跟想象中一样讨厌，他相信对吴钩来说，自己的存在也是惹嫌的，但他们都不得不保持眼下相互瞪视的状态，因为他们有着共同的习惯，那就是绝对不能把后背朝向对方。

看出了他的想法，吴钩在终于停止了咳嗽后，说："别担心，我没把你的行踪告诉老头子。"

张燕铎的拳头再次攥紧了，"为什么？"

吴钩脸上露出意味深长的笑，"谁让我们是朋友？我想，你应该很怕被他知道。"

"我可以杀你们一次，就可以杀第二次。"

"那我很期待这一天的到来。"

吴钩收起了红笔，捡起落在一边的礼帽，回到车上，车开走了，卷起一路尘土。

张燕铎站在道边，默默低看着跑车走远，他不知道吴钩的话里有多少是真实的，但至少有一点他没撒谎——那个老变态还活着，这是他最不想面对的现实。

总会有办法的，因为他现在不再是一个人了。

张燕铎无视还在轻微发颤的拳头，将甩棍收回，有人听到响声，站在远处好奇地打量他，却怕惹麻烦，不敢靠得太近。

张燕铎掸掸身上的灰尘，再转头去找刚才被自己丢在一边的眼镜，却发现在两人的恶斗中，眼镜已被踩得粉碎，眼镜框扭曲成诡异的形状，无法再戴了。

看来在去法庭之前，他得先去弄副眼镜才行。

关琥将车开到法院，随便找了个地方停下，就一口气往里面跑去，在门口冲法警亮出警证，叫道："警察。"

法警还没反应过来是怎么回事，关琥已经一阵风地跑远了，他冲去正在开庭的刑事法庭门前，就听那里传来嘈杂声，门口拥挤着很多人，法警正在努力维护秩序，关琥举着警证亮给他们看，问："出了什么事？"

"有人行凶，已经申请协助了……"

在法警的疏通下，关琥推开拥挤的人群冲进法庭，审判长跟陪审员的座席上早已空了，事发突然，状态极其混乱，大家挤成一团，人群中有人在求救，还有人在叫不要开枪，愈发加重了紧张感，旁听席前方站着好几位举枪的法警。

关琥举着警证冲上前，终于看到了展台前的状况，一个五十多岁的男人以向后弓腰的状态仰面朝上，他的脖颈上绞着手铐，手铐的那头还铐在犯人的双手上——不知杨雪妍用了什么手法，用手铐当武器成功地锁住被害人的喉咙，又半弓起身，将他整个人反背起来，把他当成自己的盾牌，让法警即使有枪在手，也无法开枪。

男人两眼翻白，四肢吊在半空中，周围太吵，关琥完全听不到他的叫声，不过他的状态相当危急，关琥冲上前，举枪瞄准他与凶手之间的缝隙，叫道："杨雪妍，快松手，否则我开枪了！"

对方没有任何反应，关琥在下一秒扣下了扳机，犯人小腿中枪，向前扑地栽倒，关琥趁机冲了上去，将杨雪妍一把按住，其他法警配合着急忙松缓被害人脖子上的手铐，但被害人嘴角上布满血沫，四肢不断痉挛，对他们的呼唤毫无反应。

由于手铐勒得太紧，为了救人，法警不得不先把手铐打开，杨雪妍暂时获得了自由，她却一动不动，任由法警将她按在地板上。

为了不妨碍法警做事，关琥向后退开，他看到杨雪妍的脸色跟以往一样苍白，眼神木然，既没有报仇后的喜悦，也没表现出对仇人的憎恶，只是嘴巴不时开合着，关琥隐约听到她在说："专诸大人显灵了，杀掉他们，杀……"

这女人大概真是疯了吧，她已经不算是人了，她只是复仇的工具而已。

眼前闪过光亮，有人竟然在对着杨雪妍跟被害人拍照，而且不止一人，关琥急得转身大叫："不要拍，快停下来！"

他的阻止不仅没被响应，反而起到了反效果，在状态稍微平息后，更多的人加入了拍摄的队伍，甚至有记者趁机混在人群里偷拍，法警只顾着控制凶犯跟救护被害人，根本无法阻止他们，等萧白夜带人赶到，状态逐渐平复下来，已经有不少照片跟视频通过手机流去了网上。

"真没想到这案子都开庭了，我们还有插手的机会。"萧白夜抹了把脸，无限懊恼地说。

"我也没想到我有再次为这起案件验尸的机会。"舒清滟在做完鉴证后，过来对他们说："被害人陆元盛的颈部气管断裂，属窒息死亡，凶手好大的劲道。"

如果不是亲眼所见，关琥也很难想象那么瘦弱的女人是怎么仅凭手铐的力量将人的喉咙勒断的。

刚才他向法警做了讯问笔录，大家一致证明当时的状况是陆元盛照程序向凶手提问时，被突然攻击的，杨雪妍先借着案台撞击被害人，又趁他向前踉跄时从后面反勒住他的脖子，由于两人的距离相当近，杨雪妍的行动又异常迅猛，他们营救不及时，最终导致惨案的发生。

这才是杨雪妍的真正目的，不仅要让陆元盛死，还要让整个陆家声誉尽毁。

穿过在现场忙碌的人群，关琥走出法庭，法庭外拉了警戒线，外面站了不少刚才参与旁听的观众，很多人还没从慌乱中回过神来，簇拥在一起，惊疑不定地看向法庭。

关琥看到了站在人群中的许枫，微微一愣，他没想到许枫会来旁听，可见他对杨雪妍是有感情的，但这份感情换来的是更大的打击，他眼神飘忽，默默地站了一会儿，才转身向外挪去，脊背佝偻着，每一步都挪得那么艰难，跟前不久见面时意气风发的男人判若两人。

关琥跟在后面，许枫的状态让他有些担心，但这种状况下他又不知道该说些什么，跟着他一前一后走出法院，就听吵嚷声传来，法院外围了一大群闻讯赶来的记者们。

案犯在法庭上行凶，这样的恶性事件闻所未闻，再加上那些流到网上的照片跟视频，关琥想接下来不仅杨雪妍的杀人案要重审，就连陆家也会被卷入风波中，杨雪妍最终将会被怎么判决他无从得知，但经过这次的事件，陆家以往经手的案子会被好事者全部翻出来讨论。

利用对许善陵的报复引出陆家，杨雪妍将这一切都算计得很巧妙，可是看着许枫的背影消失在人群中，关琥又忍不住想，杨雪妍没有杀许善陵，会不会也有一部分是出于对许枫的在意？

"关琥！"

随着叫声，叶菲菲跑了过来，她身边还跟着张燕铎，叶菲菲看到他，立刻将他拉到角落里，小声问："出了什么事？又有人被杀了？"

"姑奶奶我拜托你，你的乌鸦嘴可以有一次不要这么灵验吗？"

这样说就证明自己猜对了，叶菲菲吐吐舌头，又问："那是谁死了？检控官？法官？"

关琥没理她，转去打量张燕铎，张燕铎的打扮跟刚才不一样，衣服换过了，眼镜也换过了，他问："你受伤了？"

"老板不是跟你在一起吗？怎么会受伤？"

叶菲菲是刚刚在法院门口跟张燕铎会合的，她不了解情况，眼神在他们两人之间打转，张燕铎托托眼镜，微笑说："没有，我跟那个人聊了一会儿，发现是误会，他只是认错人了，后来他就走了。"

"你认为我会相信这种鬼话吗？"关琥心情正不好，毫不客气地问："没打架，那你为什么换衣服？"

"有吗？"

"眼镜也换了！"

"有吗？"

"张燕铎，你不要逼我打你。"

就算他在许多细节上很粗心，但还不至于连金边眼镜跟墨镜也分不出来，关琥上前抓住张燕铎的衣领，后者也不反抗，笑嘻嘻地任由他揪起来。

叶菲菲在旁边看不过眼，上前踹了关琥一脚。

"你不要总欺负老板，他身体不好，你就不能体谅他一下？"

关琥相信，假如叶菲菲看到张燕铎打架时的彪悍模样，一定不会这样说了。

"谢凌云呢？"张燕铎及时把话题岔开了，问叶菲菲，"你们不是一起来的？"

"哦对，她去停车，我就先过来了，这么久了，她去哪里了？不会是混进去搞消息了吧？真是太不够义气了。"

叶菲菲气呼呼地又踹了关琥一脚，这才转去人群里找谢凌云，关琥在后面捂着被踹痛的腿，不爽地问："不讲义气的是谢凌云，为什么她踹我？"

"打情骂俏？"

关琥本来握紧拳头想给张燕铎来一下，听了这话，为了避免不必要的误会，他不得不又将拳头缩了回来。

他是现代文明人，不会乱打人的。

几分钟后，三人在法庭大楼的一侧找到了谢凌云，谢凌云站在道边左右张望，脸上露出焦急又恍惚的神色。

"出了什么事？"

问这话时，关琥在心里万分祈祷千万不要是又发现了什么伤害事件，不要是跟鱼藏剑有关的事件。

还好，他的担心没成为现实，看到他们来，谢凌云回过神，说："刚才我在法院门口看到围观的人当中有一个很像我父亲，可是等我追过来时，他就不见了。"

"你确信你没看错？"叶菲菲表示怀疑。

最近谢凌云一直在追鱼藏剑跟她父亲的案子，她担心谢凌云是不是考虑得太多，出现幻觉了。

"这是我刚才拍的，你们看。"

谢凌云将相机打开，给他们看自己拍的照片，由于拍得匆忙，第一张花掉了，后面两张被其他人遮住了大半边脸，最后一张勉强照到了背影，但因为逆光，很难确定是谁。

"如果凭个背影就可以确定身份，那我觉得这位先生像是国际通缉犯。"

关琥故意用眼神瞥张燕铎。

张燕铎不动如山，"那看你的背影，我可以断定你是国际通缉犯的弟弟。"

谢凌云叉起腰瞪他们,"你们别这样,我现在在很认真地讨论这个可能性。"

"凌云,我觉得你现在应该认真考虑的是怎么追踪杨雪妍一案的后续,"叶菲菲伸手搭住她的肩膀,说:"事件又有新进展了,你一定要赶超在别人前面,做最新的报道,问问这位警官先生,也许可以拿到爆料哦。"

"别打我的主意,我什么都不会说的!"

为了防止被纠缠,关琥说完后转身就跑,叶菲菲跟张燕铎在后面紧追,谢凌云转头看看周围,在没有什么发现后只好选择离开。

四个人都走远后,一个戴着鸭舌帽的高个男人从树后走出来,他一脸络腮胡子,帽子压得很低,手里还拿着一个傻瓜相机,相机电源开着,屏幕上的是谢凌云微笑的侧脸。

看着他们远去的背影,男人将帽檐再次往下压了压,转身,朝着相反的方向快步离开。

入夜,下了一天的雨完全没有停歇的迹象,淅淅沥沥地打着地面,街道上几乎看不到行人,偶尔有一两辆车匆匆经过,卷起地上的雨水溅向路边,呼啸而去。

今晚关琥难得没有加班,他出了警局,举了柄透明雨伞匆匆跑进雨中,在回家的途中拐了个弯,来到道边的一栋商业楼前,楼梯口旁边没有像平时那样竖着招牌,他的脚步一顿。

"不是吧?又休业?"

说到这家涅槃酒吧的营业时间,它休业的次数应该比营业多,多到关琥都担心它随时会倒闭的程度,一家酒吧倒了,关琥不在意,但他在意今后自己的晚餐该怎么解决——要知道，要找到一间美味又便宜，并且时刻为他打开大门的餐厅可不是件容易的事。

抱着侥幸的心理，关琥下了楼梯，来到楼下一层的酒吧门前，门上挂着休息的牌子，但里面隐约有灯光透出来，他试着推推门，大门里面挂的铜铃响了起来，门被推开了。

酒吧里没有放音乐，只听到女孩子的说话声，关琥把雨伞插进门口的伞架上，熟门熟路地走进去，吧台附近的座位上坐的两个女生同时看过来，叶菲菲率先跟他打招呼。

"嗨！"

关琥举手回了礼，转头看周围，"老板呢？"

"你是来帮忙的吗？"谢凌云搅动着面前的咖啡杯，说："不过不凑巧，老板有事出去了，今天不营业。"

看看两个女生桌上放的丰盛的晚餐跟水果拼盘，关琥摸摸肚子，不好意思说自己其实是来蹭饭吃的。

"这么晚了，他没说去哪里？"

"没有，我们来的时候他就不在，还好有小魏。"

"关警官好。"

小魏从吧台里抬起头来，他面前还放着笔记本电脑，看样子他又在趁着老板离开摸鱼，说："你要吃饭吗？老板有帮你留晚餐，说如果你来了，热一下就能吃了。"

"那我要是不来呢？"

"那就便宜我了，可以打包回宿舍。我帮你去热饭。"

小魏跑去厨房没多久，就将烤好的热气腾腾的小牛排跟面包端到了吧台上，另外还搭配了迷你肉酱三明治、浆果饮料跟芝士蛋糕，最后是番茄菜汤。

"老板太偏心了，我们都没有三明治跟蛋糕。"

叶菲菲在旁边看到了，跑过来，拿了两块三明治，一块给谢凌云，一块塞到自己嘴里。

为了不让最后那块三明治也被抢走，关琥及时拿了起来，说："你就吃吧，吃到你肥胖，被航空公司炒鱿鱼。"

叶菲菲冲他努努嘴，又拿了两块芝士蛋糕作为回应。

关琥没跟她计较，低头开始吃饭，谢凌云跟叶菲菲在对面聊了一会儿，问他，"你是来跟老板算账的吗？"

"算什么账？"关琥一时间没反应过来。

"就上次你怀疑老板知道杨雪妍的目的，却不告诉你的事。"

"喔……看在免费的晚餐份上，算了。"关琥头也不抬，随口说。

"是嘛，我就说老板是被关琥冤枉的，那女人心理变态的，谁能想到她会在法庭上行凶，对吧？关琥这个人最大的毛病就是——他遇到不顺心的事时，喜欢把问题推到别人身上。"

"这位小姐，我可以以诽谤他人名誉的罪名起诉你的。"

"你去啊，你有钱就去啊。"

"现在再加你一条教唆罪。"

"其实这件事我也有错，"打断两人的斗嘴，谢凌云说："我真没想到杨雪妍利用我做报道，真正的目的却是为了自己继续杀人做铺垫。"

"别想太多了，你的报道又没有问题，做贼心虚的是检控官，杀人的是杨雪妍，跟你一点关系都没有，再说，就算没有你的报道，她想杀人的话，还是会千方百计地去实行，说不定会连阻止她的人一起杀，所以对于最后她被判监外执行，我怎么都无法理解。"

听到这里，关琥心里一动，他隐约明白了张燕铎沉默的原因。

鱼藏剑一案已经过去了很久，案件最终判决也下来了，杨雪妍被证实精神状态有问题，所以法庭判决她不具备承担刑事责任的能力，之后她会被移交到相关的精神病院重点治疗，不过以她的犯罪经历，今后应该没有被放出来的可能。

对她来说，这该是最好的结果了吧？

"没办法啊，她脑子有问题，把她放监狱里，她再继续杀杀杀，怎么办？"小魏插话说："事情都过去了，你们都别往心里去，不过我比较好奇，这个案子里到底有没有真正的鱼藏剑？"

"没有吧，都是杨雪妍为了杀人杜撰出来的，否则那剑可以炒出天价，到时说不定又有人为了剑相互残杀了……小魏，为什么你对鱼藏剑这么感兴趣？"

"老板答应让我把这个案子写到书里，所以我想多了解一些有关它的秘密。"

"那记得一定要多写写我，你看在警花杀人未遂案中，假如关键时刻没有我撒胡椒粉，警察也无法通过这条线索怀疑警花，不怀疑她，就不会怀疑鱼藏剑的凶手，所以归根结底，在这起案件中我立了大功，小魏你要把我写得更聪明一点更帅一点，还有更福尔摩斯一点。"

"还有，再更漂亮一点。"

"我已经很漂亮了，这里就不用再添加了，会失真的，对了，还要多写写凌云，要不是她第一个提到鱼藏剑的线索，那些警察也不会这么快锁定目标。"

"可是这篇小说主要是讲警察办案。"

"那就随便提一下关琥就行了，他不重要的。"

关琥吃着丰盛的晚餐，听着三人的对话，心想，他的确是不重要的，重要的是张燕铎，他到底是谁？跟那个神秘的红笔男是什么关系？他那么了解变态者的心理，是不是他也曾经历过这种变态事件？

而现在他最想知道的是——张燕铎究竟有什么急事，一定要在雨夜里出门？

看守所探监房的墙壁很厚，张燕铎进来后，完全听不到外面的雨声，他坐下没多久，对面传来响声，门被推开，戴着手铐脚镣的女犯被看守押送了进来。

很久不见，杨雪妍看上去又瘦了很多，她表情木然，唯一吸引人的那双眼睛也失去了光彩，进来后，先是看了他一眼，然后慢慢挪动脚步，走到玻璃隔板的另一边坐了下来。

不知是不是脚镣太重，导致她的行动不方便，几步路她都走得很迟缓，再加上憔悴的面容，让人很难将一次次举起屠刀杀人的凶犯跟这样一个消瘦柔弱的女子联系到一起。

杨雪妍坐下后眼帘半垂，看她没有先开口的意思，张燕铎说："听说许枫来过几次都被拒见了，我以为我也会被拒绝。"

稍微沉默后，僵直的话声打破了寂静，杨雪妍保持垂着眼帘的状态，说："专诸大人说不用理他。"

她说得很缓慢，与其说在回答，倒不如说是在重复别人说过的话。

"你好像很听专诸亡灵的话？"

理解这句话似乎花了杨雪妍一些时间，然后她默默地点了点头。

"那他为什么要让你见我？"

"不知道，反正听他的就对了。"

"你当然不知道，因为不是他让你来见我，而是你自己想见。"

杨雪妍抬起了眼帘，两人的眼神对上，她微微皱起眉头。

张燕铎将眼镜摘了，看着她，问："下一次，你准备什么时候再动手？"

"专诸大人……"

"从来都没有什么专诸的鬼魂，那只是你杜撰出来的假象，你需要一个假象支撑自己去行凶，就像你每次杀人都一定会带鱼藏剑一样，不是你相信这世上有先人的亡灵，而是你必须要让自己相信，这样你才能做得心安理得。"

这次沉默的时间有些久，杨雪妍把眼神瞥去一边，等她再重新看向张燕铎时，她木然的表情不见了，双目炯炯，里面充满了生气。

"你是什么时候发现的？"她问道，语速也变回了正常的状态。

"在你杀许善陵没成功的那次，因为你没带鱼藏剑，对于视鱼藏剑为生命的人来说，你之后几次都没出剑太不寻常，所以我想鱼藏剑这个故事还没完结，你去了疯人院后，或早或晚，都还会再出手的。"

杨雪妍低头看自己的手。

"有没有人对你说，杀人是一种习惯？"

"有。"

"我也有，是专诸大人告诉我的，"她抬头看着张燕铎，说："不管你信不信，我真的见到过专诸的亡灵，是他告诉我鱼藏剑的仿制品埋在哪里，告诉我该怎么报仇，还有，该怎么杀才能让他们品尝到最大的痛苦。"

说话时，她的眼神投向张燕铎的后方，目光有些缥缈，张燕铎不知道她是真看到了亡灵的存在，还是在做戏，或者只是强迫自己相信，因为信仰本身虽然荒谬，但它却跟幸福紧密相连。

至少在当事人的心中，那是一种幸福。

"真正的鱼藏剑在哪里？"

"从来都没有真正的鱼藏剑，那只是许善陵那些人的妄想罢了。"

"不，它存在着，只是被你调换了，你在杀前三个人的时候随身带的正是鱼藏剑。"

张燕铎接着说："如果我没有猜错的话，三年前你在跟踪许善陵时，看到了他跟谢凌云的父亲换剑，你将计就计，找机会偷偷用你的仿造品从谢凌云的父亲手中将真品换了下来，所以谢凌云现在拿的是仿造品，而且是当年许善陵杀死助理的那柄仿造品。"

"你有什么证据？"

"我感觉得出谢凌云的剑杀过人，但她父亲不会做这种事，而你又知道他们换剑，所以只有一种可能，你用当年陷害你父亲的凶器调换了剑，那时候你就开始计划怎么对付他们了，而真正的鱼藏剑最终还是回到了你们专氏家族的手里。"

听到这里，杨雪妍笑了，"你特意跑来揭穿我的秘密，是想要鱼藏剑？还是为了防止我今后再杀人？"

"都不是，我只是想知道我的猜测对不对，假如我说错了，那证明我还是正常人。"

"但讽刺的是你都说中了，"杨雪妍微笑看他，"我们是同一类人，都可以为了达到目的，不惜任何手段。"

"不，不一样，我不会为了复仇伤害我的家人，甚至连自己的养母都不放过。"

杨雪妍脸上的微笑消失了，她的反应证明张燕铎又说对了，对于杨雪妍所犯的罪行，他都没有任何证据去证明，但偏偏直觉告诉他杨雪妍会怎样做，这种冷酷的人心跟人性比任何实质证据都更可怕。

许久，杨雪妍轻声问："你是怎么猜到的？"

"因为她过世的时间跟你和许枫确定感情的时间太接近了，你用一个人的生命去换取另一个人的同情心跟共鸣，然后再利用他接近许善陵。"

"你都说对了，我很感激养母的抚养，正因为感激，我才要杀了她——她得了老年痴呆，我要复仇，不管会不会成功，今后都无法照顾她了，与其过得很辛苦，不如开心地死去，所以我这样做了。"

杨雪妍说完，坦然地看向张燕铎，"要想成功，就要舍得放弃，专诸不也是这样吗？他可以为了刺杀不惜自己的生命，我也一样。很多年前，在我父亲被冤枉的时候我就知道了，在这个世界，我玩不过他们，我能玩的只有自己的一条命，赢了固然好，输了，也不过是一条命而已，很合算不是吗？哦对了，不知道许善陵什么时候会觉察到他中了慢性毒。"

张燕铎一怔。

许善陵在被劫持恐吓后，精神状况日趋直下，再加上丑闻视频的流出，他遭受的打击很大，有关鱼藏剑凶杀案的庭审他都没有参加，新闻报道都推测他是在故意装病，以逃避刑事责任，张燕铎没想到原因最终还是出在杨雪妍身上。

见张燕铎皱起眉，杨雪妍又微笑说："这就是为什么我一定要做护士的原因。"

"是什么毒？"

"是什么毒呢？我不记得了，不过应该会让他很痛苦的，很痛苦却死不了，就像我现在这样。"

她笑道："这次你有猜对吗？也许许枫到现在还以为我不杀许善陵，是因为爱他，其实不是的，我只是要让许善陵更痛苦而已，他的罪孽太深了，只是用鱼藏剑杀死他，根本无法弥补他所犯下的罪行，这就是我为什么不见许枫的原因，因为看到了他，我会忍不住把秘密告诉他的，要是许善陵因此得救，那就糟糕了。"

她的目光疯狂而执着，看着她，张燕铎感到不寒而栗。

从某种意义上讲，她被关进疯人院的判决没错，因为她是彻头彻尾的疯子，甚至超出了他理解的范畴。

"不，你不见许枫不是怕说出秘密，而是怕自己会忍不住后悔，你一生凄惨，唯一的一次幸福，也因为报仇而放弃了。"

想起那夜在天台她对许枫说过的话，张燕铎忍不住纠正道："你不是不懂爱，只是你心里的仇恨远远超过了爱。"

杨雪妍的笑容僵住了，头低下，过了好久，才低声说："这样挺好的，这样的结局是最好的，要说有抱憾，也是对那个孩子，希望他不要怪我……"

张燕铎不知道杨雪妍口中的"他"指的许枫还是孩子，或许连她自己都不清楚，一切疑惑都解释清楚了，他站起来点了下头，转身离开。

手在按住门把时，杨雪妍在他身后说："不要再试图去找鱼藏剑了，没人可以得到它，我不会让任何人得到。"

张燕铎没说话，开门走了出去，远远的，走廊那头传来哭声，起先是压抑的低声，后面变成大声痛哭，哭声凄惨，让他不忍再多听下去，不由得加快了脚步。

他来到看守所外面，雨声响起，盖过了萦绕在耳边的哭泣，心情仿佛被雨水洗涤了，变得轻松起来，张燕铎重新戴上眼镜，抬步向前走去。对于杨雪妍的想法，他其实不是不理解，而是无法认同。

这说明他还算是正常人，虽然他也有过许多不堪回首的过往，但他不会像杨雪妍那样，为了过去而葬送将来。

张燕铎回到酒吧，时间已经很晚了，在这里聚会的朋友都离开了，张燕铎拿钥匙开了门，摸黑走进去，正要脱掉沾了雨水的外衣，里面的房间突然传来响声，本能之下，他迅速抄起吧台上的一支笔，将笔帽弹开，露出里面突出的笔尖。

这东西虽然不能跟吴钩的红笔相比，但要杀人还是绰绰有余的。

谁知就在他做好备战姿势后，里面的门打开了，灯光射出来，照亮了关琥的脸庞。

觉察到张燕铎身上凝起的杀气，再看看他手里握的笔，关琥临时把打招呼改为——"你要干什么？"

"喔，笔掉了，我差点踩到。"

看到关琥讶异的表情，张燕铎急忙收起笔，又低头寻找不知被他弹去了哪里的笔帽，敷衍道："都是小魏把笔乱扔，那家伙做事一向都这么马虎。"

"大哥，我觉得你每次都把问题赖到小魏身上，这样不太好。"

张燕铎差点把刚捡到的笔帽捏碎，不是因为关琥戳穿了他的谎言，而是那声"大哥"。

"你怎么会在这里？"他调整好心绪后问。

"等你呗，吃了你的爱心晚餐，我觉得就这样一走了之不太好，所以我帮你把酒吧打扫了，水也烧好了，你要洗澡吗？"

关琥将干毛巾递过来，示意张燕铎擦脸。

普通的对话，平常的动作，却让张燕铎的心跳再次失去了正常的频率，他想他没有变成杨雪妍那样的人，是因为他有关心自己的家人，而杨雪妍没有。

他接过毛巾擦着脸，问："你怎么知道我会过来而不是直接回家？"

"这是身为警察的直觉。"关琥敲敲自己的脑袋自赞，又问："下这么大的雨，你去哪里了？"

"请用你身为警察的直觉猜。"

张燕铎说着话，去了里面的小浴室，关琥亦步亦趋地跟在后面，"什么都能猜中，那就不是警察，是神仙了……你到底去哪里了？"

"所以关琥，你特意等我回来，是要跟我算账的吗？"

"当然……不是。"

"还是你要跟我共浴？"

张燕铎靠在浴室门上，看着他那只接下来准备迈进来的脚。

关琥立刻把腿缩了回去，结结巴巴地说："当然……也不是。"

"谢谢。"

张燕铎冲他一笑，在关琥要说话之前将门关上了。

隔着毛玻璃，他看到关琥走了，但没多久又走了回来，在门前来回转着，像是在考虑什么问题。

张燕铎没开口发问，他知道反正以关琥的脾气，不会忍很久的。

果然，他刚脱下上衣，关琥就开了口，斟酌着问："你是不是去见杨雪妍了？"

看来他弟弟的智商也没有那么低嘛。

"我不会问你为什么去见杨雪妍，也不会去查你的身份、你帮我查案的目的，还有你跟那个转红笔的男人是什么关系。有关你的秘密，你不想说，我就不会问，我只想告诉你——我知道你没有说出杨雪妍是为了保护我，那是个疯子，假如有人妨碍到她，她会想尽办法干掉对方，你担心我会被她算计，对吧？"

张燕铎的动作停了下来，他知道关琥说对了。

"我很感谢你的关心，但被害人的好坏不能作为无视犯罪的理由，我希望自己做一名好警察，所以下次请不要这样了，你如果担心我，我允许你的保护，但不希望你对我有所隐瞒……"

啪。

张燕铎把门打开了，靠在门框上似笑非笑地问："那你有没有想过如果你拼命查案，挂了的话，谁来帮忙找你大哥？"

"你怎么知……"

"还有，请不要自作多情，'你允许我保护'？开什么玩笑，你的死活跟我有什么关系？"

"你怎么知道……"

啪的响声再次传来，在关琥把话问出之前，张燕铎已经把门关上了，并且在里面上了锁，他只好在外面叫道："你怎么知道我寻找我大哥的事？张燕铎，你是不是在暗中调查我？"

"你刚才还说我不想说的秘密，你不会问的。"

"这不是你的秘密，是我的！我以警察的身份命令你，坦白从宽，否则……"

"关王虎你很吵，你这样的话，很难找到老婆的。"

"我找不找得到与你何干？请张先生你也不要自作多情……啊，对了，那个红笔男叫你流星，是天上飞的流星，还是刘关张的刘星？"

"快九点了，关琥你最爱的动物世界开始了。"

"我没有最爱动物世界！张燕铎你不要总把话题岔开，你到底是哪个名字？为什么你会知道我大哥的事？你是我大哥吗？你今年多大，还有……"

"关琥你明天早上想吃什么？中餐还是西餐？"

"你不要岔开话题啊我跟你讲！那个……"

接下来关琥又问了什么，由于水声太大，张燕铎没听清楚，他在浴室里一边冲着澡，一边随口应付着，以他对关琥的了解，没多久关琥就会烦了这个游戏，偃旗息鼓自动撤退的。

　　不过……刘关张这个创意他挺喜欢的，看来不管他是姓刘还是姓张，这辈子都注定了他跟关琥是兄弟的命运。

　　所以，那个老混蛋最好不要出现，他不会无视，更不允许任何人再次毁掉他们兄弟的人生！

（本篇完）